霸绝天下，惟我独仙！重铸经典，辉煌再现！全新修订，万众期待！

唐家三少 著

惟我独仙

典藏版

一部跌宕起伏的传奇史，
一条漫长热血的崛起路。

顽皮小子误入仙山，因缘际会得高人指点，历经坎坷飞升成仙。
风云起，神魔现，明争暗斗中，修真之门从此敞开，看平凡少年
如何笑傲三界。

《惟我独仙 典藏版》第1～2册全国热销中，第3册即将上市，敬请期待！

定价：32.00元/册 全10册

典·藏·版

9

神印王座

唐家三少 著

湖南少年儿童出版社
HUNAN JUVENILE & CHILDREN'S PUBLISHING HOUSE

图书在版编目（CIP）数据

神印王座：典藏版. 9 / 唐家三少著. -- 长沙：
湖南少年儿童出版社，2018.4
　　ISBN 978-7-5562-3386-1

　　Ⅰ. ①神… Ⅱ. ①唐… Ⅲ. ①长篇小说－中国－当代
Ⅳ. ①I247.5

中国版本图书馆CIP数据核字(2017)第171205号

SHENYIN WANGZUO　　DIANCANG BAN

神印王座 典藏版9

唐家三少 著

责任编辑：阳　梅　梁　洁　黄香春
特约编辑：谢　添　刘　芳
装帧设计：张　鼎　田星宇

出版人：胡　坚
出版发行：湖南少年儿童出版社
社址：湖南省长沙市晚报大道89号　　　　邮编：410016
电话：0731-82196340（销售部）　　　82196313（总编室）
传真：0731-82199308（销售部）　　　82196330（综合管理部）
常年法律顾问：北京市长安律师事务所长沙分所　　　张晓军律师

经销：新华书店　印刷：北京盛通印刷股份有限公司
印张：18　　　　字数：264千字
开本：710 mm×1000 mm　1/16
版次：2018年4月第1版
印次：2018年4月第1次印刷
定价：32.80元

目录
CONTENTS

目录
CONTENTS

第177章
超神器级的神印王座

人类和魔族之间的矛盾之所以不可调和，很大程度上是因为彼此的文化、习惯与认知的不同。

以同类的尸体作为食物这种事，人类是万万做不出来的。而魔族在高压政策下，居然将自己同类的尸体当成了食物的重要补给来源。甚至可以说，每当魔族食物不够的时候，它们就会向人类发起攻击，这样做不只是为了打击人类，也是为了给己方增加食物。

眼前这一战的胜利不只是对魔族实力上的打击，同时也阻断了它们的食物补给。当然，这样一来，魔族下一次的进攻一定不会等太久。

这场胜仗对于御龙关来说意义重大。骑士们死守御龙关已经有一年半的时间，这期间他们一直被魔族压制着。这场胜仗足以令每一名骑士兴奋欢呼，更是将大家的精气神都调动了起来。一支有士气的军队比一支没有士气的军队要强大得多。

作为这场胜仗的最大功臣，龙皓晨在战斗结束后就被召回了骑士圣殿。

龙皓晨笔直地站在杨皓涵和龙天印面前，神色自若。此时，他已经卸下了精金基座铠甲。韩羽也在，只不过，和龙皓晨的平静相比，他却显得有些焦急，因为面前这两位神印骑士的神色可不是那么愉快啊！

"龙皓晨，你知道自己是什么身份吗？"龙天印沉声问道。

龙皓晨立刻回答道："我是骑士圣殿的一名精金基座骑士，圣骑士级别。"

龙天印道："还有呢？"

龙皓晨愣了一下，道："我还是帅级六十四号猎魔团团长。"

"别老提你那猎魔团，就你现在这个样子，我们怎么能放心让你重新组团？你是不是已经完全忘记了和我的约法三章？"这一次，连杨皓涵都发怒了。

龙皓晨有些不解地看着这两位爷爷辈的神印骑士，道："杨爷爷，我不知道我做错了什么啊！"

杨皓涵怒道："你不知道？你现在不只是一名圣骑士，也是一名圣殿联盟的军人。我让你去寻找属于自己的坐骑，可没让你在回来之后直接参战啊！我希望你在战场上低调行事，你可倒好，一露面就引起了外面所有魔族的注意。你能保证自己不被魔族认出来吗？你那面神器级的盾牌可不是我们新给你的，而是你自己原本就有的装备。你当着那么多魔族的面使用它，这不是明摆着告诉人家你是谁吗？怎么我们越不希望发生的事，你就越是向着那个方向发展？"

不等龙皓晨开口，龙天印也沉声说道："军人要以服从命令为天职。就算你想要参加战斗，也应该在回来之后先向我禀报，然后在我的指挥下进入战场。可你呢？你是怎么做的？贸然进入战场，而且还暴露了自己的实力。你知不知道神器意味着什么？那意味着我们对魔族会产生极大的压迫力，压迫力越大，反弹就会越大。你听谁说过我们在战场上会轻易动用神器级别的武器装备了？大家平时都是尽可能地先将神器隐藏起来，只有到了生死存亡的关头才会动用，好给敌人以致命一击。"

龙皓晨道："两位殿主，对不起。我不知道会引起你们的误会，可以让我解释一下吗？"

龙天印刚要继续斥责他，却被杨皓涵拦住了。杨皓涵向龙皓晨点了点头，道："好，你说吧。我给你一个解释的机会。不过，如果你的解释不能说服我们，那么，你就重新回圣殿内闭关修炼去，不许再参与战争。"

龙皓晨脸色一变，这下他可真的有些着急了，不让他参战，就意味着他和伙伴们重组猎魔团一事更加遥遥无期了！

"两位殿主，是这样的。其实，刚才发生的事很大程度上是巧合。而且，应该不会有魔族认出我的身份。

"我所使用的那面盾牌，是我们猎魔团当初击杀蛇魔神安度马里之后在幽暗沼泽的一个洞穴内得到的。今天是我第一次在战场上使用它，魔族之前从未见过。而且，它在我手中一直都不是神器，而是史诗级的盾牌啊！爷爷，盾牌您也见过，在精金基座骑士考核中我就使用过。"

听他这么一说，杨皓涵和龙天印的脸色顿时都缓和了许多。魔族没有见过这面盾牌，那就好办多了，只要龙皓晨的身份没有暴露，其他的他们倒不是太在意。

龙皓晨继续道："事情是这样的……"

接着，他将自己在洞穴内得到日月神蜗盾的整个过程都详细地说了一遍，没有任何隐瞒。

听龙皓晨说完星光神兽以及日月神蜗的来历，两位神印骑士都不由得露出了惊异之色，这种说法他们也都是第一次听说，龙皓晨带来的消息不可谓不惊人。

当然，龙皓晨在讲述日月神蜗的各种情况时，主动避开了永恒之塔，毕竟永恒之塔涉及死灵法师，太过敏感，他还是继续保守这个秘密为好。

其实，自从得知长眠天灾伊莱克斯的来历之后，龙皓晨一直很排斥进入永恒之塔历练，这可以说是一种回避，他不希望自己再从这个人类的罪人身上得到任何能力。

长眠天灾伊莱克斯给人类带来了巨大的灾难，同为光明之子，龙皓晨对他可以说是深恶痛绝。如果不是那场灾难，在魔族来临之时，人类又怎会那么被动，以致出现了六千年的黑暗年代？

"'日月之御，在乎本心，光之引导，神之护佑。黎明曙光，夕阳黄昏，日月交替，神蜗为盾。'这是日月神蜗最后留给我的话。刚才日月神蜗盾所发出的彩光是怎么回事我不清楚，我也没想到那两只恶魔首领竟然会死在那彩光之中。"

杨皓涵和龙天印对视一眼，轻叹一声，道："得天独厚啊！孩子，你真是得天独厚。光明之子的诞生果然是上天对我们人类的眷顾，上天不希望我们被魔族彻底毁灭。所以，皓晨，你要更加珍惜自己，我们需要你带领人类赶走魔族，让光明重临大地。"

"按你这么说，刚才的情况确实是巧合，但是，你贸然进入战场这件事，依旧是做错了，你认错吗？"

龙皓晨赶忙点点头，道："我认错，两位爷爷，不要让我离开战场好不好？我已经脱离这场战争一年半的时间了。我真的希望能够为咱们骑士圣殿出一份力。以后我绝对听从你们的调遣，严格遵守与杨爷爷的约法三章，尽可能地掩饰自己的身份，不被魔族发现。"

看着他那紧张的样子，杨皓涵的脸上不禁露出一丝微笑，道："好吧，那就再给你一次机会。你记住自己说过的话，要是再敢冒进，可别怪杨爷爷到时候关你的禁闭。"

"是，我一定遵从您的命令。"龙皓晨立刻以右手叩击胸膛，行了一个标准的骑士礼。

如果按照杨皓涵的想法，他真想把龙皓晨藏起来，最起码也要等龙皓晨的修为达到了九阶，才让他参与到战争中。可他也知道，这样做对龙皓晨的成长其实并没有什么好处。

光明之子的成长需要的不是温室，而是不断地磨砺。如果一直让龙皓晨在安全的环境中默默修炼，他的修为或许会有所提升，可他的综合实力必定会有所欠缺。而等他达到九阶之后，他要面对的敌人会更加强大，那时候他就没有更多磨砺的机会了。所以，杨皓涵终究没有再阻拦他。

龙天印也是微微颔首，道："皓晨，我可以肯定地告诉你，你的这面盾牌一定是神器。当时，它的威能在死灵魔神一脉的血怨技能的作用下被激发了出来，爆发出了彩光。从那彩光的炽烈程度来看，决非史诗级装备所能达到。而且，据我所知，还没有哪件史诗级装备是需要一下吸收五万点灵力的。你当时还有什么感觉，都详细地说出来，我们帮你想想，看如何才能将这件神器的威能发挥出来。如果你能更好地使用它，那么，你就多了一件护身的法宝。"

龙皓晨点了点头，道："我当时感觉有一股特殊的力量从日月神蜗盾上释放了出来。那时候，我和韩羽的身体都处于短暂的停滞状态，敌人的身体也是一样。似乎在那日月神蜗盾发出的彩光范围内，时间都静止了。然后我就看到敌人溃败了，也感受到自己灵窍内的灵力凝结成了灵罡。

"我隐约能够感觉到，那彩光似乎还欠缺了什么。彩光本身过于阳刚，少了日月神蜗原本所拥有的那份中正平和。我也不知道是怎么回事，日月神蜗也没有告诉过我它所化的这面盾牌会产生这样的作用。按照它的说法，日月神蜗盾本身应该没有攻击力才对，有的只是单纯的防御力。"

龙天印道："按照日月神蜗向你讲述的历史来看，它还从未自行消失于这个世界，化身为盾牌被光明之子使用。所以，它也不完全了解自己所化盾牌的作用。或许，这次就产生了一定的变异。而且，日月神蜗留给你的话你仔细琢磨过吗？那会不会是一句咒语？其中似乎也存在一些奥义。"

龙皓晨点了点头，道："我仔细琢磨过，我觉得那并不是一句咒语，似乎只是在描述事实而已。我也多次对着日月神蜗盾吟唱过，然而它没有任何反应。

"日月之御，在乎本心，光之引导，神之护佑。黎明曙光，夕阳黄昏，日月交替，神蜗为盾。

"从字面上来看，日月神蜗盾需要光明属性的引导，才会产生神的庇佑，变成一面盾牌来保护我。至于日月神蜗所说的黎明曙光、夕阳黄昏，这两个时间段都是日月交替的时候。而我也发现，每到这两个时候，我就会失去使用日月神蜗盾的能力。为什么会这样我不清楚，但自从我得到它之后，一直都是如此。日月神蜗最后留下的这番话，应该是想提醒我，在这两个时间段里不要使用日月神蜗盾，因为它无法保护我。所以，在之后的战斗中我也会刻意避开这两个时间段。"

杨皓涵喃喃地道："日月神蜗，日月交替。不对，你说得不对。既然它的名字叫日月神蜗，又怎么会在日月交替的时候失灵呢？这从常理上就说不通啊。日月神蜗这种神兽既然是被光明女神所眷顾的，那么，它应该是以吸收天地日月之精华来提升自身修为的。名为'日月'，那么日、月对它应该都有提升作用才对，日月的交替又怎会让它的威能消失呢？我还从未听说过有哪件神器或者史诗级装备会在特定时间失去威能。"

龙皓晨也陷入了沉思之中，杨皓涵的话点醒了他，可是，事实摆在眼前，日月神蜗盾真的是每到那两个时间段就会失去威能啊！这又怎么解释？

一旁的韩羽突然道："两位殿主，团长，我们不如换个思路想想，如果把团长的猜测反过来呢？"

"反过来？"龙皓晨惊讶地看着韩羽。

韩羽点了点头，道："是啊！按照杨爷爷所说，日月神蜗应该是以吸收天地日月之精华来提升自身修为的，那么，日月交替时如果不是日月神蜗盾最弱的时候，很可能就是它最强的时候啊！"

"可是，既然是最强的时候，为什么我无法感受到它的存在？"说到这里，龙皓晨的眼睛突然亮了起来。他是何等聪明，几乎瞬间就抓住了关键所在，"对啊！如果日月交替的时候是它最强的时候，那么，在我的力量无法完全激发它的情况下，它失灵就很有可能了。也就是说，并不是我失去了使用它的能力，而是我的力量不足以激发它发挥出真正的威能。而那个时候的日月神蜗盾，才是真正的日月神蜗盾。这样解释的话，日月神蜗最后留下来的话似乎就变得更加合理了。"

龙天印点了点头，道："有道理，很可能就是这样的情况。只是，这日月神蜗盾又需要多少灵力来催动呢？我可以给你一点提示，发动神印王座也需要极其庞大的灵力，基础值就是十万点。每一次发动之后，能够使用它进行战斗一刻钟的时间。一刻钟之后，灵力就会持续消耗。当然，以我们的修为，也会在战斗过程中不断吸收空气中的光元素来恢复灵力。所以，使用神印王座持续战斗一段时间，我们还是能够做到的。"

龙皓晨的眼睛再次亮了起来："我懂了，我懂了。"

他兴奋地高呼出声，一把搂住身边的韩羽，道："谢谢你韩羽，我明白了，我终于明白日月神蜗盾是怎么一回事了。"

韩羽看着龙皓晨，一头雾水。虽然是他提出了这个思路，可实际上他并没有深入地思考，没想到对龙皓晨的帮助有这么大。

"说说看，是怎么回事？我们也帮你理一下思路。"杨皓涵兴致勃勃地说道。

龙皓晨点了点头，道："假设我们刚才的推测是正确的，那么，每当日月交替的时候，日月神蜗盾就能发挥出它最大的威能。在那个时候，它应该是真正的神器，而且是相当强大的神器。而日月神蜗盾本身就是神器级别的存在，只是因为作为使用者的我还没达到发动神器的最基础的修为级别，所以才导致它只能发挥出史诗级装备的威力。这样一来，以我现在的修为，就只能够借助它的力量来进行防御了。也就是说，这日月神蜗盾会根据主人的实力强弱来自行调整自身威力的强弱。简单来说，如果当初我得到它的时候修为更低一些，说不定它就是传奇级装备而不是史诗级装备了。"

杨皓涵、龙天印和韩羽都点了点头，觉得龙皓晨的分析十分有道理。

龙皓晨继续道："既然是这样的话，那么，日月神蜗盾为星光神兽所化，它本身就应该是神器，而非史诗级装备，随着我实力的提升，日月神蜗盾也将渐渐表现出它真正的神器级威能。之前那彩光出现的时候，我就感觉有几分不对劲，那光芒似乎太过炽烈，少了日月神蜗原本的中正平和。这很可能是因为当时处于白天，日月神蜗盾只能够借助太阳的力量，遂将太阳的阳刚显现了出来。反之，如果是在夜晚，它作为神器所发出的力量应该就是阴柔的。也就是说，日月神蜗盾真正的性质应该是，白天是阳刚的神器，夜晚是阴柔的神器。"

韩羽听到这里忍不住问道："它在白天和夜晚都已经是神器了，那在日月交替的时候呢？"

龙皓晨深吸一口气，注视着面前的三人，一字一顿地道："超、神、器！"

听到"超神器"三个字，龙天印、杨皓涵和韩羽都不禁倒吸一口凉气。

韩羽还是从日月神蜗口中得知"超神器"这个概念的，这一点他和龙皓晨是一样的。但两位神印骑士并非如此，两人对视一眼，同时看到了对方眼中的震惊。

"超神器？也就是说，在特定的情况下，日月神蜗盾很可能释放出超神器级别的威能？"杨皓涵的声音略微带着几分颤抖。他当然明白一件超神器意味着什么，甚至比龙皓晨更加清楚。

龙皓晨道："杨爷爷，这只是我的猜测，至于是不是真的我也不确定。不过，就算是这样，想要发动一件超神器，别说是我，恐怕两位爷爷也未必能够成功吧。毕竟，越是强大的神器，发动时所需要的灵力也就越庞大。"

龙天印深吸一口气，道："皓晨，你明白一件超神器意味着什么吗？"

龙皓晨道："强大，能够扭转乾坤，如同禁咒一般的存在，甚至超越普通禁咒的威能。"

龙天印道："你这种说法过于宽泛了，让我解释给你听。你也知道，在咱们骑士圣殿有六大神印王座。你觉得，这六张神印王座中，哪一张最强大？"

龙皓晨茫然地摇了摇头，道："我连六张神印王座分别是哪六张都还不清楚呢。当初父亲说，什么时候我的修为达到了，再去了解神印王座也不迟。"

龙天印道："你父亲说得也没错，等你的修为达到了再了解也无妨。但是，我要告诉你的是，神印王座本身也有排名。譬如，老杨的神印王座就要比我的更加强大，而你父亲的神印王座，从战斗的角度来说，要超过我们两人的。神印王座的威能你也亲自见识过了，死灵魔神萨米基纳的修为有多强你知道吗？"

龙皓晨摇了摇头。

龙天印道："根据我们的推断，魔神皇很有可能真像他自己所说的那样，灵力已经突破一百万点。而在魔神皇之后，就是月魔神阿加雷斯、星魔神瓦沙克、死灵魔神萨米基纳以及地狱魔神马尔巴士。在七十二柱魔神中，真正可以和魔神皇商议魔族大事的，其实也就只有这四位魔神而已。

"从实力上来看，这四位魔神中，月魔神阿加雷斯无疑是最强的，他的灵力恐怕超过了六十万点。也就是说，在不考虑装备的情况下，阿加雷斯对咱们来说也是无敌的存在。毕竟，在咱们圣殿联盟中，还从未出现过灵力超过四十万点的强者。阿加雷斯之下就是星魔神瓦沙克，他的灵力应该也超过了五十万点，但因为他身为'魔族先知'，将绝大部分精力都用在了大预言术上，所以，他真正的战斗力并不是很强，只是大预言术十分可怕。而死灵魔神萨米基纳和地狱魔神马尔巴士的修为应该差不多，灵力都在四十万点以上。不过，因为恶魔族比地狱魔族强大，所以萨米基纳的排名要靠前一些。我的灵力在联盟之中算是排得上名次的，也才二十一万点而已。

"萨米基纳的魔神柱也是神器，但魔神柱和我们的神器不同，它更大的作用是保护魔神不死，同时自身极为坚韧，至于其他的提升作用，魔神柱就不能和我们的神器相比了。也就是说，我凭借着秩序与法则之神印王座这件神器，可以将我与萨米基纳之间那高达二十万点的灵力差距缩小甚至拉平。当然，在实力上，他依旧比我强，但如果我拼命应对，最终结局会是两败俱伤，这就是神器的威能。"

龙天印说了这么多，就是想向龙皓晨证明，一件神器有多么重要的作用。神器都已是如此，超神器就更不用说了。

"你们成长起来后，必定是咱们骑士圣殿的接班人，因此，现在告诉你们也没关系。在咱们骑士圣殿的六大神印王座中，有一张从未被人拥有过。根据先辈们的猜测，这张神印王座就是一件超神器。"

龙皓晨和韩羽几乎同时倒吸了一口凉气，目光也都变得灼热起来，他们确实没有想到，在骑士圣殿竟然还有一件超神器。

杨皓涵接过了龙天印的话："当年，魔族降临，大军压境，几乎毁灭了我们人类所有的城市，随时都有可能将人类完全毁灭。面对即将灭亡的危难，人类空前团结，成立了六大圣殿，在所有强者的带领下，勉强保住现在的疆土，凭着天险守护着人类最后的家园。不过，那时候魔族立足未稳，只要等它们熟悉了大陆的情况，调整好自身，我们人类的灭亡几乎是必然的。

"就在这时候，天空落下一颗流星，正好落在我们骑士圣殿的范围内，一张巨大的王座也随之出现。"

"只是一张？"龙皓晨惊讶地问道。

杨皓涵点了点头，道："没错，只有一张。这张巨大的王座是那么的瑰丽，散发着强大的光明气息，更有着无上的威严。它是被一块由多种金属与宝石融合而成的陨石包裹着落下的，陨石破碎后，露出了这张王座，先辈们称其为'神印王座'。

"我们的先辈集中了整个圣殿联盟所有的能工巧匠、炼金大师和强者，以那张从天而降的神印王座为标准，并以它的威能为参考，铸造出了五张新的神印王座。这五张神印王座分别是恐惧与悲伤之神印王座、末日与杀戮之神印王座、守护与怜悯之神印王座、智慧与精神之神印王座以及秩序与法则之神印王座。"

这还是龙皓晨和韩羽第一次听到五张神印王座的全称，这也让他们对那张从天而降的超神器级的神印王座更加感兴趣了。

龙皓晨问道："那在铸造这五张神印王座的时候，是怎么知道那张原始神印王座的威能有多强的呢？如果不知道它具体的威能，又怎么选取和利用材料？"

杨皓涵道："根据典籍记载，当时那陨石破碎成了五堆，每一堆都由金属和宝石组成，彼此之间似乎都有着强烈的吸引力。这五堆金属和宝石就是五张神印王座的材料来源。至于威能……"

说到这里，他眼中不禁流露出一丝向往之色。

"那张最先出现的神印王座，爆发过一次。"

"啊？"龙皓晨和韩羽不禁惊呼出声。那张超神器级的神印王座爆发过？

"可是，您不是说从未有人拥有过，也从未有人驾驭过那张神印王座吗？"

杨皓涵点了点头，道："是的，没有人驾驭过它，它完全是自行爆发出了强大的威能。也正是在那次爆发之后，它就完全失去了原本的光彩，在咱们骑士圣殿沉睡了整整六千年。

"那时候的魔族充满了侵略性。在短暂的调整之后，魔族并没有调遣大军向人类发动进攻，但是，第一代魔神皇带领着所有魔神直接冲进了圣殿联盟。人类能够勉强挡住魔族大军，却挡不住联合在一起的七十二柱魔神啊！七十二柱魔神所过之处，生灵涂炭，大量联盟强者惨死。当他们攻到联盟总部，也就是那张原始神印王座所在地的时候，七十二柱魔神还剩下五十二位之多。战死的二十位魔神之后也都在各自魔神柱的帮助下复活了。这场突击战，魔神们并没有带着他们的魔神柱一起前来。

"那时候，我们的先辈都以为人类要被灭亡了，因为绝大部分强者都已经战死，剩余强者的数量少之又少，而且还分散在联盟各处，根本来不及救援总部。我们现在的这五张神印王座当时还在讨论阶段，还没有开始铸造。那时，几乎所有的大师级工匠和炼金师都集中在那张原始神印王座处。先不说联盟总部被攻破，单是这些大师全部死在魔神们手中，对联盟来说就已经是致命的损失了。

"就在这个时候，这些大师级工匠和炼金师见证了一场奇迹，一场真正意义上的奇迹。

"五十二位魔神攻入圣殿联盟总部内部后，见到了这张原始神印王座。他们当然看得出这张神印王座的威能有多么强大。于是，他们立刻就向这张神印王座下手了，准备将它抢走。

"就在这时，这张原始神印王座爆发了。不知道它是被什么力量激活了，突然爆发出无比璀璨的光芒，光芒呈九种颜色。紧接着，九色祥云出现在空中，神印王座骤然化为一套甲胄和一柄闪耀着九彩光芒的神剑。那甲胄仿佛活了一般，握住神剑向魔神们发起了攻击。攻击的方式十分简单，就是在空中书写了十个大字，十个不属于我们这个世界、十分复杂的字。九彩光芒在这十个大字面前绽放交织。五十二位魔神中最终活着离开的只有十八位，第一代魔神皇也身受重伤，从此，魔族元气大伤。"

说到这里，无论是杨皓涵还是龙天印，脸上都泛起一种不正常的潮红，他们的呼吸也变得急促了，那种发自内心的骄傲与亢奋根本抑制不住。

龙皓晨和韩羽只觉得自己体内的血液都沸腾了一般。原始神印王座竟然只凭借十个大字就杀掉了三十四位魔神，并重创魔神皇，这是何等强大的威能啊！恐怕真的是神的力量才能做到吧。

龙皓晨的声音有些颤抖："我们的先辈认得出这十个大字是什么吗？"

杨皓涵摇了摇头，道："他们认不出，我说了，那是不属于我们这个世界的文字。不过，他们明白了其中的意义。当那十个大字出现的时候，他们每个人心中都得到了同样的答案。那十个大字就是：永、恒、与、创、造、之、神、印、王、座。"

龙皓晨和韩羽的身体都有些颤抖，因为激动，他们的拳头早已握得紧紧的。

"永恒与创造之神印王座。"龙皓晨重复着这充满震撼力的十个字，一时间，情绪几乎不能自已。

杨皓涵深吸一口气，道："正是因为当时那些大师级工匠和炼金师亲眼看到了永恒与创造之神印王座的威能，才明白了何谓神印王座。由此，历经三代人，经过百年努力，人类才终于铸造出了另外五张神印王座。

"在神印王座刚刚铸造完成的时候，本来应该每座圣殿各分一张。但是，后来大家发现，神印王座完全是光明属性的，而且它们似乎只认可骑士作为它们的伙伴。因此，经过数百年的磨合，最终，六张神印王座全部留在了我们骑士圣殿。"

说出这番话的时候，杨皓涵有种发自内心的骄傲。是啊！这是六千年来骑士圣殿最大的骄傲了。可以说，骑士圣殿能够在绝大多数时候都排名在六大圣殿第一位，究其根本就是因为拥有这六大神印王座啊！

杨皓涵看着已经激动得有些不能自已的龙皓晨和韩羽，道："现在你们应该知道一件超神器的威能有多么恐怖了吧。如果这日月神蜗盾真的能够在特定情况下发挥出超神器级的威能，那么，我们就真的拥有了抗衡魔族排名前五的五大魔神的实力，包括魔神皇。"

　　杨皓涵深吸一口气，深深地注视着龙皓晨，道："皓晨，我最希望看到的，就是有一天你能够得到永恒与创造之神印王座的认可。如果你真的成功了，那么，我们人类就有希望将魔族彻底毁灭，让大陆重新回到我们人类的怀抱之中。你是光明之子，并且已经成为神眷者，可以说，你是我们全部的希望。如果以你这样的天赋最终都不能获得永恒与创造之神印王座的认可，恐怕这张原始神印王座就将永远沉睡了。"

第178章
代理圣骑士长

杨皓涵接着说道："不要因为联盟对你的限制而有所不满，实在是因为我们在你身上寄托了太多的希望。你如此惊人的成长速度已经让我们看到了成功的希望。如果你能充分动用永恒与创造之神印王座以及你已经拥有的日月神蜗盾这两大超神器，那么，就算是魔神皇也未必能与你抗衡啊！"

龙皓晨默默地点头："杨爷爷，我从来都没有怪过联盟，我知道大家都是为了我好。您放心，我一定会注意安全，决不轻易犯险。"

杨皓涵微微一笑，道："这样就好。不管怎么说，今天你虽然违背了军令，但你的表现也令我们获得了大胜。这场难得的胜仗必将进一步削弱敌人的实力，令我们御龙关更加稳固。老龙，你看这样好不好，从现在开始，让这两个孩子参加御龙关军事会议。既然要培养接班人，我们的步子不妨迈得更大一点。"

龙天印点了点头，道："可以。我马上就要召开军事会议，你们两个就都跟着来吧。"

杨皓涵向龙天印道："老龙，皓晨拥有这日月神蜗盾的消息很突然，我要返回联盟总部一趟，召集六大圣殿首脑召开一次会议。这场人类与魔族的战争进行到这种程度，我们要为以后打算了。这段时间，御龙关要靠你了。"

龙天印和杨皓涵相交多年，立刻就明白了他的意思，毫不犹豫地点了点头，道："你放心好了，这边有我，退一万步说，实在不行，就只有……"

说到这里，龙天印停顿了。两大神印骑士目光相对，眼神中都多了几分冷厉。

龙皓晨和韩羽心中都是一惊，虽然龙天印没有明说，但他们从龙天印的话语中也能听出几分意思。看样子，骑士圣殿还有底牌，甚至是能够抗衡外面那由八大魔神统率的魔族大军的底牌。圣殿联盟六千年的积淀，果然不是说说而已啊！

龙天印和杨皓涵简单地交流之后，就带着龙皓晨和韩羽直奔骑士圣殿大会议室而去。

御龙关内并没有明确的军部区分，完全由骑士圣殿进行掌控，也就是说，身为神印骑士的龙天印，就相当于御龙关的军事总长。这个位子原本龙天印已经传给了儿子龙星宇，只是当时龙星宇和父亲之间的关系并不太好，他有自己的想法，所以，在一段时间之后，他就将军事总长的大权重新交还给了父亲，而他自己则去追求更加强大的力量了。

此时，大会议室内可以说是光芒闪耀。龙皓晨和韩羽跟着龙天印走进大会议室的时候，粗略地一看，就看到了二十几位精金基座骑士和一些至少是身穿传奇级甲胄的骑士圣殿高级将领。

龙天印在御龙关内的权威毋庸置疑，他一进门，所有骑士全部起立，以右拳叩击左胸，发出金属碰撞的声音。

龙天印带着龙皓晨和韩羽一直走到主位处才停下脚步。龙天印先向一众骑士比了个坐下的手势，然后自己才落座。龙皓晨和韩羽这哥俩自然是没有座位的，只好站在龙天印的背后。

只不过，此时龙皓晨成了全场瞩目的焦点。

精金基座骑士是圣骑士中的佼佼者，他们彼此之间都相当熟悉，每一套精金基座铠甲的背后，都有一个名字。

而龙皓晨这个新晋者，显然是不被这些老牌圣骑士所熟悉的。但之前在战场上，龙皓晨可以说是绽放出了最为夺目的光彩，他那彩光带来的震撼、干掉两只恶魔首领的强悍以及调动御龙关所有骑士士气的壮举，都深深地留在了这些骑士圣殿高层的脑海中。

因此，他们虽然不知道这位新晋的精金基座骑士是谁，但都不约而同地向他投去了善意的目光。

龙天印沉声道："今天我们获得了一场意外的胜利，又一次击退了魔族的进攻。我在各位身上看到了骑士的荣耀。我向大家介绍一下我身后的这两个人。韩羽，相信你们都见过了，他是你们的晚辈，也是目前依旧坐镇联盟、处理各种事务的圣骑士长韩芡唯一的孙子。经过我和盟主的商议，从今天开始，他也有资格作为一名旁听者参加御龙关的一切军事会议。"

一众骑士没有谁开口，都只是默默地点了点头。

先不说韩羽拥有圣骑士长韩芡的嫡孙这一身份，单是他自己在战场上的优秀表现，就足以令这些高层将领认可他了。他在战场上奋勇杀敌，指挥得当，而且以不到三十岁的年纪，就已经成为一名七阶圣殿骑士，他得到圣殿的特殊待遇不足为奇。谁都看得出，龙天印这是要着力培养韩羽成为骑士圣殿主要的后备人才。以韩羽这么出色的成绩，在不久的将来是很有可能成为下一位神印骑士的。

韩羽上前一步，恭敬地向在场各位行了一个标准的骑士礼后，重新退回到龙天印的背后。

龙天印将目光转向龙皓晨，道："这位是新晋的精金基座骑士，他身上所穿戴的，是十二号精金基座铠甲。相信大家之前都已经看到了他在战场上的表现。对于他，我目前还不能向大家做更多的介绍，大家可以以'精金十二号'来称呼他。他拥有的所有装备，包括大家在战场上所看到的那面强大的盾牌，全是他依靠自身能力得到的，并非来自圣殿的支持。我宣布，由他暂代圣骑士长一职，统率关内的秘银基座骑士。"

此言一出，下面顿时议论纷纷，连龙皓晨自己也愣住了。他怎么也没想到，爷爷居然会对自己委以如此重任。

在骑士圣殿之中，除了几位神印骑士和圣殿长老之外，圣骑士长的地位是最为尊崇的。

坐在龙天印下首的一名老者开口道："殿主，这个决定是不是有些草率？而且，我们也不熟悉这位新晋的精金基座骑士。"

这名老者是在场众人中少有的未穿戴铠甲的人，他一头白色短发十分利落，身材高大，穿着一件白色长袍，双目开阖之间，金光灿灿，在他身体周围，隐隐有一层光膜。他的气势完全内敛，以龙皓晨的精神力都无法探测到他真实的修为。

龙天印向老者道："何兄，这个决定是我和盟主商议后的结果。精金十二号是一名退下来的猎魔者，为联盟做出过极其特殊的贡献，完全可以担任这个职务。"

白袍老者微微颔首，没有再说什么。从龙天印对他的称呼就能看出他在骑士圣殿的地位。

龙天印转向其他高级将领，沉声道："圣骑士长一职一直都由韩芡担任，但这些年来，韩芡更多的是在协助盟主处理联盟中的一些事务，无暇亲自带领圣骑士团上阵杀敌。我知道，在座的各位，尤其是精金基座骑士，可能都会对精金十二号有些不服气。但圣殿绝不会做出草率的决定，我只说一条他的功劳，如果在座各位有谁认为自己对联盟做出的贡献比他的更大，可以提出来，由大家共议。如确实如此，那么，代理圣骑士长一职就由所做贡献更大的那个人来担任。"

听龙天印这么一说，大会议室内顿时安静了下来。

龙天印身为神圣骑士，在骑士圣殿内有着极高的威望。而且一直以来，骑士圣殿的军队都由他指挥，所以，一看他脸上带着怒意，谁也不敢再质疑。更何况，龙天印说了，担任代理圣骑士长要比功劳。在座各位有谁不是为圣殿联盟以及骑士圣殿立下过汗马功劳的？他们也想听听，这位新晋的精金十二号究竟有何等了不得的功劳能够后来居上。

龙天印环视全场后，道："不久之前，精金十二号带领着他的团队，在魔族境内击杀了魔族七十二柱魔神中排名第七十二位的蛇魔神——安度马里。"

说到这里，他停顿了一下，大会议室中已经有骑士露出了不以为然的神色。

击杀魔神固然是大功，可蛇魔神安度马里不过排名末位，这份功劳虽大，但要说超越了在场所有高等骑士的功劳，似乎有些夸大了。

龙天印继续道："并且，摧毁了安度马里的魔神柱。也就是说，今后，在魔族中再也不会出现蛇魔神了。"

全场哗然。

击杀蛇魔神不算什么，可是，摧毁了魔神柱就完全不同了。

人类进入黑暗年代六千年了，六千年以来，还从未有过摧毁魔神柱的记录。他们万万没有想到，眼前这位精金十二号竟然做到了。

这是人类历史上摧毁的第一根魔神柱，其意义震古烁今。这意味着人类终于找到了摧毁魔神柱、动摇魔族根本的方法。

这份功劳别说在场的骑士圣殿众人比不了，就算是放在整个圣殿联盟都是首屈一指的啊！

众位高等骑士看着龙皓晨的目光全都变了，除了好奇之外，更多了一份尊敬，对于强者的尊敬。虽然他们不知道龙皓晨是如何做到的，但是，能够做到这一点又岂会是平庸之辈？

之前开过口的何姓老者缓缓起身，面向龙皓晨，以右拳扣胸，道："我，骑士圣殿副殿主、神圣骑士何俊，为刚才的质疑向你致歉。你让骑士的光辉洒遍大地，代理圣骑士长一职由你担任，实至名归。"

龙皓晨赶忙还礼，沉声道："为了骑士的荣耀。"

在场的所有骑士跟着龙皓晨重复了这句话："为了骑士的荣耀。"

是骑士圣殿的人第一次毁掉了魔神柱，这份功绩在圣殿联盟之中无人能出其右，身为骑士，他们又怎会感受不到这份荣耀呢？

何俊向龙皓晨点了点头后又转向龙天印："殿主，既然精金十二号立下如此大功，你看，是否可以去掉'代理'二字，同时加副殿主衔？"

何谓神圣骑士？就是未得到神印王座认可的九阶骑士。这位神圣骑士何俊同时也是骑士圣殿副殿主。

龙天印摇了摇头，道："不用了。他的功劳联盟不会忘记，我们骑士圣殿也不会忘记。他未来的职务，等到他获得神印王座的认可再说吧。他现在年纪还太小，不适宜担任过高的职务。"

龙天印这句话再次带给众位高级将领强烈的震撼。

什么叫"等到他获得神印王座的认可再说"？也就是说，秩序与法则之神印王座的拥有者、掌控与约束之神印骑士龙天印已然断定，这位精金十二号未来必将获得神印王座的青睐，成为当今骑士圣殿的第四位神印骑士。

这可不是说说那么简单的，哪怕是以龙天印的身份，这样的话也绝不可能轻易说出口，如果没有绝对的把握他是绝不会这么说的。更何况还有后面追加的一句，他年纪还太小？什么是太小？小到什么程度？

龙皓晨也没想到爷爷居然会这样介绍自己，没有揭露他的身份，却一下就让他成了众人关注的焦点。

在短暂的不适应之后，龙皓晨已经明白了爷爷的用意，龙天印这么做的目的很简单，就是为他造势，为他的未来造势。

无论是龙天印还是杨皓涵，都表示过，未来的龙皓晨，是一定要接任骑士圣殿殿主之位的。而现在的龙皓晨还未在骑士圣殿中担任任何有实际意义的职位，这样的话，就算他未来成了神印骑士，在骑士圣殿内部得到的认可也会大打折扣。两位神印骑士这是要让他更多地了解骑士圣殿，更多地得到这些骑士圣殿高层的认可。

让他暂代圣骑士长这个职位的目的正是如此，是为了给他未来的接位造势。

何俊眉头微皱，下意识地问道："殿主，能否问一下，精金十二号的年龄有多大？难道比当初星宇殿主成为神印骑士时还要年轻吗？"

龙天印略微沉默了一下后，道："等他成为神印骑士的那一天，大家会知道的，目前还需要保密。我刚才所说的话，同样要保密。好了，开始今天的议事吧。"

经过一系列的造势之后，龙皓晨从这一刻开始，已经正式成为代理圣骑士长，这也意味着他在骑士圣殿高层拥有了属于自己的一席之地。

龙天印指了指他下首处一张空着的座位，向龙皓晨示意了一下。

这个时候，龙皓晨自然不可能推辞，只得入座。韩羽很自然地跟在龙皓晨背后站定，没有继续留在龙天印的身后。

别忘了，他可是龙皓晨的扈从骑士。

这样一来，在场众人对龙皓晨的身份就更加好奇了。

甚至有人觉得，这位该不会就是韩荄圣骑士长吧？不然，为什么韩荄的孙子，一名七阶圣殿骑士，都要跟着他，而不是站在刚刚宣布他有资格参与军事会议的龙天印殿主的身后呢？

御龙关最高层的军事会议开始，将领们分工明确，详细的战场统计已经汇总了上来，包括己方伤亡情况，对敌方伤亡的估算以及敌方目前兵力部署情况等。

此时的龙皓晨只是一个旁听者，他明白爷爷为什么要带自己来这里，所以他听得很认真，以他惊人的记忆力，只需要稍微注意一下就能将所有的数据牢记在心中。

之前那场大战，骑士圣殿的损失并不算很大，虽然伤者数量众多，但真正重伤和死亡的并不多。这也和骑士圣殿的战略有很大关系。因为这是一场持久战，在战争初期出现大量战斗减员之后，骑士圣殿就极为重视对伤者的治疗。士兵一旦受伤，立刻就会被替换下去接受治疗。

虽然骑士圣殿的总兵力不能和魔族相比，但御龙关中同时守关的士兵数量不超过两万人。采取循环作战的方式，尽可能地减少伤亡，这是龙天印制订的最根本的战略。从目前来看，骑士圣殿能坚持这么长时间，和这个正确的战略是分不开的。

当然，这样的战略有利有弊，弊端就在于御龙关将士们的士气不高，而且很难给敌人造成沉重的打击，只能处于被动挨打的局面。

听完了汇总统计后，龙天印沉声道："根据我们的侦察得知，魔族的食物已经到了山穷水尽的地步。今天这场攻防战，魔族既是为了继续削弱我们的实力，也是为了给己方'制造'食物，但它们没想到情况发生了变化，结果是它们败退下去，并没得到食物的补给。因此，我估计魔族在调整之后，很快就会进行下一次进攻。所以大家一定要保持警惕，继续做好防御工作。

"魔族在关外整编的军团还有二十三支左右，实力都相当强大。尤其是时至今日，那三支神皇军团始终未动，一直都是我们巨大的威胁。迫于它们带来的压力，我们才采取被动防御的策略。而现在，魔族受到环境的制约，实力在不断减弱，我们的战术也该有所改变了，可以从原本的被动防御改为攻守结合了。"

出奇的是，所有骑士圣殿的将领竟都兴奋起来，没有一个反对的，看那样子，大有几分摩拳擦掌的意味。

也难怪他们会如此，他们在御龙关被压制了整整一年半的时间，一直都处于被动防御之中。魔族想打就打，而骑士圣殿这边在龙天印的指挥下连一次反扑都没有。

今日一战，对于骑士圣殿来说不只是一场胜利，更是燃起了骑士们心中的斗志。他们本就有些按捺不住了，龙天印一说要改变战术，他们自然都产生了强烈的兴奋感。

副殿主何俊道："殿主，攻守结合我同意，但还需要从长计议，切不可大意。毕竟，保住御龙关对我们来说才是最重要的。"

虽然龙天印制订的被动防御战略令主战的骑士圣殿将领们有些不以为然，但以他在骑士圣殿的地位，又有谁敢反对？何俊就是他最坚定的支持者。

一年半下来，事实证明，龙天印的战略是正确的，虽然御龙关的将士们被压制得十分憋屈，但骑士圣殿的伤亡数字一直都保持在安全范围内，而魔族的伤亡数字却在不断增加。尤其是在它们缺少食物补给，必须以尸体作为食物之后，伤亡数字就更大了。恶劣的环境对它们的削弱作用也越来越大。

龙天印点了点头，道："我有个想法，大家来商量一下。以我们目前的情况，只要死灵魔神萨米基纳不调动那三支神皇军团，我们的防御就不会有任何问题。就算他调动了神皇军团，我们硬拼之下，也是两败俱伤的可能性更大。正如何兄所说，我们就算要攻击敌人，也要在固守御龙关的前提之下，同时，还要尽可能地避免伤亡。

"因此，我建议，在进攻时采取闪电战，以最精锐的部队偷袭敌军，一击即退，有效地杀伤敌人，同时要更好地保证自身安全。以此牵制魔族，进一步削弱它们的实力。"

何俊点了点头："我同意殿主的建议。抽调大量军队和魔族正面对抗是不可取的，那相当于我们放弃了自己的优势，但以小股精锐部队偷袭魔族是完全可行的。"

龙天印道："大家可以各抒己见，进行讨论。"

接下来倒不是讨论了，而是掀起了请战的高潮。

几乎所有的将领都表示愿意带领精锐部队偷袭魔族，给敌人以重创。整个会议的气氛也变得前所未有的热烈。

战术逐步被完善，而真正的执行者只有少部分人。在这些执行者之中，就有龙皓晨和韩羽。

夜色弥漫，呼啸的北风不时发出呜呜声。

魔族大营中，一片寂静。

这么寒冷的天气，哪怕是再跋扈的魔族，也会缩在自己的营帐之中。巡逻的士兵数量很少，毕竟，一直以来都是魔族主攻，而骑士圣殿就像是一个缩头乌龟，从未出过要塞，这也让魔族放松了警惕。

御龙关外的气温，在夜晚足以达到零下四十度，滴水成冰。

这样严寒的天气，无论是对于魔族还是人类来说，都有着极大的影响。

为了照顾这边的战场，魔族几乎将能够调配的厚实帐篷全都运送到了这边，尽可能地让每一名魔族士兵都睡在帐篷里。

刚开始的时候，这实在是有些艰难。上百万精锐大军集结在这里，想要全都有帐篷睡，对于物资短缺的魔族来说真不是一件容易的事。但随着战争的进行，伤亡数字不断地增加，同时魔族也在不断地更换、调派兵种，现在它们所有的帐篷终于能够勉强挤下守在御龙关外的大军了。

一个二十平方米的帐篷里面至少要睡十名魔族，可以说是极其拥挤。不过，这也有好处，最起码它们可以靠在一起相互取暖。

灰扑扑的魔族大营的帐篷绵延数十里，帐篷之间挨得十分紧密，以尽可能地抵御寒风。其中，三大神皇军团就分别驻扎在魔族大营的三个方向。

死灵魔神萨米基纳不愧是魔族五大支柱之一，他并没有让高阶魔族住在大营内部，反而是越高阶的魔族住在越外围，住在内部的都是相对低阶的魔族。

这显然不只是因为高阶魔族更耐寒，更重要的是，一旦人类真的针对魔族大营有所行动的话，外围的高阶魔族反应会更快一些，更能抵挡人类的进攻。这样的安排也令萨米基纳得到了一致的拥戴。

熊魔萨哈巴和三名同伴刚刚钻入帐篷不久，在对它们来说相当狭小的帐篷内挤成一团。

四只熊魔的动作十分一致，都用手捂着自己的肚子。

饿啊！

体形庞大、防御力惊人、在战场上宛如壁垒一般的熊魔，饭量也是极其惊人的。可是，它们已经连续好几天没有吃饱了。

魔族大营储存的那些尸体都已经吃得差不多了，今天它们四只熊魔才分到了一条狂魔的大腿，这对它们来说，根本连塞牙缝都不够啊！

可是，整个魔族大军都处于食物紧缺之中，它们也没办法。有八大魔神在这里震慑，谁敢闹事？那不是找死吗？

所以，天色一黑，它们就赶紧钻入营帐之中休息了。

萨哈巴它们的情况还算好的，它们隶属于神皇第四军团，相对来说，它们的待遇在整个魔族大军中已经算得上是优待了。那些低等一些的魔族，甚至已经有一两天没进过食了。

本来之前那一战，魔族大军是能够得到足够的食物补给的，可突如其来的变化令萨米基纳不得不提前下令撤退，导致真正能够带回来的尸体数量很少，完全不足以弥补食物的短缺，而后方运送的下一批食物还不知道什么时候才能到。

魔族的高级将领们也都知道，继续这样下去，这支大军迟早会被耗死在这里。

这场人类与魔族的战争，从开始到现在，短短一年半的时间里，魔族大军的总量已经减少了三分之一。

虽然人类六大圣殿遭受的打击同样是巨大的，但从伤亡数字上来看，魔族的损失至少是人类的五倍。而且，这个差距还在不断地拉大。

月魔族、星魔族以及逆天魔龙族始终都没有出现在战场上，这成了制约魔族大军破关的最大问题。

很多魔族将领包括其他魔神都不理解，在他们看来，只要魔神皇肯亲自出战，那么，魔族破掉任何一座人类的雄关都不成问题啊！他们又哪里知道，魔神皇根本就没想过要将整个人类灭绝，他只是要大幅度削弱人类数千年来积蓄的力量而已。

四只熊魔哼哼唧唧地挤在一起，肚子饿，身体就没有力气，更何况外面的天气是如此寒冷。就算它们的身体耐得住严寒，但恶劣的天气会进一步加大它们的体力消耗，令它们饿得更快。

萨哈巴发出一声低沉的吼叫："饿死了，不行，我要出去弄死几个拿来吃。"

它所谓的"弄死几个"，显然不会是针对御龙关那边，它可不想去送死，既然不是针对御龙关，那自然就是针对它们魔族自己了。

旁边一只熊魔听了萨哈巴的话，眼冒绿光，道："狂魔怎么样？弄两只狂魔来，就够我们吃了。再这样下去，我们没被冻死也要饿死了，我可不想成为其他族类的食物。"

虽然魔族会食用同类的尸体，但有一点它们还是会注意的，那就是任何族类都不会以本族族员的尸体为食物，这也是它们最后的底线。

几只熊魔的眼睛都亮了起来。

狂魔的实力远不能和它们的实力相比，族群之间的地位更是没有可比性。熊魔神华利弗就在这里，而狂魔一族可是没有魔神的。

所以，就算真的被发现了，它们这些神皇军团的熊魔也不会吃什么亏。

魔族本就是个弱肉强食的世界。

帐篷外，凛冽的寒风呜呜作响，吹得帐篷有些晃动。这帐篷虽然还算厚实，但实际上也就能抵御寒风而已，真正要抵御寒冷，还得靠它们自己的体温和厚实的皮毛。

萨哈巴眼中凶光一闪："走，总不能饿死。我们身为高贵的熊魔，抓两只狂魔来吃算什么，用它们低贱的生命来延续我们高贵的生命岂不是理所当然？"

饿得眼睛发绿的四只熊魔再也忍耐不住，悄无声息地从帐篷中钻了出来。

才一出帐篷，四只熊魔就忍不住打了个寒战。

寒风如同刀子一般割在它们的皮毛上，虽然没有直接带给它们伤害，但顷刻间就令它们身体表面的温度降低了很多，那冰冷刺骨的寒意迅速向它们的体内渗入。

"走。"萨哈巴心一横，带着三名同伴朝着狂魔营帐的方向走去。

熊魔本就皮糙肉厚，最耐寒，而且它们隶属于神皇军团，所以，它们的帐篷在整个军营的最外围。因此，它们想要找狂魔的麻烦，就必须进入大营的内部。

就在这个时候，萨哈巴仿佛感受到了什么。

"你们闻到了没有？好像有一些特殊的气味。"萨哈巴停下脚步，疑惑地向身后看去。

凛冽的寒风中，营帐外一片漆黑，什么都看不到，只能隐约看到远处的御龙关城楼上灯火通明。但因为距离太远，御龙关的光芒显然是照不到它们这边的。

另一只熊魔道："萨哈巴，你是饿极了吧。是不是闻到了烤肉的气味？哎，真想吃点烤肉啊！"

这话一说，包括萨哈巴在内，几只熊魔不约而同地吞咽了一口唾液。是啊，此刻要是有美味的烤肉吃，那该多好。

就在萨哈巴以为自己因为过度饥饿而出现了幻觉的时候，突然，一道身影悄无声息地摸到了它们的身后。

这道身影完全被包裹在黑色的斗篷内，几乎与黑夜融为了一体。在他身体周围，还泛着光晕，将他自身的气息完全收敛在内。

金色光芒一闪，萨哈巴等四只熊魔几乎同时感觉到有一股寒意袭来，下一刻，它们就什么也不知道了。

四具巨大的尸体缓缓倒在地上。在这四具尸体的头上，各多了一个血洞。一击贯穿大脑，这令它们连惨叫声都无法发出来。要知道，熊魔身上最坚硬的部位就是头部啊！这要有何等实力才能做到？

根本不需要担心有血腥味弥散出去，因为在如此寒冷的环境下，四只熊魔身上甚至连血液都还没有流出，尸体就直接被冻住了。

只见那黑色身影轻轻一挥手，一道道同样被斗篷包裹的身影悄悄地摸了上来，横向排成一列。

黑色身影缓缓地摘下头上的帽子，露出一张苍老的脸，可不正是骑士圣殿副殿主何俊吗？此时，在他那黑色斗篷下，隐藏着一身闪耀着橘红色光芒的铠甲。

跟他一起来的一共有五十多个人，每个人身上都有光晕在波动。这种光晕和龙皓晨的精神力屏蔽有些相像，是一种隐藏气息和身体的特殊装备，属于精神属性范畴。

在六大圣殿中，骑士圣殿的富有程度仅次于魔法圣殿，这种特殊的装备还真有不少。此时，这些骑士圣殿的强者，每个人的脖子上都戴着一条名为"灵障"的项链。

第179章
突袭魔族大营

灵障项链能够发出奇异的精神磁场，屏蔽一切精神探测，对范围型精神探测更是有奇效。

凭借着灵障项链，骑士们可以极大程度地隐藏自身气息，再加上他们本身的修为极高，所以，他们很难被发现。就算是魔神级别的强者，也必须集中精神朝着固定的方向探察，才有可能发现他们。

何俊右手轻拍，这四具熊魔的尸体就被收入了空间储物魔器之中。在条件允许的情况下，他们绝不会给魔族留下食物。

何俊再次看了看天色，抬起右手在空中接连比了几个手势。跟他同来的骑士们立刻悄无声息地散开，静静地潜伏在黑夜之中，凛冽的寒风似乎对他们一点影响都没有。

一抹淡淡的寒意在何俊的眼底闪过，只见他手腕一翻，双手之中已经多了两个足有拳头大的暗金色金属球。看着这金属球，他眼底顿时流露出几分热切之色。

他抬头看了一眼矗立在魔族大营中心位置的八根巨大的魔神柱后，也隐藏在了黑暗之中。

魔族中军大帐内。

死灵魔神萨米基纳还没有休息，他将其他几位魔神都召集了过来。

八大魔神中来了七位，只有狂战魔神阿难不在。

事实上，战争开始之后，阿难就失踪了，只是按照魔神皇的要求将他的魔神柱留在了这里。

对于这个阿难，萨米基纳也毫无办法。阿难的个体实力足以和排名前五的魔神一拼，至少不比萨米基纳和马尔巴士差，但他并没有属于自己的族群，他只是单纯地追求个人的力量。

这么一位魔神，谁能拿他有什么办法？也就是魔神皇的命令他还听一听，至于其他魔神，在他眼里最多也就是切磋的对象。

阿难被称为狂战魔神绝对是有原因的，只要战斗起来，他才不管对方是魔族还是人类，必定会以死相拼，不决出胜负绝不罢手。所以，就算是同为魔神的萨米基纳，也不愿意和他进行切磋。魔神们都觉得他是个疯子，这疯子不在军营中反而更好。阿难的原话是，御龙关没有他的目标。

萨米基纳坐在主位上，他的下首位是熊魔神华利弗，其他五位魔神的排位要比他们低不少，自然要坐在更下面的位置。现在，其他六位魔神都注视着萨米基纳。

萨米基纳此时的情绪不太好，他身上的灰色光晕若隐若现，双目微眯，似乎在思索着什么，已经半天没有吭声了。

"四哥，咱们明天还要继续发动攻击，这次是不是要把兵力加强一些，不然的话，我下面的兄弟要闹事了。它们已经好几天没吃饱了，再这样下去，恐怕不行。"

说话的是华利弗，他掌管着熊魔族，论实力，在魔神之中也是名列前茅，自然可以和萨米基纳平等地进行交流。

萨米基纳点了点头，道："没想到今天会出现这样的意外。当时人类的士气已经提升到了巅峰，继续战斗下去对我们很不利，所以只能先撤军。这些人类真是卑鄙，居然把我们族员的尸体都抢回去了。明日的战斗不可避免，是该给人类一些教训了。”

华利弗冷冷地哼了一声："真不明白陛下为什么要让我们维持持久战，要是将三大神皇军团都派出去，说不定我们早就破关了，还用得着像现在这样连饭都吃不上吗？人类一定有大量的粮食储备。"

萨米基纳眼中流露出一丝严厉之色，冷冷地扫了华利弗一眼："有本事，这话你直接对陛下去说。"

"呃……"华利弗顿时语塞，目露凶光，看向下面五位魔神，"我刚才说过什么吗？"

那五位魔神什么也不敢说，立刻摇头，表示什么都没听到。

萨米基纳沉声道："够了。我们现在要商议一下明天的行动。随着战斗的持续，我们的损耗也越来越大，如果继续这样下去，或许我们反而会成为最后的失败者。陛下的命令，是让我们持续消耗人类的实力。为了我们自己，明日一战，一定要给他们点厉害看看。是该让我们的族员改善伙食了，总是吃自己人的尸体也不是办法，这次一定要让骑士圣殿脱层皮。"

华利弗大喜，道："四哥，你这是要调动神皇军团了？"

萨米基纳点了点头，道："调动两支神皇军团辅助战斗吧，总不能全都上阵。上次神皇第二军团莫名其妙地被大幅度减员，陛下大怒，连我都受了惩罚。神皇军团是咱们魔族的根本，还是要尽可能地减少其损失。"

熊魔神华利弗道："明天我也去吧。我倒要会会那个龙天印，看看他的秩序与法则之神印王座能不能和我一拼。另一位神印骑士就交给你了。"

萨米基纳却摇了摇头，道："不，我们还不能出手。一旦我们加入战场，就会变成最终决战，局面必定不可收拾，这是陛下不允许的。而且，你别忘了，这里聚集了我们两族近乎全部的主力，你损失得起吗？"

华利弗眉头微皱，道："反正都听你的就是了，你说怎么办就怎么办。"

萨米基纳瞥了他一眼，心中暗暗冷笑：华利弗，你以为我不了解你吗？表面上十分莽撞，内心之中，你比谁都阴毒。

熊魔神在七十二柱魔神中排名第六位，并没能成为魔族五大支柱之一，他怎么可能不觊觎前五的位置？他可不是那个只追求个人实力的阿难啊！

在魔族五大支柱中，魔神皇的地位不可动摇，月魔神的实力之恐怖大家也都很清楚。至于星魔神，那就更不用说了，是魔族先知，也是魔神皇最重要的臂助，还是月魔神的好兄弟。谁要是敢针对他，必定要同时承受魔神皇和月魔神的怒火。更何况星魔神本身的实力就十分可怕了，他的大预言术，谁敢说自己承受得住？在魔族中早就有风传，说星魔神是唯一能够威胁到魔神皇的存在。

既然这三位的地位不可动摇，那么，熊魔神华利弗想要上位，也就只剩下两个目标了，那就是死灵魔神萨米基纳和地狱魔神马尔巴士。

别看华利弗表面上对萨米基纳言听计从，其实萨米基纳很清楚，这家伙随时都有可能在背后捅自己一刀。华利弗虽然不参与对魔族大军的统率，却对熊魔族的实力抓得很紧，他这是在等萨米基纳出现失误呢。

所以，萨米基纳对华利弗有着很强的防备之心。魔族七十二柱魔神的排位可不是一直不变的，只要实力足够，谁都可以向上挑战。当然，这种挑战是在不动用魔神柱的前提下。

一般来说，越是排名靠前的魔神，地位就越稳固，遭遇的挑战也就越少。至少排名前十的魔神的排位已经有数百年没有变过了。

就在萨米基纳看着华利弗，心中暗暗腹诽之时，在场的七位魔神突然精神一振，目光投向同一个方向。

"敌袭？"华利弗的眼中流露出震惊之色。

就在刚刚那一瞬间，他们清楚地感受到有强烈而庞大的光元素在魔族大营边缘爆发了。

七位魔神快速冲出营帐，朝着光元素出现的方向看去。只见远处数十道炽烈的金光冲天而起，将黑暗的夜空照亮了。紧接着，一个个巨大的金色光球落了下来。

这些金色光球的直径都有一米左右，而且是朝着同一个方向落下的。光球落下之后，数十道金色身影立刻腾起，朝着御龙关的方向奔去。

"不好！"萨米基纳大喝一声，身体已经闪电般扑出，以他强大的修为，从中军大帐赶到出事地点只需要一瞬间而已。可是，在他出来的时候，那些光球已经落在一个位置了。就算萨米基纳的反应再快，之前也经过了发现光元素、出帐、判断这几个过程，而这短暂的时间已经足以令那些偷袭魔族大营的骑士得手。

"轰、轰、轰、轰、轰、轰……"

一连串恐怖的轰鸣声响起。那些光球是朝着同一个位置落下的，以至于它们爆发出的轰鸣声几乎也是在同一时间响起。

恐怖的金色光芒瞬间就掀飞了周围数十处营帐，此外，还能够清楚地看到，一团团金色光芒在迅速叠加，每一次叠加，那恐怖的轰鸣声就会增强几分。金光的范围没有扩大，但随着声音的增强，金光的颜色也开始出现变化。

那金光从最初的亮金色，渐渐变成白金色，然后是赤金色，最终变成了深邃的暗金色。

就在这金光变色的过程中，萨米基纳已经赶到了爆炸的核心位置。可是，在这个时候，他什么都做不了了，准确地说，是什么都不敢做了。

萨米基纳也不知道那光球是什么东西，不过，他看出来了，这光球单个的威力不大，但叠加在一起后，爆发出了光系禁咒的威能。

任何属性的禁咒，在完成爆发之后，都是不可逆的。萨米基纳能够做的，最多也就是抵挡它对自己的攻击。如果他想要凭借自身实力完全消灭这个禁咒，就必须爆发出比它更强的禁咒才行。

可是，尽管萨米基纳是魔神，他完成一个禁咒也是需要时间的啊！而且，这里是魔族的军营，他再使出一个禁咒的话，只会让魔族的损失更加巨大。

魔神的强大在这个时候彰显无遗，萨米基纳口中发出一声愤怒的长啸，另外六位魔神也在第一时间跟了上来。

面对这经过叠加后所产生的光系禁咒级别的恐怖攻击，七位魔神迅速占据了七个方位，身上同时发出无比强烈的光芒。

军营核心处，七根魔神柱同时光芒大放，七道巨大的光芒朝着这边射过来，分别落在七位魔神身上，他们都做出双手向前推的动作。

能够看到，萨米基纳身上的光芒是灰色的，而华利弗身上的光芒是黄色的。

这并不代表他们本身的属性不是黑暗属性，正是因为颜色的不同，才更加显现出他们的强大。

不同的颜色代表着不同的实力，只有修为达到九阶之后，灵力才会发出与本性、能力相合，且超越属性限制的颜色。

这七位魔神身上发出的光芒各不相同，也就意味着他们全是九阶以上的强者。魔神们本身的实力再加上魔神柱的增幅，其联合在一起的实力之强大可想而知。

七种不同颜色的光芒同时发出，就产生了十分恐怖的威势，这威势竟然硬生生地将那已经爆发的光系禁咒压制在一定的范围内，令其无法再扩散。

七位魔神知道，消灭禁咒已经不可能了，但是，他们可以将它的破坏力控制在一定范围内。毕竟，光系禁咒对于魔族的伤害实在是太大了。

能够看到，在被金光覆盖的大约直径两百米的范围中，魔族帐篷正在一个接一个地被点燃，里面的神皇军团的强者们在惨叫声中拼命抵抗。可是，它们依旧难逃化为灰烬的厄运，哪怕是拥有强大防御力的熊魔也不例外。

这还是禁咒没有继续扩散的结果，如果让它扩散到直径上千米的范围，其破坏力就更加难以想象了。

七位魔神的脸色都极其难看。他们七个一起抵抗光系禁咒，还承受得住受到的冲击，毕竟，他们的魔神柱在这里，他们只需要消耗一定的灵力就可以了。但是，看着大量神皇军团的士兵就这么在禁咒中殒命，他们的愤怒可想而知。可他们只能做到这一步，只能眼睁睁地看着这一切发生，甚至没法去追击那些已经逃遁的骑士。

就在这个时候，在魔族大营的另一个方向，同样是神皇军团驻扎的地方，一个个夺目的金色光球骤然出现，攻击的也是同一个位置。

七位魔神的脸色再次大变，就连萨米基纳的脸色都已经变成了一片铁青色。

这是战争开始以来，御龙关的骑士第一次对魔族大营发起攻击，没想到竟是如此的决绝。

七位魔神至今也不知道人类是通过什么方法做到的。在魔族都由于畏寒而蜷缩在营帐内的深夜时分发动突袭，其威力可以说是发挥到了最大限度。

就在七位魔神全力以赴地压制第一次禁咒攻击的时候，另一边的禁咒攻击又展开了，这显然是早就计划好的。

战争已经进行了一年半的时间，就像魔族对骑士圣殿的防御能力有着十分深刻的了解一样，人类对这支魔族大军同样有着充分的了解。

魔族大军的优势毋庸置疑，但它们的一些劣势和问题也早已被骑士圣殿的强者看得清清楚楚。

别的不说，单是魔族大营的密集阵形就是一个大问题。人类如果能够在一定程度下采取火攻，火烧连营并不是不可能。当然，以魔族强者的实力，人类如果只是采取火攻的话，最多也只能破坏一部分营帐，想要伤害到外围的神皇军团显然是不可能的。

所以，骑士圣殿始终都没有发动过突袭。突袭这种事，只有第一次的效果才是最好的。麻痹敌人需要时间，突袭时攻击的强度需要达到最大，如果草率行动，只能是打草惊蛇。骑士圣殿一直隐忍到现在，才终于反击了。

同样是数十道金色身影，在抛出了那些刺目的光球之后毫不恋战，立刻转身就走，急速飞行离去。而那恐怖的叠加禁咒，就那么在魔族大营的另一个方向爆发了。

强烈的金光在神皇军团驻扎的位置爆发出一片巨大的金色蘑菇云，恐怖至极的金色光芒以惊人的速度向四周弥散。

在第一个禁咒爆发时，虽然已经有大量魔族强者从睡梦中惊醒，可是，一切发生得实在是太快了。

哪怕是那些七八阶的魔族，也不可能像正在议事的七位魔神那样反应那么迅速。在饥寒交迫的情况下，它们早早地就进入了梦乡。

骤然感受到光明属性气息的出现，它们更多的只是从睡梦中惊醒过来，甚至还来不及冲出大营，第二轮攻击就已经出现了。

下一刻，那些处在光系禁咒范围内的魔族强者就已经被悄然吞噬，彻底陨灭在那光明圣火之中。

这第二个禁咒没有魔神们的制约，快速地向外围蔓延着。在蔓延到一定程度的时候，它的威力已经不足以杀伤魔族，但点燃帐篷完全没问题啊！整个魔族大营都因为这次突袭而变得混乱不堪。

就在这个时候，骑士们的第三轮攻击又出现了。

"动手！"龙皓晨大喝一声，他双手之中各握着一个暗金色的金属球。

那金属球在浓郁的光明属性灵力的注入下，顿时绽放出直径一米的金色光圈，然后朝着之前锁定的位置飞了出去。

在龙皓晨身后，五十多名身体笼罩在黑色斗篷内的骑士同时出手，大片的金属球快速地飞了出去。

他们这第三轮攻击同样出现在神皇军团中，只不过攻击的位置更靠近魔族大营内部。一连串的金属球抛出后，龙皓晨立刻打出撤退的手势。

"老大，不如我们趁着魔族陷入混乱，冲杀一番？"韩羽的声音在龙皓晨耳边响起。

龙皓晨果断地摇了摇头："禁咒持续的时间不会太长，我们的目的只是偷袭，现在立刻撤退。否则等七位魔神反应过来，到时候我们想走都走不了了。"

龙皓晨虽然急于完成一千万点功勋值的任务，但是，他知道，保障自身安全同样重要。可以说，现在他的生命不只是属于他自己，还属于整个联盟。所以，他丝毫没有恋战，立刻带领着五十多名骑士朝着御龙关的方向撤回。

这场突袭就是军事会议上计划好的，目的简单、直接，完全针对魔族的三大神皇军团展开。

三大神皇军团虽然一直都没有加入战斗，但它们的存在对御龙关的威胁是毋庸置疑的。

经过一年多的侦察，骑士圣殿早就摸清了三大神皇军团驻扎的位置，甚至连那些作为魔法兵种的地狱魔所处的具体位置都很清楚。

像白天攻城时那些依附于恶魔背后的地狱魔，其实有一部分是神皇军团的。作为魔法兵种，它们对于御龙关的威胁才是最大的。因此，今晚发动的突袭最主要的袭击对象就是神皇军团以及地狱魔。

之前出现在何俊、龙皓晨以及每一名骑士手中的金属球，是骑士圣殿的一种秘密武器，今晚还是第一次出现在战场上。

这种武器叫光爆弹，是纯粹以光元素产生爆炸性杀伤力的强大武器，也是骑士圣殿压箱底的好东西。

最初研制这玩意儿，是为了用在魔导大炮上。魔导大炮的威力毋庸置疑，但是能耗极高。一颗五六阶的魔晶，往往只轰击一次，里面的灵力就被抽空了，就算是九阶的魔晶，也一下就被消耗掉了。

因此，圣殿联盟就打算研制实用的炮弹，用与元素亲和力强的金属和低阶魔晶混合进行制作，如果成功的话，必定能够大大增强魔导大炮在实战中的作用。

经过多年的研制，各种问题不断出现，研究者们始终不得其法。而骑士圣殿在研制过程中，无意间就做出了光爆弹这种东西。

光爆弹完全不能由魔导大炮来发射，因为光爆弹受到刺激后会立刻产生强大的爆炸力，往往还没出膛或者刚出膛就爆炸了。结果就是，它根本不足以给敌人构成威胁，反而成了自杀性武器。

但是，在一次试验中，骑士圣殿的研究者们突然发现，他们研制出的光爆弹有一个优势，那就是具有叠加性。多颗相同品质的光爆弹爆发后，能够产生威力叠加的效果，而且这个叠加效果可以持续增强，成倍地增强。

这一发现令他们兴奋不已，于是他们对原本已经准备放弃的光爆弹又重新研究了起来。

经过不断地研制、试验，最终他们发现，将光爆弹的威力限制在相当于光系四阶魔法的程度时，它的叠加融合性最好，几乎可以无限制地持续进行叠加。可惜的是，它依旧不能用魔导大炮进行发射，只能人工投掷。投掷者还必须是光明属性的，以光元素将其点燃再抛出，才会爆发出叠加的爆炸力。

这东西被研制出来后，很快就又出现了问题，想要在战场上将它们的威力进行叠加实在是太困难了。

一颗威力仅相当于四阶魔法的光爆弹，一投出去，立刻就会被敌人抵挡住，又如何进行叠加呢？

可以说，想要在正面战场上让光爆弹持续叠加并产生禁咒级的强大威力几乎是不可能的。

而且，别看这光爆弹本身只能发挥出四阶魔法的威力，其制作成本却极高。不但需要大师级的工艺，更是需要包括秘银在内的多种珍贵金属粉末以及光系魔晶，而且失败率还很高。

因此，这项研究虽然成功了，最终制作出来的光爆弹的数量却很少。珍贵金属还好说，总能弄得到，可是，这光系魔晶就太难得到了，总不能让骑士们去骑士圣山猎杀光系魔兽吧？

所以，在骑士圣殿的宝库中，这光爆弹一共就只有几百颗，自从研制出来后，就没有被动用过。

耗费那么多精力制作出了这东西，骑士圣殿自然也思考过在什么情况下使用它们才能够发挥出最大的威力，答案就是偷袭，对敌人的偷袭。唯有如此，才能发挥出光爆弹的叠加效果。所以，在今晚这场突袭之中，光爆弹终于第一次发挥了作用。

为了这场突袭，骑士圣殿军部制订了极为详细的计划。突袭只有第一次的效果最好，因此，龙天印决定，将这压箱底的东西全都拿出来。

分三面进攻也是计划好的，而且是有节奏的三面进攻，为的就是不让那七大魔神分散开，确保本方参与突袭的所有人员能够全身而退。

要知道，参与这场突袭的可都是骑士圣殿的精英啊！除了韩羽，其他人没有一个不是秘银基座骑士以上级别的强者。龙皓晨、何俊这些领头者，更是精金基座骑士。实力如此强大的一支偷袭小分队，是御龙关绝对损失不起的。

发动第一轮攻击的骑士无疑是最危险的，因为他们很可能会遭到魔神的追击，所以由何俊这位神圣骑士亲自统率。而龙皓晨他们则被安排在了最后一拨，这是为了进一步确保他们的安全。

在这种情况下，龙皓晨又怎会不明白爷爷的苦心呢？

五十余道身影纵身飞出，各自展开灵翼急速飞行。龙皓晨刻意落在最后面，他召唤出了星王，同时密切关注着后面的动向。

整个突袭行动近乎完美，除了第一个禁咒的威力被七大魔神限制了扩散之外，其他两个禁咒的威力几乎完全爆发了。就算不足以毁掉整个神皇军团，至少也会令神皇军团中的魔法兵种地狱魔全军覆没。

这就是禁咒的恐怖。在这种禁咒的突袭面前，实力普遍在六阶以上的地狱魔也没有太大的抵抗能力。以熊魔那样的防御力，都要在这恐怖袭击中丧命，更不用说身体脆弱的地狱魔了。

此时，七大魔神心中的愤怒已经达到了顶点，他们面前这个禁咒的威力刚刚开始减弱，另外两个禁咒就已经完全爆发了。

虽然魔族大营中其他的魔族九阶强者也纷纷站出来试图减弱禁咒的威力，可这些强者毕竟没有魔神柱保护，不敢硬撑。因此，能够看到，又一片巨大的金色蘑菇云在魔族大营中炸开了。

萨米基纳双拳攥紧，青筋暴起。自战争爆发以来，虽然魔族的损失一直都很大，但像现在这样正面直接遭受打击还是第一次。

那可是直属魔神皇的三大神皇军团啊！

上次神皇第二军团受到沉重打击就引起了魔神皇的震怒，神皇第二军团的军团长是萨米基纳手下的一位恶魔王，险些被魔神皇直接打死，直到现在都还在养伤。这一次可是三大神皇军团遭遇沉重打击，魔神皇恐怕不会轻易饶过萨米基纳。

这个时候，萨米基纳注意到了最后一批撤走的人类骑士，他一眼就看到了龙皓晨胯下的星耀独角兽王。

哪怕在萨米基纳这种级别的魔神眼中，那也是相当强大的光系魔兽了。更何况，在白天的时候，他刚刚见识了它的主人释放出的神器的光辉，此时又怎么可能忘记呢？

看到龙皓晨，萨米基纳心中一动，暗暗想到，自己想要平息三大神皇军团的损失带给魔神皇的怒火，恐怕只有靠那件神器了。如果自己能够上交一件光系神器，平息魔神皇的怒火应该是足够的。

因此，他立刻就付诸行动。巨大的灰色双翼悄然拍动，下一刻，他的身体已经宛如一颗流星一般朝着龙皓晨追了过去。

龙皓晨自然不可能猜到死灵魔神萨米基纳心中的想法。他又怎么想得到，自己为避免身份暴露而没有施展灵翼，却因为星王的关系将这位死灵魔神给引了过来。

萨米基纳的突然离开，令其他六位魔神吃了一惊。禁咒还没有完全结束，他这一走，禁咒的威力顿时扩散了几分，又将数十名神皇军团的士兵卷入其中。华利弗明白萨米基纳的意图，因为他也注意到了龙皓晨，也准备去追击，只是被萨米基纳抢了先而已。

在这种情况下，华利弗就不能再出手了，否则就是在向萨米基纳挑衅。他心中虽然一直惦记着进入魔神前五位，但要说真的和萨米基纳撕破脸他可是不愿意的，恶魔族的实力有多强大他清楚得很。

龙皓晨正和伙伴们撤退，另外两拨骑士已经回到御龙关了。就在这时，他突然感受到一股难以形容的恐怖压迫力。这种压迫力他还是第一次感受到，哪怕在父亲和爷爷身上，也从未出现过。

　　这压迫力来自空气中，龙皓晨只觉得身体周围的空气在全方位地挤压着自己，以至于星王的速度一下就慢了下来。那种无所不在的压迫力，仿佛要硬生生地将他挤碎一般。

　　"不好！"

　　不用回头龙皓晨也能猜到是怎么回事，能够带给他如此压迫力甚至让他连反抗的念头都兴不起来的恐怖强者，只有魔神了。

　　"韩羽，你们快走！"龙皓晨大喝一声，立刻让星王掉转身体，同时释放出了自己的光之涟漪。

　　橘红色的光芒瞬间从他的左臂上绽放开来，护住全身。

　　日月神蜗盾不愧是有可能成为超神器的存在，刚一释放，龙皓晨就感觉全身一轻。

　　不过，在这个时候，龙皓晨已经看到了那如流星赶月般追来的死灵魔神，心中不禁倒吸一口凉气。

　　这可是魔族排名第四的魔神啊，灵力超过四十万点的恐怖强者！就连爷爷也自认不是他的对手。

　　九阶之上，一级一个台阶，那种差距可不是嘴上说说那么简单。九阶之上，每提升一级都相当于提升了一个新的九阶。以爷爷龙天印超过二十万点的灵力，再加上神印王座，都只是有可能与死灵魔神萨米基纳拼个两败俱伤。龙皓晨又凭什么来抵挡？

　　可是，在这个时候，龙皓晨不能退。

　　他是这支临时小分队的统帅，更是新任的代理圣骑士长，在这生死存亡的关头，他怎么能将战友的后背交给敌人呢？所以，他必须留下，尽自己的一切力量来抵挡萨米基纳。

无论如何，星王的速度不可能与萨米基纳相比，一旦被萨米基纳追上，或许龙皓晨就真的连一点抵抗的可能都没有了。

　　或许，真的又要动用那份力量了吧。除了它，还有什么可以帮助自己脱离这必输的战斗呢？

第180章
死灵魔神

龙皓晨心中已经有了决断，为了活下去，他恐怕不得不再次动用永恒之塔。唯有进入永恒之塔，才有逃脱的可能。不过不是现在，他必须先想尽一切办法拖住萨米基纳一段时间，至少要让自己的伙伴们成功离开才行。

"团长！"韩羽也看到了萨米基纳，但他没有感受到空气中的压迫力。萨米基纳的目标只有龙皓晨一个，根本没将其他人放在眼里。

"快走，我有办法脱身。"龙皓晨焦急地向韩羽递出一个眼色，他深知，以萨米基纳的实力，一次攻击的余波都很有可能毁灭像韩羽这种级别的骑士。

韩羽牙关一咬，以他和龙皓晨的默契，自然明白龙皓晨在暗示什么，自己留下只会成为龙皓晨的负累。所以，他立刻转身，和其他秘银基座骑士一起飞快地朝着御龙关飞去。和韩羽不同的是，那些秘银基座骑士没有表现出任何担心的情绪。在他们眼中，龙皓晨是拥有神器的强大的代理圣骑士长，强者为弱者断后，一向是骑士的传统，他们现在要做的就是尽快赶回御龙关，让龙皓晨无后顾之忧。

看到伙伴们快速离去，龙皓晨的心也快速安定下来。看着那不断放大的身影，他深吸一口气，将手中的光之涟漪收了起来，缓缓抬起散发着橘红色光芒的左手。

龙皓晨很清楚，面对死灵魔神萨米基纳，光之涟漪这件辉煌级装备根本就不可能发挥出任何作用，甚至都无法承受自己全力以赴爆发出的战斗力，因此，他只能将它收起。而此时，龙皓晨也没有要取出自己那两柄神剑的意思，不只是因为它们正处于温养之中不适宜被打扰，更重要的是，一旦使出这两柄神剑，那么，他的身份必将暴露。到时候带给骑士圣殿的，就真有可能是毁灭性的打击，因为魔神皇是绝不会放过他的。

　　因此，龙皓晨想得很清楚，他要凭借日月神蜗盾来硬挡萨米基纳，让自己的伙伴们有足够的时间撤退。同时，他也相信，御龙关那边正注视着魔族大营的爷爷一定已经发现了这边的情况。不到万不得已，他也绝不会动用永恒之塔的传送能力。

　　萨米基纳看到龙皓晨抬起了自己的左手，下意识地放慢了自己向前飞行的速度。

　　今天白天，他亲眼看到了那面盾牌的强大，他可不知道这面盾牌是如何转化为神器的。面对神器，就算他确信自己有绝对的优势，也不会大意。

　　萨米基纳背后的天空几乎是刹那间就完全变成了灰色，一个巨大而狰狞的恶魔头像就在这灰色天空之中闪现出来，一股灰色气流几乎是瞬间就将龙皓晨吞噬，滔天的死亡气息宛如无数怨灵在哀嚎一般。

　　这一切都是在几次眨眼之间发生的，从龙皓晨他们撤退到萨米基纳追上来，不过数秒而已。

　　此时的龙皓晨，已经完全摒除了心中的杂念。

　　换作其他的八阶圣骑士，面对死灵魔神这种级别的强者，恐怕已经慌了，更别说发挥出自身全部实力了。但龙皓晨不会，他是光明之子，是神眷者，经过一年多的闭关苦修，他心中早已没有了任何杂念。因此，他几乎是瞬间就进入了剑心空明的状态。

　　萨米基纳恐怖的死灵领域已经将龙皓晨包围，但在这个时候，龙皓晨左手上的橘红色光芒已经全面绽放。

一股剑意竟从这面盾牌上爆发出来，巨大的橘红色光圈硬生生地在死灵领域中支撑起一片只属于龙皓晨的天空。

萨米基纳的瞳孔骤然收缩，飞行的速度再次减缓。在很久以前，他感受到过这样的剑意，在那次的战场上，连魔神皇都被这样的剑意伤到了。

萨米基纳虽然没有魔神皇活得久，但也早已超过了三百岁，他曾经亲眼看到了战士圣殿殿主、光明剑神夜无伤挑战魔神皇的那一幕。

那一战结束得很快，夜无伤的实力怎么可能与魔神皇相比？但是，夜无伤就是凭借着那强大的剑意，孤注一掷，在自己殒命之前伤到了魔神皇。

而此时，在眼前这名身穿精金基座铠甲的骑士身上，萨米基纳又感受到了那股剑意。

夜无伤的剑意，充满着无与伦比的执着与锋利，而眼前这名精金基座骑士的剑意之中更多了一种通透与浩然。

剑意不同，但威力显然不会相差太多。夜无伤当初使用的是一柄神剑，那柄神剑也是神器。眼前这精金基座骑士的武器更加怪异，居然是一面能发挥出神器级威力的盾牌。

萨米基纳活了三百多年，这种情况还是第一次碰到，所以，不由得他不谨慎。

在萨米基纳看来，能够身穿史诗级精金基座铠甲并掌控一件神器，龙皓晨至少是神圣骑士那个级别的九阶强者，即便不是神印骑士，但凭借着一件神器，实力应该也和龙天印差不了太多。所以，萨米基纳对龙皓晨实力的判断就到了另一个层次。尤其是看到那强大的剑意竟然在自己的死灵领域中撑起了一片天空后，他就更加肯定了自己的判断。

龙皓晨此时并没有多想什么，他的心中只有剑。

没错，日月神蜗盾不是剑，但这并不影响龙皓晨将自己的剑意释放，因为他的心中有剑。

一年半之前，他心中的剑意最多只是雾状的，勉强能够看到一丝剑的形态。

而一年半之后的今天，他心中的剑意已经完全变成了液态的，并且完成了塑形。

单从剑意上来看，现在的龙皓晨确实已经可以和夜无伤相比了，所差的只是修为和更加深刻的领悟。但是，他的年纪毕竟还太小，整体来说，与身经百战的光明剑神夜无伤还有着极大的差距，想要用这股剑意镇住死灵魔神可不是那么容易的事情。

萨米基纳在这个时候已经出手了，忌惮龙皓晨的剑意不代表他会放弃龙皓晨手中的神器，相反，萨米基纳此时势在必得。而且，他已经想好了，一定要杀死龙皓晨。灭掉一位领悟了剑意的神圣骑士，这同样是大功一件。虽然由于骑士圣殿的特殊炼制方法，魔族留不住精金基座铠甲，但能够拿到一颗神圣骑士的灵丹也是不错的，那可是好东西啊！

人类的灵窍超过了九个之后就会产生灵丹，也叫灵核。任何人类强者的灵窍，其数量都可以通过修炼不断增加，但灵丹只能有一颗，就存在于人的第一个灵窍之中。

灵丹的作用远超魔族强者体内的魔晶，毕竟灵丹是只有人类九阶强者才会拥有的东西。魔族完全有能力将灵丹中的属性去除，将其变成纯粹的灵力。在战场上，一颗灵丹就相当于一条命，对于死灵魔神萨米基纳这样的强者来说，都是如此。

灵丹能够在关键时刻瞬间将全部灵力补充给使用者，而且不会对使用者造成任何冲击。也正因为这样，灵丹在魔药师的眼中就是极品丹药。

越是强大的九阶强者，其灵丹的效果就越好。圣殿联盟是绝不允许剥离九阶强者的灵丹的，九阶强者如果去世，立刻会被安葬在一处特殊的陵园之中。而这个地方，只有圣殿联盟最顶层的领袖才知道。这也是圣殿联盟最大的秘密。就算是龙皓晨想知道，也要等到他成为骑士圣殿殿主的那一天。

一只灰色的大手破空而出，瞬间伸长到十米开外，直接朝着龙皓晨抓了过来。

龙皓晨丝毫不惧，目光澄澈，高举在头顶的左手十分缓慢地放下。

这时，橘红色的光芒猛然扩散。能够清楚地看到，一个直径超过十米的橘红色光环缓缓下降。而前一刻还无比浓郁的剑意，在这一刻却消失了。龙皓晨的周围除了那橘红色光芒之外，还有从星王身上释放出来的笼罩了他全身的金色光芒。

"噗——"橘红色光环与那灰色的大手碰撞在一起。

萨米基纳做出一个合握的动作。顿时，恐怖的黑暗与死亡气息在龙皓晨身体周围爆发。那恐怖的灵力波动，哪怕是在御龙关内都能清楚地感受到。

受到对方的重视，虽然会降低对方攻击的频率，但同时也会将对方的真正实力引出来，招来更加强大的攻击。

龙皓晨的眼底流露出一丝冷厉，此时此刻，在他的感知中，只有死亡与黑暗。

他的本心之中，那液态的剑意以无可比拟的速度迸发而出。

龙皓晨只觉得自己心中出现了"当"的一声轻响，那种感觉很难形容，仿佛有什么东西破碎了，又有什么东西出现了，一丝明悟瞬间袭上他的心头。

只不过，此时的他显然不可能去想这些，那橘红色光环中蕴含了他全部的剑意。

御龙关。

炽烈的蓝金色光芒正以飞快的速度朝着魔族大营这边射来。

此时此刻，龙天印的心如火烧一般。他万万没想到，萨米基纳会针对龙皓晨出手。在之前所有的讨论中，也有对于魔神直接出手的估计，但在估计中，七大魔神最可能出手的时刻是在最初，他们如果不管那禁咒的爆发，倒是有可能针对第一拨攻击的骑士出手。而这一拨骑士里面有何俊这位强者在。

有他的抵挡，足以令他所率领的那一拨秘银基座骑士安全地撤回来。更何况，在军部商议时，魔神出手的可能性被认为是微乎其微的。

那可是接连落在三大神皇军团中的三个禁咒，这些魔神就算解决了第一个，也要尽可能地去压制另外两个禁咒爆发时产生的威力，以减少损失。神皇军团，那是连魔神皇都要心疼的。谁能想到，死灵魔神萨米基纳竟然会突然不管禁咒，跑出来针对龙皓晨一个人出手呢？

　　此时，龙天印肠子都悔青了，他现在也突然想到了症结所在。龙皓晨被认出来的可能性是非常小的，毕竟，他的坐骑变了，武器变了，实力也有了天翻地覆的变化。除非萨米基纳有透视眼，否则是绝对不可能认出龙皓晨的身份的。

　　那么，他突然对龙皓晨出手就只有一个原因，那就是针对龙皓晨白天展现过的那件神器。

　　龙天印知道，自己还是疏忽了，疏忽了龙皓晨暴露的可能性。如果龙皓晨的灵翼和其他人的一样，那么，他绝不可能引得萨米基纳出手，此时肯定已经平安归来了。可是，他的灵翼有两对，太过特殊，以至于他不得不召唤出自己的坐骑星耀独角兽王。萨米基纳一定是从龙皓晨的坐骑判断出了他就是白天杀死那两只恶魔首领的强大人类骑士，所以才针对他出手。

　　事情到了这个地步，后悔也没用了，这是计划赶不上变化，谁也想不到会有这种情况出现。现在他们唯一能够做的，就是尽可能地去援救龙皓晨。

　　此时在御龙关上的骑士圣殿高层之中，唯有龙天印知道龙皓晨对于骑士圣殿的真正意义。更何况，龙皓晨还是他唯一的孙子啊！

　　对于龙皓晨，龙天印心中本来就有着强烈的愧疚，此时此刻，眼看着孙子被萨米基纳攻击，甚至已经完全陷入了萨米基纳的领域之中，他又怎么可能不着急呢？

　　蓝金色的光芒在龙天印背后带起一道绚丽的蓝金色尾焰，能够清楚地看到，秩序与法则之神印王座在他背后闪耀的光华中分解，一道道蓝金色光芒不断从背后追上龙天印，化为一块块甲胄包裹住他的身体。

　　每一块蓝金色的甲胄覆盖在龙天印的身上时，他的气息就会变得强大一分，他背后的天空也变得更加明亮一些。龙天印决定全力以赴，就算自己身陷险境，也一定要将龙皓晨救回来。这就是他心中此时此刻唯一的想法。

龙天印的速度不可谓不快，但是，终究还是比距离更近、主动发起攻击的死灵魔神萨米基纳慢了一些。当他从御龙关出发的时候，萨米基纳幻化出的死神之握就已经抓住了骑在星王身上的龙皓晨。

"嗡——"

奇异的嗡鸣声响起，紧接着，萨米基纳只觉得有一种难以形容的特殊感觉骤然从死神之握中爆发出来。

原本无比强悍的灰色大手突然变得僵硬了，紧接着，一圈橘红色的光晕骤然扩散开来。

"哧——"

灰色大手几乎瞬间破碎，化为一片灰色雾气四散开来，璀璨的橘红色光芒带着无与伦比的气势破雾而出。

一幕奇异的景象出现了，原本寂静的黑夜之中，一根金色光柱居然从天而降，就那么照耀在龙皓晨身上，令骑着星王的他看上去是那么神圣。日月神蜗盾的直径已经达到了两尺左右，绽放出的橘红色光芒变得异常强烈，就像是反射了那空中落下的金光一般，霎时，巨大的光柱直奔萨米基纳轰击而去。

"这是……"萨米基纳大吃一惊，当他的死神之握抓住龙皓晨的时候，他惊讶地感觉到，这名精金基座骑士似乎并没有他想象的那么强大。但是，很快，他就又一次被震撼了。

在那橘红色光环中，迸发出了无可比拟的强大剑意，那股剑意就像是突然爆炸的灵力，但又强大千万倍，居然一下子就将他的死神之握给撕碎了。

更令萨米基纳吃惊的是，撕碎死神之握的并不是强大的灵力，而是那剑意中的精神力量。也就是说，并不是龙皓晨的修为能够抵抗死神之握，而是他那突然爆发出来的强大剑意截断了萨米基纳对于死神之握的控制，从而破掉了这一击。

那接天连地的金色光柱充满了浩然之气，当它照耀在萨米基纳的灰色光芒之中时，隐约间能够听到清越的乐曲声。那些灰色雾气在接触到这金色光柱时，居然无法抵挡这金色光柱的冲击，都在飞速地消散着。

龙皓晨此时是在萨米基纳的领域之内啊！

领域之内，掌控属性、元素的完全是领域的主人，而龙皓晨却像是没受到半分影响似的。这就只能说明一个问题，那就是龙皓晨的光明属性的纯净度要超过萨米基纳的黑暗属性的纯净度。身为魔族排名第四的魔神，萨米基纳又怎能不吃惊呢？

但是，吃惊不等于他不继续出手，相反，他心中的战意也因为龙皓晨强大的抵抗力而变得更加强烈了。

面对那金色光柱，萨米基纳的眼神变得冷厉了几分，然后他抬起右拳，缓缓向前轰出。

萨米基纳这一拳轰出的时候，正好是那金色光柱完全落下的时候。时间掌控得极好，可以说毫无偏差。

无尽的灰色旋涡与金色光柱碰撞在一起，凄厉的呼啸声几乎瞬间就将那清越的乐曲声掩盖了下去，十二个狰狞的恶魔头像悄然浮现，光芒交错中已经将那光柱撕扯得支离破碎。

龙皓晨用的是神降术，源自光明女神的力量，通过日月神蜗盾使用出来。这并不是他第一次尝试，这样的攻击，自然要比光明女神咏叹调的威力小一些，但是在纯粹的灵力碰撞的情况下，威力要更加强大。

可是，他的对手毕竟太强大了。哪怕是神降术，在死灵魔神面前也无法起到真正的作用。

闷哼声中，龙皓晨身体剧震，连带着星王也颤抖起来。

看似简单的攻击，龙皓晨已经用尽了全力。抵抗死神之握这个九阶强度的攻击，并且发起反击，这已经是他所能做到的全部。

实力的差距是巨大的，再强大的剑意，如果没有足够的灵力支持，也不可能绽放出全部光辉。

萨米基纳对龙皓晨出手时根本没用全力，龙天印在赶来他自然看得见，而且，虽然只是简单的交手，但以他强大的实力又怎会感受不到龙皓晨真正的修为呢？

萨米基纳已经明白，这只是一名拿着神器的八阶骑士而已，他的修为绝对还不到九阶。不过，无论他的修为如何，只要自己能够拿到神器就足够了。

萨米基纳未尽全力也是有原因的，日月神蜗盾还没有释放出神器的威能，他总要小心一些，白天所见的那彩光可是令他心惊过的。那光芒的威力究竟强大到什么程度，他总要摸清楚才行。

金色光柱破碎，那灰色旋涡已经铺天盖地般涌上来，几乎是瞬间就将龙皓晨的身体笼罩在内，连带着星王都被吞噬其中。

死亡轮回，这是萨米基纳的绝学。面对这个技能，就算是龙天印，也必须依靠神器的力量才能抵挡。

龙天印能够及时救援龙皓晨吗？答案是否定的。

因为就在龙天印前进的道路上，一道雄壮的身影挡在那里，正是熊魔神华利弗。

虽然华利弗嫉妒萨米基纳的地位，但是身为魔神，在大局面前，他还是分辨得了孰轻孰重的。

在第一个禁咒解决了之后，华利弗让其他五位魔神去减弱另外两个禁咒的威能，救援神皇军团的人，他自己则迅速飞出，越过萨米基纳，挡住了龙天印的去路。

萨米基纳是出于什么目的去追击龙皓晨，华利弗怎会不明白？神皇军团受到如此重创，受到责罚的绝不会只有萨米基纳一个，华利弗也有责任。所以，这件用来平息魔神皇怒火的神器，他们必须拿到。他自然不能让龙天印去干扰萨米基纳。

"滚开！"龙天印大喝一声，此时，他背后的天空已经完全变成了蓝金色，与死灵魔神萨米基纳灰色的死灵领域形成了鲜明对比。

瑰丽的蓝金色甲胄将龙天印的身体完全包裹在内，蓝色月光是这件秩序与法则之神印王座幻化而成的甲胄的主题。

武器只有一件，就是一柄巨大的蓝金色的战锤，以龙天印的修为，竟然也需要使用双手才能操控它。

说起来也巧，熊魔神华利弗双手之中竟然也分别握着一柄大锤。这两柄大锤通体呈金黄色。

"轰隆——"

掌控与约束之神印骑士龙天印的单锤与熊魔神华利弗的双锤在空中狠狠地撞击在一起。

华利弗并没有释放领域，但是，当三锤相交的那一刹那，在他背后，一个高达百丈、通体呈黄色的巨熊的身影赫然浮现，作仰天咆哮状。

剧烈的轰鸣声令御龙关和魔族大营为之颤抖，在那轰鸣声中，急速飞行的龙天印被硬生生地拦了下来，并且被震得后退了百米。

熊魔族最强大的就是力量，哪怕龙天印此时身穿秩序与法则之神印王座幻化而成的甲胄，在纯粹的力量比拼下，依旧不是华利弗的对手。

魔族中排名第六的魔神又岂是那么容易对付的？没有足够强大的实力，华利弗又怎敢觊觎五大支柱魔神的地位？

龙天印被震退，没有吭声，他现在清楚地看到了远处有灰色雾气涌动，却看不到龙皓晨和萨米基纳的身影。

他与萨米基纳已经交手过数次，对龙皓晨的能力也十分了解。他知道，就算龙皓晨不隐藏实力，在萨米基纳面前也坚持不了多久。更何况，龙皓晨现在还不能够自如地掌控那日月神蜗盾，让它发挥出神器的威能。

不过，龙天印不愧是掌控与约束之神印骑士，越是在这危难关头，他反而越冷静。

他将手中蓝金色的战锤缓缓举向空中。这柄战锤的总长度大约在一丈二，锤头浑圆，直径在两尺开外。在那巨大的锤头上，有各种月亮的印记，满月、上弦月、下弦月……每一个印记上都闪耀着夺目的蓝金色光彩。

他将这战锤举起之后，沉声吟唱道："天与地，秩序与法则，听我号令，月之神力，映——"

顿时，他身后那漫天的蓝金色光芒剧烈地波动起来，居然就那么凝聚成一轮上弦月。紧接着，上弦月释放出一道炽烈的蓝金色月光，投射在他那柄战锤之上。

华利弗以双锤震退龙天印，自己其实也受到了不小的冲击，尤其是龙天印那神器级的战锤上传来的浓郁的光元素，更是令他需要花时间来驱除。

此时，眼看着那道月光投射在龙天印的战锤上，华利弗的神色顿时变得凝重起来。

萨米基纳对华利弗说过，龙天印这柄战锤名为"月神"，月神之力同样是光明属性的。当龙天印倾尽全力攻击时，他的领域就会变成月亮形态，这种时候的龙天印最可怕。而月亮的体积越大，就代表龙天印的攻击越恐怖，如果到了满月状态，就算是萨米基纳，也要避其锋芒。

华利弗双臂向身体两侧打开，挺起坚实的胸膛，仰天发出一声怒吼。他背后的黄色巨熊骤然变得凝实起来，他的身体也在瞬间膨胀，充满狂野气息的气流随之迸发。

论修为，华利弗只略微逊色于萨米基纳。而论身体强度，在魔族之中敢说稳胜他的，就只有魔神皇枫秀而已。龙天印的实力再强，他也不会退避，硬碰硬是熊魔一族最擅长的战斗方式。

"万——熊——之——力——"面对龙天印兜头盖脸砸来的蓝金色月神之锤，华利弗怒吼一声，一对巨锤做出一个向上撩的动作。

"砰——"双方的三柄巨锤再次碰撞在一起，可是，这一次它们竟然直接粘在了一起。华利弗背后的巨熊和龙天印背后的上弦月都爆发出无比璀璨的光芒。夺目的光芒形成了一股巨大的螺旋状龙卷风离地而起，几乎照亮了从御龙关到魔族大营范围内的整个天际。

华利弗原本狂野的眼神中渐渐流露出震惊之色，因为他清楚地感觉到，自己在力量上竟然被渐渐压制了，而且身体周围的空间正在以惊人的速度破裂着。这些破裂的空间在阻隔他与自身领域之间的联系，周围的一切也仿佛完全陷入了龙天印的掌握之中。

秩序与法则的强大，就在于对领域的控制，虽然秩序与法则之神印王座在六大神印王座之中排名末位，可单纯比拼对领域的增幅的话，它是仅次于永恒与创造之神印王座的。

龙天印的领域不仅能够极大程度地增幅自身，同时也能破坏敌人的领域。而到了九阶这个级别，领域的作用至关重要。

"轰——"华利弗连带着他的双锤倒飞出去，就像一颗巨大的黄色炮弹一般朝远处飞去。

他背后那用来增幅自身的熊魔领域居然应声破碎了，而龙天印身后的蓝金色上弦月变大了一倍，月神之锤上反射的蓝金色光芒也变得更加璀璨。

一抹有些不正常的潮红在龙天印的脸上闪过，想要击退熊魔神谈何容易，他已经是在超负荷地催动秩序与法则之神印王座了。可是，为了救回龙皓晨，就算付出再大的代价他也甘愿。

龙天印再次深吸一口气，正当他准备向萨米基纳幻化出的死灵领域冲击的时候，却看到了令他无比震惊的一幕。

萨米基纳的死灵领域正在剧烈地颤动着，而且，里面竟然有千百道金光向外迸发。以萨米基纳的领域的强度，竟然完全不能阻止那金光绽放的恐怖威能。整个领域不但被剧烈地搅动着，更是剧烈地颤抖着，金光所过之处，死灵领域的灰色居然在疯狂地消失，整个领域就像一只在垂死挣扎的巨兽一般。

这怎么可能？这是龙天印心中的第一个念头。他深知龙皓晨的实力，别说他还无法运用日月神蜗盾神器级别的能力，就算能够运用，以他和萨米基纳之间巨大的实力差距，也不可能破掉萨米基纳的领域啊！

在龙天印与华利弗碰撞的时候，他心中只是祈祷着龙皓晨能够凭借日月神蜗盾多抵御一会儿，能够给自己的救援争取更多的时间。可他万万没想到会出现这样的情况，那金光分明就是光明属性的，而且，看眼前这样子，竟然像是龙皓晨占据了上风，而且还是绝对的上风。

对于九阶强者来说，领域就像是他们生命的延续，一旦领域被破，那么，打击是无可比拟的。承受这样的打击不仅会让身体受到重创，而且会伤及本源啊！可是，龙皓晨是怎么做到的呢？

事实上，龙皓晨自己此时也是十分吃惊。

当萨米基纳的领域——死亡轮回出现，顷刻间将他和星王笼罩在内的时候，龙皓晨就知道，这完全不是自己所能抵御的力量。

萨米基纳太强大了，凭借着高达四十多万点的灵力，他所发动的这个技能的威力已经接近禁咒了。别看他没有蓄势，可恐怖的实力令他这个技能就像是完全由灵罡凝结而成的一般。

龙皓晨虽然有日月神蜗盾护体，但就算日月神蜗盾能够抵挡住这个强度的攻击，他自身也抵挡不住，必定会被强大的压迫力撕碎。

因此，在死亡轮回降临的一瞬间，他立刻就将星王送回到它自己的空间之中，同时毫不犹豫地引动了胸口处的永恒旋律。

只有借助永恒之塔逃走了，除此之外没有其他办法。不过，有永恒之塔在，龙皓晨心中也是十分安定的。

伴随着他实力的增强，通过永恒旋律，他与永恒之塔的联系也更加密切了。现在他几乎只需要一个念头就能够引动与永恒之塔的联系，就算死亡轮回的威力再恐怖，也无法阻断他的这份联系，他依旧能够逃脱。这也是之前龙皓晨一点都不慌张的重要原因。

但是，就在龙皓晨引动了永恒旋律，与永恒之塔瞬间完成沟通的时候，异变出现了。

在他胸口处，永恒旋律骤然释放出前所未有的金色光辉与高温，那剧烈的灼热感险些将龙皓晨的身体焚烧，以他的意志力都忍不住发出了一声惨叫。紧接着，他就看到万道金光迸发而出，永恒旋律传递给他一个难以形容的狂喜情绪。然后，那原本足以将他斩杀的死亡轮回就剧烈地波动起来，而那万道金光也将龙皓晨笼罩在内。

无论龙天印、龙皓晨这爷孙俩有多么震惊，都比不上此时萨米基纳心中的震撼。

第181章
永恒之塔

萨米基纳对龙皓晨的实力判断得很准确，在死亡轮回面前，就算龙皓晨施展出那神器的威能，应该也坚持不了太久，毕竟，巨大的实力差距摆在那里。他在等着龙皓晨被死亡轮回斩杀，然后龙皓晨的魂魄就会融入自己的死灵领域之中，神器自然就会落到他的手中。

但是，就在萨米基纳开始关注龙天印与华利弗的战场，准备抵挡龙天印的攻击时，异变发生了。

被死亡轮回吞噬的龙皓晨，胸口处突然迸发出万道金光。这些金光哪怕在龙天印眼中都是纯粹而浓郁的光明属性，唯有在萨米基纳眼中并非如此。

那金光有着一种奇异的特质，令萨米基纳也感到恐惧的特质。他这死灵领域虽然源于自身，但随着时间的推移，其威能不断提升的根本在于那些死在他领域内的灵魂。那些灵魂的力量不断被死灵领域吞噬，再被炼化成领域内的怨灵，从而大幅度地增强死灵领域的威能。

因此，在魔族之中，萨米基纳的死灵领域也是与众不同的，其威能之强大连月魔神阿加雷斯和星魔神瓦沙克都要为之赞叹。他这第四魔神的地位也正是由死灵领域所奠定的。

就在刚才，萨米基纳还动用过死灵领域中最强大的十二大怨灵王，瞬间就破掉了龙皓晨的神降术。死灵魔法被他修炼到这种程度已经可以说是登峰造极了，根本就不惧怕普通的光明力量。

可此时此刻，他真的出现了恐惧的情绪，因为从龙皓晨胸口处迸发出的那万道金光竟然在疯狂地吞噬着他领域的力量。

没错，不是破坏、化解，而是吞噬。他能够清楚地感受到，自己领域内那一个个怨灵正在以惊人的速度被那金光吞噬，死亡轮回几乎是顷刻间就被破掉。当龙皓晨再次出现在他视线中的时候，除了胸口处绽放出的万道金光之外，一座金色的宝塔正好将龙皓晨的身体笼罩在内。

那金色宝塔迸发出无比强大的威压，那种级别的威压，萨米基纳只在魔神皇身上才感受过。

比之前强大十倍的金光就从这金色的宝塔上迸发而出，隐隐能够看到，从这金色宝塔之中飞出一个个白金色的怨灵，疯狂地撕咬并吞噬着萨米基纳的死灵领域。几乎是转瞬间，这些怨灵就已经蔓延到了整个死灵领域范围。

这是什么？萨米基纳慌了，在惊慌之中，他自然不可能再有半分保留。十二个闪耀着乌金色光芒的灰色怨灵王从他背后射出，每一个都足有直径百米大，疯狂地朝着那金色宝塔扑去。

萨米基纳已经感受到了，如果任由那些白金色的怨灵继续吞噬下去，恐怕自己的死灵领域就将被彻底破坏啊！

这份力量实在是太恐怖了，这金色宝塔带给他的压迫感远远超过了白天龙皓晨使出日月神蜗盾时的压迫感。当这金色宝塔出现的时候，他甚至有种无法抗衡的感觉。

神器，而且不是一般的神器，而是在属性上可以完全压制他的神器。

事实上，萨米基纳也实在是太倒霉了。如果换作另一位魔神，哪怕是排名比他低许多的魔神，此时也早已将龙皓晨逼迫得传送回永恒之塔中了。毕竟，绝对强大的实力是龙皓晨抵抗不了的。

可关键问题是，出手的是萨米基纳，他是死灵魔神，精修的是以黑暗属性为基础的死灵魔法。可以说，在死灵魔法方面，他是全大陆的最强者。

但是，他是当世的死灵魔法最强者，不代表他是圣魔大陆历史上死灵魔法的最强者啊！

萨米基纳固然强大，但是，与那曾经的光明之子、以光明属性修炼亡灵魔法并且成了整个人类的罪人的死灵圣法神、长眠天灾伊莱克斯相比，他就完全是小巫见大巫了。

当初，几乎聚集了全人类的力量才将伊莱克斯封印，但也只毁掉了他的肉身，而永恒之塔依旧存在。

伊莱克斯几乎是凭借着一己之力与全人类抗衡，他的恐怖程度绝不会亚于魔神皇，其毁灭性甚至比魔神皇对人类的毁灭性更大。

伊莱克斯修炼的是亡灵魔法，亡灵魔法和死灵魔法之间最大的区别在于，亡灵魔法更倾向于召唤，而死灵魔法则更倾向于毁灭与破坏。

一个是将灵魂的力量转化为个体辅助自己进行战斗，另一个则是直接吸收这些灵魂的力量来增强自身。

从根本上来说，这二者也说不上孰强孰弱，关键就要看修炼者的修为了。

萨米基纳确实很强，强大到在魔族中排名第四位，且是当世第一死灵魔法强者。可是，他和伊莱克斯相比，差的不是一星半点。

身为光明之子和神眷者的伊莱克斯连光明女神都敢亵渎，那是多么恐怖的实力啊！以他的智慧，对于亡灵魔法的研究几乎已经到了极致，已经将死灵魔法纳入其中，更留下了永恒之塔这件能够穿越空间及位面的超神器，其实力又岂是萨米基纳所能抗衡的。

如果伊莱克斯还活着，那么，萨米基纳在他眼中，也就是个强者之魂而已，连充当对手的资格都没有。

实力的对比已经很明显了，在这种情况下，当龙皓晨引动永恒旋律，打算回归永恒之塔的时候，永恒之塔通过与他的联系，立刻就感受到了死灵领域中那强大的死亡力量和庞大的怨灵数量。

对于人类来说，这是恐怖而充满破坏性的力量，可是，对于永恒之塔来说，这是无可比拟的大补品啊！这可是萨米基纳数百年的积蓄啊，而且是纯粹的死亡力量，并不需要经过太多的过滤。

因此，永恒之塔兴奋了，它本来就有着强大的自主能力与智慧，在感受到这种大补品存在的情况下又怎么可能放过。

于是，永恒之塔让自己的投影落到了圣魔大陆的空间之中，将龙皓晨保护住，同时开始疯狂地吸收这些大补的东西。

萨米基纳完全是太倒霉了，如果不是他过于重视龙皓晨，一上来就直接动用死灵领域，也不会出现这种情况！

作为超神器，永恒之塔对于死亡属性以及怨灵的吸引力是毋庸置疑的，更是无比强悍的，而且永恒之塔的光明气息也正是黑暗的克星。

萨米基纳遇上伊莱克斯，就像是小羊遇到了饥渴的大灰狼一般，瞬间就被啃得连骨头都不剩了……

十二大怨灵王疯狂地扑向永恒之塔，这十二大怨灵王是萨米基纳压箱底的实力，经过数百年来不断吞噬其他怨灵进化而成。它们之前可是连神降术都能抵御的，而且还是在没有发挥全力的情况下。

可是，此时它们遇到永恒之塔，就完全是另一种结局了。

这十二大怨灵王确实强悍，那些永恒之塔上绽放的金光最多只能令它们的身体颤抖，却无法直接吸收它们那极为强大的灵魂力量。

但是，当这十二大怨灵王扑击到永恒之塔上的时候，结果完全变了。

之前似乎对它们没有任何伤害的金光突然变得炽烈起来，金色骤然变成了白色，一阵难以形容的恐怖灵魂振荡骤然从永恒之塔内迸发出来。

十二大怨灵王几乎同时发出一声凄厉的惨叫，它们那庞大的身体居然就那么被震散了，化为无数怨灵碎片在空中扩散。

一圈圈炽烈的白光疯狂地扩散，吸扯、吞噬着这些怨灵碎片。永恒之塔的光芒也在这个时候完全冲破了萨米基纳的死灵领域，化为漫天的金光疯狂地朝着萨米基纳的死灵领域席卷而去。

永恒之塔吸收的不只是死灵领域的灵魂力量，甚至还包括了魔族大营中那些刚刚战死的神皇军团士兵的灵魂。

这就是超神器的力量，哪怕仅仅是超神器的一个投影，也展现出了无比恐怖的威能！

永恒之塔作为超神器，本身就有大智慧。想要真正控制它，除非龙皓晨能够通过伊莱克斯留下的全部考验，最终登上塔顶，接受死灵圣法神的传承。

而永恒之塔本身就有着强烈的自主性，当它感受到这个位面有着能够对它产生极大好处的东西后，它才会不惜代价，将神光映照到这里，尽可能地为自己攫取最大的利益。

之前，当那十二大怨灵王扑向永恒之塔的时候，以它超神器的威能，又怎会无法击溃这些怨灵王呢？它是故意不出手的。

永恒之塔能够感受到十二大怨灵王的强大，如果只是远距离地攻击它们，一定会将它们吓跑。而永恒之塔在这里只是一个投影，所以它没办法远距离强行吸收这十二大怨灵王。

所以，它才避重就轻地吸引这十二大怨灵王来到自己面前，当十二大怨灵王触及永恒之塔投影的本体时，永恒之塔传递给它们的是最本源的力量，也就是最纯粹的超神器神威。

这十二大怨灵王确实强大，但和超神器的全力一击相比，它们又算得了什么呢？依旧直接被震成了碎片。

当十二大怨灵王被震碎的一瞬间，萨米基纳发出一声惊天惨叫。在这个时候，他已经完全明白，眼前这金色宝塔决非他所能抗衡的。再不想办法，他就不只是受伤这么简单，恐怕拥有庞大死亡力量的他也要被这恐怖的宝塔所吞噬了。

惨叫声中，萨米基纳猛然喷出一口灰色血液，紧接着，远处的魔神柱爆发出一道无比强烈的光芒。

恐怖的灰色光芒在天空中形成一只巨大的狰狞恶魔，扑向了永恒之塔，并且疯狂地吸收着空气中的死灵领域，妄图强行将其撤回。

这狰狞恶魔是萨米基纳最本源的力量，也是恶魔族最本源的力量，并不属于死亡属性范畴。

与此同时，萨米基纳口中发出一声奇异的狂啸，下方魔族大营之中，千万声长啸同时响起，无数光芒从军营中射出，直奔萨米基纳的方向而去。

包括熊魔神华利弗在内，其他六大魔神也以最快的速度来到萨米基纳身后，而且每一位魔神都引动了各自魔神柱的力量。

绽放出不同光彩的魔神柱，各自幻化出它们本族最原始形态的光影，七大光影在空中光华闪耀，爆发出最强攻击向永恒之塔轰去。

七大魔神联手一击，这是近千年来都未曾出现的壮观景象了。哪怕是秩序与法则之神印王座的拥有者、掌控与约束之神印骑士龙天印，在这滔天的威压下，都被冲击得倒飞出去。

萨米基纳已经在拼命了，刚才他那一声狂啸，借助的是整个恶魔族的力量。那是源自恶魔族恶魔血脉的"血脉魔法"，通过这个魔法，他能够瞬间抽调每一名族员的一部分本源力量来补充自身，从而爆发出最强大的实力。

在这御龙关前的魔族大营之中，可以说恶魔族最根本的实力与核心力量都在这里，它们对萨米基纳的增幅可想而知，再加上他的魔神柱，萨米基纳瞬间就施展出了他所能爆发的最强攻击。

萨米基纳不拼命不行了，一旦他的死灵领域被完全吞噬，十二大怨灵王也全部被吸收，那么，他的修为至少要降低五成，甚至连本源也会受创，那时的他根本不可能再保住第四魔神的地位。

所以，他宁可施展血脉魔法抽调族员的力量令它们元气大伤，也要尽可能地保住自己的领域。

七大魔神联手一击的威能确实恐怖，这已经不是简单的禁咒能够形容的了。

永恒之塔周围的白色光芒疯狂地闪烁着，却一点也没有要抵抗七大魔神联手一击的意思，它依旧疯狂地吞噬着一切可以吞噬的死亡力量，包括那十二大怨灵王的碎片。

眼看着七道禁咒级别的光芒即将轰击在永恒之塔上，远处的龙天印屏气凝神，他的心在剧烈地颤抖着，他能够看到，在那金色宝塔内部的正是龙皓晨啊！那宝塔并非实体，原本就闪烁着光芒。

可是，龙天印只有一个人，就算神印骑士的实力再强大，也不可能同时抗衡包括死灵魔神萨米基纳、熊魔神华利弗在内的七大魔神的联手一击，那恐怖的威压和灵力波动，令他根本无法接近那个范围。

但是，下一刻龙天印就张大了嘴。

就在那七道光芒即将轰击在永恒之塔上的时候，白色光芒骤然收敛。那完全是光的速度，而且没有受到七大魔神压迫力的半分影响。

白光收敛之时，无论是那宝塔还是龙皓晨，都"嗖"的一下，完全消失了。

七大魔神发动本源之力的拼命一击完全落在了空处，冲入了高空之中。

他们联手的力量确实恐怖，那可是调动了魔神柱的本源力量的全力一击啊！

整个天空几乎瞬间就变成了七彩色，而且光芒久久不散。能够看到，高空中，方圆千里范围内的所有云雾几乎在顷刻间消失，唯有那七彩光芒在空中闪耀。

七大魔神同时闷哼一声，尤其是死灵魔神萨米基纳，再次喷出一口灰色血液，脸色苍白如纸。但是，这个时候他根本不敢休息，双手飞快地律动着，吸收着空中破碎的死灵领域以及他那十二大怨灵王剩余的灵魂碎片。

此时，萨米基纳几乎连哭都哭不出来了。他的死灵领域在这短短的时间内至少被吞噬了四成。十二大怨灵王不但被轰碎，而且已经有五个怨灵王的灵魂碎片被完全收走了。这还是在他们七大魔神及时动用本源力量发动全力一击后所产生的局面。再耽误一会儿，恐怕那永恒之塔连一点残渣都不会给他留下。

哪怕是觊觎着萨米基纳第四柱魔神地位的熊魔神华利弗，此时都无法兴起幸灾乐祸的情绪，他心中的震惊一点也不比萨米基纳小。

那不过是一名精金基座骑士啊！而且，之前他所动用的神器应该是盾牌才对，怎么又变成了宝塔？难道说，这名精金基座骑士手中竟然有两件神器？而且，刚才这件已经不能用普通神器来形容了吧，它对萨米基纳的压制实在是太恐怖了。

自从这场战争开始之后，华利弗还是第一次感受到人类带来的压迫感，他万万没有想到，骑士圣殿竟然还有如此强大的底牌，居然在偷袭了魔族大营之后，还暗算了死灵魔神萨米基纳。

萨米基纳这一次绝对是元气大伤，恐怕休养五十年都难以恢复到之前的巅峰状态。

其他六大魔神此时的脸色都相当难看。但是，他们没有再做任何行动。

刚刚借助魔神柱发动的那一击，对他们来说也是巨大的消耗。反观骑士圣殿，在这场突袭之战中，他们有什么损失？

七大魔神就算再不愿意承认也知道，人家的损失是零。是的，没有任何损失。他们七大魔神全都出手了，却连一个敌人都没有留下。在这种情况下，天知道骑士圣殿还有什么压箱底的东西能向外掏，他们是魔神，不是死士，心中的恐惧远远超过了愤怒。

谁也不想做下一个萨米基纳。所以，他们只是悬浮在空中，眼睁睁地看着秩序与法则之神印王座的拥有者、骑士圣殿最高统帅、神印骑士龙天印飞回了御龙关城楼。

这七大魔神又怎么知道，此时此刻，骑士圣殿的强者们心中的震惊比他们只多不少，包括龙天印在内，谁也不清楚发生了什么事。

相对低阶的骑士正爆发出山呼海啸般的欢呼声，他们都看得出，这次是魔族吃了大亏。可是，高阶骑士们心中只有震撼和不解。他们都看到了那金色宝塔，可是，谁也不知道那金色宝塔是什么，也从未听说过在骑士圣殿之中竟然还有这么强大的一件神器存在。

每个人心中都充满了疑问，龙天印也是如此，可他更担心的还是龙皓晨的安危。引动那么恐怖的力量，龙皓晨要付出多么巨大的代价啊？

如果永恒之塔没有承受七大魔神的最后一击，而是选择了逃逸，龙天印会更加担心。

可龙皓晨真的付出代价了吗？是的，他付出了，他付出了灵力正在猛增的"代价"。

随着金光一闪，龙皓晨直接出现在了永恒之塔第一层。他几乎是下意识地盘膝坐了下来。

一团团炽烈的白光围绕着他的身体疯狂地升腾着，庞大到恐怖的光明属性灵力以无比惊人的速度向他体内奔涌而入。

哪怕龙皓晨再不愿意得到永恒之塔的帮助，现在也是身不由己。永恒之塔连死灵魔神萨米基纳都能完全压制，更别说是只有八阶修为的他了。

此时龙皓晨只觉得身体像在被烈火灼烧一般，体内的五个灵窍全都以惊人的速度震颤着。外来的光明属性灵力极为纯净，但其中夹杂着一些死亡气息，涌入他身体后，需要五个灵窍不断地过滤，才能将这股死亡气息完全驱除。

在这一点上龙皓晨是无比坚决的，这些光明属性灵力完全可以直接动用，因为其本质也是无比纯净的。永恒之塔毕竟是上一代的光明之子伊莱克斯所创造的，他对于光明属性纯净度的要求，绝不会比龙皓晨低。

但是，哪怕是这光明属性灵力中有一丝一缕的死亡气息，龙皓晨都绝不会将它归入自己的神力之中。

见到日月神蜗对于龙皓晨实在是太重要了，他从日月神蜗那里得到的忠告甚至要比日月神蜗盾对他的帮助更大。

对于光明之子来说，谨守本心才是最重要的。得到神器会增强力量，但如果不能谨守本心的话，光明之子同样会被污染，会走上歧途。

因此，无论得到怎样的力量，对龙皓晨来说，最重要的都是保持自己内心的纯净，不被任何东西污染，更不能被死亡气息污染。他是绝不可能接受死灵圣法神、长眠天灾伊莱克斯的传承的。

突然涌入的庞大灵力，令龙皓晨惊讶莫名，因为涌入的是纯粹的灵力而非浓缩的光元素，也就是说，这些灵力就像是他自身就拥有的，可以完全与身体契合成为他实力的一部分。

这种情况龙皓晨以前也遇到过，但灵力从来没有这次这么庞大。他隐隐明白，这应该是永恒之塔得到了巨大的好处后对他的一种回馈。

当永恒之塔的投影出现后，龙皓晨自己也愣住了，胸口的炽热瞬间转变为全身的炽热，那种仿佛要将他完全燃烧的感觉令他陷入了半昏迷状态。

但是，他的精神力毕竟要比一般人强大得多，因此，哪怕是在这种情况下，他依旧能够感受到一些外面的变化。

在龙皓晨的感知中，永恒之塔就像是一个生命体，而不像是一座建筑或者是神器，在与死灵魔神萨米基纳争斗的过程中，一直在牵着萨米基纳的鼻子走。这一点在它发动本源力量暗算了那十二大怨灵王的时候表现得最为明显。

在永恒之塔中，龙皓晨感受到了一种令人心悸的贪婪之心。整个永恒之塔疯狂地吞噬着萨米基纳的领域和其中无数的怨灵。而当萨米基纳发现不妙、拼尽一切努力和另外六大魔神发起本源攻击时，永恒之塔却立刻带着龙皓晨闪人了，哪怕是那些散落在空中的怨灵王的灵魂碎片也不再吸收，丝毫没有留恋的意思。

因为自身与永恒之塔息息相关，龙皓晨的感受要比萨米基纳和龙天印的感受深刻得多。

当七大魔神联手向永恒之塔发起攻击的时候，龙皓晨感受到永恒之塔竟然散发出一种不屑一顾的情绪，但它后来依旧没有硬碰。龙皓晨几乎可以肯定，永恒之塔有能力抗衡那一击，但毫无疑问，它要付出的力量也将是极为庞大的。因此，永恒之塔立刻带着龙皓晨闪人，并不是它无法抗衡萨米基纳他们的力量，而是不值得。

也就是说，如果永恒之塔抵御了七大魔神那次攻击，那么，将大量消耗它自身的能量，而这份消耗要比它从碰撞后得到的好处更大。因此，在权衡利弊之后，永恒之塔认为完全没必要去硬碰，所以，它从容地带着龙皓晨破开空间离去。以七大魔神的锁定竟然也对它无可奈何。

永恒之塔在整个过程中的表现，令龙皓晨产生出一种发自心底的寒意。永恒之塔实在是太理性了，完全以利益为中心，根本不考虑其他的。而且，龙皓晨也分明能够感受到，永恒之塔随时都有出现在他身边的能力。可是，在过去的战斗中，永恒之塔真正帮助他的时候只有一次，那次他已经濒临死亡绝境，而且永恒之塔也只是一闪而逝罢了。

上次龙皓晨和采儿面临危险，他拼尽全力保护采儿的时候，永恒之塔根本没有任何动静。这一次他有能力传送离开，但永恒之塔感受到巨大的利益后就又出现了。

这种感觉对于善良的龙皓晨来说是很不好受的。

今天永恒之塔的出现，让他对这件超神器有了更加深刻的了解。他隐约发现，就算是伊莱克斯留下的灵魂印记都不能完全控制这件超神器，永恒之塔完全有着它自己的智慧和判断。

也就是说，哪怕他真的得到了伊莱克斯的传承，当他要做一些对永恒之塔不利的事情或者是令永恒之塔大量消耗的事情时，永恒之塔也可以抗拒他，甚至是不为他所用。

如果龙皓晨是一个可以被利益驱使的人，那么，他一定会认为永恒之塔是一柄双刃剑，只要用得好，对他自身会有很大的帮助。使用的方法很简单，只要和永恒之塔保持双赢就足够了。

可是，龙皓晨心中完全没有这样的想法，他一点也不想和永恒之塔保持双赢。这件超神器完全是以吸收死亡力量来增强自身的，它对利益的追逐更是龙皓晨无法接受的。

今天虽然永恒之塔重创了死灵魔神萨米基纳，更是极大地震慑了魔族的七大魔神。但是，它也将龙皓晨推得更远了，使得龙皓晨更加坚定了绝不接受伊莱克斯传承的信念。

凭借着强大的精神控制力，龙皓晨将自身灵力在体内布置成了一张大网，任何一丝死亡气息都别想进入他的灵力之中，只有经过完全过滤的灵力，才能与他自身的灵力结合在一起，进入灵窍。

这样做必定会浪费很大一部分试图与他融合的灵力，但保持自身灵力的纯粹是更加重要的。

隐约中，龙皓晨感觉到，自己臀部中心位置渐渐有了灵力骚动，而那也是他下一步要构建灵窍的位置。

胸口、小腹、眉心、双肩，这是他已经构建的五大灵窍，这五个支点分别支撑了他的躯干和双臂，而接下来，他最需要的自然是双腿的支点，臀部环跳穴位置自然就是最合适的选择。

只是龙皓晨没想到的是，自己双肩的灵窍才刚刚开通不久，环跳穴竟然就开始有了感觉。

灵感一向是来得快，去得也快，龙皓晨自然不会放过这样的好机会，他一边吸收着外来的灵力，一边仔细地感受着那种波动。就算无法一次性突破，有了这次感受的经验对他未来继续突破也是十分有利的。

时间一分一秒地过去了，能够看到，在永恒之塔第一层，一道道金色光芒不断地从周围的塔身处向龙皓晨的方向涌去，又不断地融入他的身体中，被他剥离一部分，吸收一部分，同时，他身上又开始出现那种若隐若现的金光。

如果龙皓晨在这个时候选择深度冥想的话，那么，他很有可能会一举构建第六、第七灵窍。

可惜，这显然不是他现在想要做的。因此，在永恒之塔给他的灵力传输结束后，他也从修炼状态中清醒了过来。

龙皓晨深吸一口气，身体自然而然地悬浮而起，脸上不由自主地露出惊喜之色，但在惊喜之后又有一丝不甘。

他确实不想再接受永恒之塔的帮助了，因为这份帮助是他不想也不能偿还的。他甚至已经决定，绝不会踏上永恒之塔的第三层。可是，他无法否认的是，自己又从永恒之塔得到了极大的好处。

修为突破八阶之后，龙皓晨虽然一直都在修炼，但让灵力充满双肩的灵窍需要的可不是一星半点的时间。就算他是光明之子，拥有神眷体质，吸收光元素的速度要比普通修炼者快得多，积蓄这两万点灵力恐怕也需要花费近两年的时间才行。

毕竟，灵力并不是一个简单的数字，譬如，八阶骑士的一点灵力会比七阶骑士的一点灵力更为浓缩。

也就是说，同样是灵力，七阶和八阶却有着本质的区别，或许这数量为一的灵力在整体体积和元素数量上是一样的，但更加浓缩的灵力在实战中爆发出的威能显然会更大。这也就是灵罡的强大之处。

所以，龙皓晨的修为达到八阶后，一共已经有五个灵窍，可他的灵力提升速度比原来慢了，因为在修炼过程中多了一个压缩的过程。

而这一次，当他修炼结束后，他惊喜地发现，自己双肩位置的两个灵窍都已经充盈了三分之一。除了他自己修炼得到的那部分灵力之外，这次永恒之塔带给他的足足有五千点最精纯的灵力。这还是他自行过滤后减少了一大部分灵力的结果，不然，这个数字会更大一些。

龙皓晨现在的灵力总量已经接近三万七千点了，可以说是飞跃式的进步。

转过身，龙皓晨看了一眼永恒之塔第一层尽头的那尊雕像，眼神有些复杂，他平复了一下自己的心情后，立刻发动了传送。

他不想让自己对这个地方有任何留恋的情绪。每当他想到当年死灵圣法神、长眠天灾伊莱克斯凭借着这件超神器不知道杀死了多少人类时，他的心就会莫名地沉痛起来。

随着金光闪耀，当龙皓晨重新出现在夜空中的时候，天空已是一片寂静。幸好，金光只是一闪而逝，而龙皓晨因为没有张开灵翼，所以身体在停滞了一瞬后就立刻向地面坠落下去。

龙皓晨双掌轻轻向下按，同时深吸一口气，身体顿时如同一片羽毛般轻飘飘地向下落去。

此时已经临近黎明，但天色依旧昏暗，他那一身光明属性灵力实在是过于明显，为了避免节外生枝，他用了最困难的方式来控制自己的身体。

第182章
重组猎魔团的希望

之所以不想让魔族发现，最主要的原因是不希望被魔族知道他在传送到永恒之塔后必须在原处回归。这个秘密如果被敌人知道的话，很容易就能安排出针对他的战术，所以，龙皓晨宁可冒险一些。

好在他之前所在的位置也不是太高，距离地面大概四百米，在一连串的提气轻身加上身体力量的拍击之下，他总算是尽可能地减缓了下坠的速度。眼看着即将落到地面，龙皓晨身体微微一蜷缩，同时完全凭借身体力量一脚向身后蹬出。

要知道，他现在的外灵力也已经超过两万点，这样全力以赴爆发的一脚，直接在空中蹬出一声巨响，同时也再次减缓了他下降的速度。

他的身体斜斜地坠落在地面上，经过一连串的翻滚之后，才化解了全部冲力。他身上穿着史诗级的精金基座铠甲，同样很大程度地为他化解了落地后对身体的冲击力。落地之后，龙皓晨纵跃而起，朝御龙关方向飞奔而去。

强大的精神力早在他启程的时候就尽可能地掩饰了他的身体，因此，一直当他来到御龙关下的时候，御龙关骑士圣殿守军才通过视觉的观察发现了他。

误会自然是不会出现的，龙皓晨身上那精金基座铠甲就是身份的象征，更何况，目前在外未归的精金基座骑士就只有他一个。

因此，当龙皓晨攀上御龙关城楼之时，迎接他的是滔天的欢呼和无数尊敬的目光。

大片大片的骑士用他们炽热的目光注视着龙皓晨，用他们的拳头狠狠地捶击着自己的胸铠，以表示对龙皓晨的最高敬意。

这是他们对新任代理圣骑士长的敬意，连神印骑士龙天印都没弄明白龙皓晨是如何重创死灵魔神萨米基纳的，就更不用说这些普通士兵了。在他们眼中，是这位强大的圣骑士长击败了对方最强大的魔神，而且还是在还没有成为神印骑士的情况下做到的。因此，在他们心中，龙皓晨那代理圣骑士长的"代理"两个字已经被他们从心中很自然地抹去了，同时也对这场人类与魔族的战争有了更大的信心。

当龙皓晨再次站在龙天印面前的时候，龙天印突然发现，自己有些不知道该说什么。他当时就感觉到了龙皓晨没事，应该是躲避到另一个空间去了，可是，龙皓晨究竟是怎么做到的呢？

到了九阶之后，确实有能力在一定程度上进行破碎空间的短程穿越，可是那要在空间极为平静、稳定的情况下才能做到。而龙皓晨穿越空间离去的时候呢？

七大魔神联手共击，空间不知道被破坏到了什么程度，瞬间破碎的空间几乎扭曲了整个战场上空。就在这样的情况下，龙皓晨却依旧从容地穿越空间离去。这一点龙天印自问做不到，绝对做不到。

而且，龙皓晨这一走就是这么长时间，也就是说，他必定有一个其他空间的坐标，否则，要是迷失在空间穿梭中，那就永远都回不来了。

"爷爷。"龙皓晨向龙天印行了个骑士礼，态度比原来要温和了许多。在他被萨米基纳攻击的时候，他感受到了龙天印的拼命救援，并且在他传送离开之前也看到了龙天印，现在他对于自己这位爷爷的认可自然也就多了一些。

龙天印苦笑着道："我已经不知道该说你什么好了，那出现在你身体周围的宝塔是什么？"

071

龙皓晨沉吟片刻后，道："我不想骗您，但这是我不能说的秘密。我只能告诉您，其实它能够压制的也只是死灵魔神萨米基纳一个而已，而且，我也无法控制它，是它自行出现的，也是它把我传送过去的。"

令龙皓晨惊讶的是，龙天印居然没有再追问，目光也渐渐变得平和下来，问道："你的身体没事吧？萨米基纳有没有伤到你？"

龙皓晨摇了摇头："我没事，随时可以再上战场。爷爷，马上要天亮了，魔族估计会发起报复性的反击。我已经做好了战斗准备，请您下命令吧。"

看着龙皓晨，龙天印一阵无奈，不禁微怒道："下什么命令？你的判断不对，我可以明确地告诉你，今天魔族有百分之七十的可能不会发动攻击。你回来的时候没看到吗？死灵魔神萨米基纳的魔神柱都已经敛去了光芒。这次你重创了他，他的死灵领域甚至都被你那宝塔撕碎了。你让我说你什么好啊？我和你杨爷爷再三让你隐藏实力不要暴露身份，你可倒好，隐藏了魔族知道的能力，可又凭借一些他们不知道的能力立刻成了被瞩目的焦点。你一个人身上就出现了两件神器，魔族不关注你才怪了。我估计，用不了多长时间，魔神皇都会知道你的存在。你让我还怎么将你派到战场上？你也说了，你那宝塔只能针对死灵魔神萨米基纳，要是其他几位魔神再发动一次针对你的攻击，你要如何抵挡？"

虽然龙天印是在发火，但龙皓晨听完心中暖了起来，他能够清楚地听出爷爷话语中那份浓浓的关切与担忧。

"爷爷，那我只是守城就好了，就算魔神想要针对在御龙关城楼上的我，他们也要掂量掂量，我们知道宝塔只能针对萨米基纳，可他们不知道啊！我看，没有几位魔神敢于冒这种风险，萨米基纳就是他们的前车之鉴。而且，这也不能怪我啊！是金子总会发光的。您也不希望您的孙子碌碌无为吧。"

说到这里，龙皓晨忍不住笑了出来，看着龙天印，竟有几分耍赖似的样子。

龙天印的脸上也忍不住露出一丝笑意，他可是很少笑的，可是，看着站在面前的孙子，他实在是无法忍住自己心中的那份欣喜。

在担心之后，他更看到了孙子的强大。可以说，在龙皓晨身上，他竟然找不到一丝瑕疵。以不到二十岁的年纪，就已经拥有了八阶实力，身上至少还有两件神器。虽然他还不能完全地激发这些神器，可是，以他这样的年纪、这样的成长速度，再过几年，他就真的有和魔神们正面抗衡的实力了。这是他龙天印的孙子啊！是必定要在人类历史上留下浓墨重彩的一笔的英雄、领袖。

龙天印深吸一口气，道："这次魔族已经被我们打怕了，根据我们的估计，三大神皇军团之中，所有的地狱魔几乎全被歼灭，失去了魔法攻击力量的神皇军团就像是少了牙齿的老虎，不足为惧。死灵魔神萨米基纳又直接被你重创，他是外面这几位魔神之中实力最强大的，正像你所说的那样，这些魔神恐怕不敢轻举妄动，最多也就是维持眼前的局面，只要没有援兵出现，他们就不敢跟咱们决战。所以，我不打算再让你继续出战了。"

"啊？"龙皓晨顿时大急，"爷爷，这可不行啊！您和杨爷爷可要说话算数。不让我出战，我怎么完成那一千万点功勋值的任务呢？我还要跟伙伴们重新组团，到魔族后方去执行任务呢。"

龙天印站起身，缓步走到龙皓晨面前，雄壮的身躯看上去是那么伟岸，给人的感觉就像是一座坚不可摧的山岳。

"皓晨，你放心，我和你杨爷爷的想法并不一样。你是我的亲孙子，也是我唯一的孙子，你更是光明之子、神眷者，是人类未来的希望。如果只是将你保护在我的翅膀下，你何时才能成为人类的领袖，何时才能带领人类毁灭魔族？你需要的是不断地锻炼、不断地在磨砺中提升。就像你之前所说的那样。我相信，你有能力保护好自己，也有能力创造更多的辉煌。所以，爷爷并不会阻止你上战场。连续两天大战，你先是吓退了敌人，令魔族丧失了获取大量尸体进行食物补给的机会；第二次又重创了死灵魔神萨米基纳，进一步遏制了魔族大军的势头。这两件大功爷爷都给你记着呢。身为骑士圣殿殿主，我有权授予你足够的功勋值，所以，我决定，奖励给你五十万点功勋值，作为你在这两场大战中起到扭转乾坤的作用的褒奖。"

"五十万？"龙皓晨大吃一惊，但欣喜的同时，不由得担忧道："爷爷，您这不算徇私吧？”

龙天印抬手在龙皓晨头上打了个栗暴，笑骂道："你去咱们骑士圣殿打听打听，谁不知道你爷爷我是最严厉、最公平的神印骑士，我拥有的就是秩序与法则之神印王座，如果我连公平都做不到，又怎能继续得到神印王座的认可？你放心好了，我给你的奖励只有少，没有多。你想想，如果不是你在断后，和你同行的五十多名秘银基座骑士有几个能活着回来？单是你这不惜以自己的生命为代价为同伴断后的行为，就已经值得这五十万点功勋值的奖励了。这是你用勇敢、生命和牺牲精神换回来的。尽管当时我很生气，气你不顾自身安危，但是，作为你的爷爷，作为骑士圣殿殿主，你是爷爷的骄傲，我龙天印的孙子，在面对危险的时候没有舍弃他的袍泽，而是用最直接的行动证明了你的勇敢。"

看着爷爷眼中那强烈的情感，龙皓晨的眼睛不禁湿润了，哪怕他再强大，心智再成熟，终究也不过才十几岁，能够得到爷爷的认可，对于他来说，实在是太重要了。

龙天印深吸一口气，平复了一下自己激动的情绪，继续道："你做得很好，但是，你不适合继续再留在这里了。你的光芒应该在更需要的地方绽放。咱们御龙关固守无碍，留在这你又容易被魔族盯上。所以，我思考后决定，给你一个任务，完成这个任务后，你就相当于完成了一千万点功勋值的任务，自然可以再重组你的猎魔团了。还没告诉你，这次你杨爷爷返回圣殿联盟，就是和其他联盟高层商议你这能够破坏魔神柱的能力究竟要如何运用，联盟怎么配合你将这份实力发挥到最大程度。"

一听说可以重组猎魔团，龙皓晨兴奋得险些跳了起来："爷爷，那您就发布任务吧。无论如何我都一定会完成。"

龙天印道："话别说得那么满，相当于一千万点功勋值的任务有那么简单吗？你可以先回去休息一下，明天你就要出发去完成这个任务了。这个任务很简单，你以骑士圣殿圣骑士长的身份，先后加入其他五大圣殿所在雄关的防御战之中。在每一处雄关至少获得一百万点功勋值，或者是立下像昨天晚上这种级别的大功，完成全部五座雄关的战斗之后，你自然而然就与你的伙伴们全都会合完毕了。到时候，联盟也必定会给予你新的任务。明白了吗？"

幸福来得太突然，以至于龙皓晨一时之间都有点反应不过来。

前往其他五大圣殿参与战斗，一一与伙伴们会合，毫无疑问，龙天印给他的这个任务要比杨皓涵原本提出的一千万点功勋值任务简单得多啊！

而且，前往一座座雄关，他也能与伙伴们一一会合，叫他怎能不兴奋呢？一时间，龙皓晨因为激动都有些说不出话来了。

龙天印微微一笑，道："是不是想到要去驱魔关见那个采儿了，才这么高兴？"

是的，距离骑士圣殿御龙关最近的，可不正是刺客圣殿所在的驱魔关吗？采儿就在那里啊！

第183章
采儿的危机

听到爷爷的调侃，龙皓晨的情绪再次剧烈地波动起来，他并没有掩饰，用力地点了点头。

龙天印轻叹一声："苦了你们这些孩子了。如果不是因为魔族入侵，爷爷都可以为你们主持婚礼了。好好对待人家，圣月那老家伙可不是个好脾气的主。"

论辈分，圣月其实要比龙天印还高一辈，但在修为上，肯定是拥有神印王座的龙天印更加强大一些。

龙皓晨连连点头，道："爷爷，我能不能这就出发啊？"

龙天印没好气地道："不行。就想着采儿了，就不想多陪陪爷爷吗？从现在开始你就跟在我身边，直到明天离开。"

听爷爷这么一说，龙皓晨激动的情绪渐渐平复下来："爷爷，我……"

龙天印摆摆手，道："我明白。我在你这个年纪，不知道比你叛逆多少倍，你已经做得很好了。但是，你要牢记，爷爷支持你重组猎魔团不代表我不担心你的安全。你是我唯一的孙子，你不只是要为了联盟好好保护自己，为了爷爷也一样。联盟失去了你，失去的是一大臂助，而爷爷失去你，就是失去了至亲。你明白吗？"

龙皓晨沉默了，他缓缓地上前一步，给了龙天印一个大大的拥抱。

龙天印笑了，这么多年以来，他第一次发自内心地开心地笑了，他知道，从这一刻开始，自己真的有孙子了。

正如龙天印判断的那样，天亮之后，魔族并没有发动攻击，但魔族大军在迅速地调动着，受到重创的神皇军团明显向内移动。

当然，那三大禁咒对于魔族大军来说也不是一点好处也没有，至少那些没有化为飞灰的尸体还能够充当食物。

萨米基纳因为受了重创，直接融入魔神柱闭关修炼去了，魔族大营的指挥权自然就到了熊魔神华利弗的手中。

不过，在这个时候，华利弗反而不敢过于压榨恶魔族的实力。他之所以没有立刻发动战争，一个是因为食物得到了一定的补充，更重要的原因是恶魔族现在很虚弱。

萨米基纳抽调所有族员的本源力量发动的恐怖一击，令恶魔族族员都陷入了虚弱之中。而这支魔族大军的空军几乎全是由恶魔族组成的。在这种情况下，还怎么向御龙关发起战争？

与龙天印、龙皓晨的那一战，也令华利弗充分认识到了人类的强大和底蕴，他自然不会冒进。至少要休整一段时间，才有重新发动战争的可能。

一天后，当夜幕再次降临时，两道身影悄无声息地出了御龙关，认准方向，在风雪交加之中直奔南方而去。

无论是死灵魔神萨米基纳还是熊魔神华利弗都不知道，那个带给他们无限"惊喜"的骑士圣殿代理圣骑士长已经走了。而且，现在御龙关只有龙天印这一位神印骑士坐镇。

当然，骑士圣殿真正的底牌可不是龙皓晨啊！龙天印敢于以现在这样的阵容与魔族大军对峙，自然有他的原因。

出了骑士圣殿，龙皓晨和韩羽大有一种天高任鸟飞的自由感，终于可以重组团队了。龙皓晨明白，爷爷表面上是给自己布置任务，可实际上，爷爷根本就没有查看他目前的功勋值，也就是说，他是否在每一座雄关都获取了一百万点功勋值，是没有人会检查的。

因此，离开御龙关之后，他和韩羽就相当于在执行一个与伙伴们一一会合的任务。

大家分开已经有一年半的时间，伙伴之间的那份思念远远超越了其他的一切。更何况，他们要前往的第一座雄关是刺客圣殿所在的驱魔关，采儿就在那里啊！

龙皓晨明显感觉到自己的心情无法再保持平静，那种强烈的兴奋感经常引动着他体内的灵力出现不规律的波动，甚至都有些影响他对外界光元素吸收的效率了。

可是，他根本控制不住自己的情绪。

采儿，你还好吗？一年半了，你的记忆恢复了吗？你是否想起我了？一想到这些，龙皓晨就恨不得自己多长几对灵翼，好迅速飞到采儿身边。

他们出了御龙关，虽然是向南边的驱魔关而去，但是是先向西南方向行进，进入圣殿联盟内部。毕竟，魔族大军在外虎视眈眈，他们也不想遇到麻烦。而进入圣殿联盟内部后，有御魔山脉作为天险，他们就可以将全部精力都用在赶路上，以最快的速度前往驱魔关。

星王的力量承载两个人毫无问题，更何况韩羽本身也是神圣庇佑体质，先天内灵力高达八十点，所以，星王对他的亲和度仅次于龙皓晨。在龙皓晨直接为它进行灵力补充的情况下，它用最快的速度朝着驱魔关飞去。

驱魔关。

战争进行了一年半，战斗也越发惨烈了，在六大圣殿之中，抵御魔族进攻最艰难的是镇南关，第二个就是驱魔关了。

每一座人类雄关都是以一座圣殿为主导的，刺客圣殿和骑士圣殿相比，其整体实力虽然有些差距，但实际上差距并不是很大。而驱魔关之所以抵抗艰难，是他们的职业使然。

骑士虽然在守城的时候不能使用坐骑，可他们毕竟是重甲士兵，下了战马那也是重步兵，守在城楼就像是一道道金属屏障。

刺客不同，论攻击力，刺客要远超骑士。可是，论防御力，他们比骑士差太多了。刺客擅长的是潜伏、狙杀，于万千敌军之中取上将首级，而攻坚和防御是他们最不擅长的，尤其是这种守城战。

因此，在这场战争中，刺客圣殿可谓损失惨重。如果不是有骑士圣殿的光耀天使骑士团驻扎在驱魔关内，恐怕驱魔关早就被攻破了。骑士圣殿给予刺客圣殿的帮助是相当大的。可是，战斗毕竟同时出现在六座雄关，每一座圣殿都要先完成自己的防御任务才有能力去帮助其他圣殿。

魔族七十二柱魔神中，虽然排名前三的魔神和族群都没有出现在战场上，但排名第四的死灵魔神萨米基纳、排名第六的熊魔神华利弗都守在御龙关那边。骑士圣殿本身已经承担着如此大的压力，想要帮助刺客圣殿也是有心无力啊！

一年半以来，单是刺客圣殿高层就已经有三分之一战死沙场，自圣月之下，几乎人人带伤。刺客圣殿一些前辈强者也纷纷踏上战场，与敌人死拼。几乎每一次打退魔族的进攻，刺客圣殿都要付出巨大的代价。

此时，刺客圣殿殿主圣月就站在驱魔关城楼。

驱魔关也是天险，和御龙关相比，它的优势是后面有御魔山脉，不用担心被魔族包围，只要挡住前方的魔族大军就足够了。但从地势上看，驱魔关不如御龙关那么险要，它没有御龙关那种超过两百米的陡峭山壁，也没有恶劣的环境能够影响魔族。

驱魔关城楼上，所有的城垛都已经不见了，它们在不断的大战中被毁坏了。而能够在城楼上向外释放魔法的魔法师已经不足五十人，这就是驱魔关最后的魔法力量。几乎所有刺客圣殿的强者都在驱魔关城楼抗敌，他们也不知道自己还能够抵挡多久。幸好，驱魔关将士受创严重，攻击他们的魔族也是如此。最近这半年来，魔族的进攻频率已经不像之前那么高了。

采儿此时就站在驱魔关城楼，她一袭黑衣，外面没有穿甲胄，眼神沉静而冰冷。一年半过去，她已经是大姑娘了，身材更加修长、匀称，女孩子身上所有的优点几乎都可以在她身上找到。

与当初跟龙皓晨他们分开时相比，现在的采儿多了几分冷厉，虽然还远不能和失忆前相比，但至少眼前这战场上的厮杀已经不足以令她产生惊惧的情绪了。

圣灵心站在圣月的另一边，他的脸色显得十分苍白，右臂裹着厚厚的纱布。如今的驱魔关，甚至连一位牧师都找不出了，只能依靠医生来治疗，驱魔关的受创程度可想而知。

"曾祖，让我去吧！"采儿突然向身边的圣月说道。

魔族已经攻上了城楼，战斗进入了最惨烈的白刃战。由此可见，现在驱魔关的防御确实是已经薄弱到了临界点，否则，凭借如此天险又怎会被魔族轻易攻上城楼呢？

攻击驱魔关的魔族主力是由禽魔、双头魔鹫、火焰魔傀、狼魔以及大量的双刀魔和魔眼术士组成的。

这个组合之中，虽然强者的数量远不如攻击御龙关那边的多，但胜在总数量庞大。也正因为总数量多，这边的魔族大军有足够的尸体作为食物。

其中，禽魔和双头魔鹫组成了空军，狼魔带领着双刀魔冲在前面，火焰魔傀则和魔眼术士在后方攻击。

反观刺客圣殿这边，是由刺客、战士和骑士组成的混编部队，骑士和战士顶在前面，刺客全力击杀。

长时间的战争过程中，大量的魔法师和牧师在敌人的重点打击下纷纷殒命，使得驱魔关的将士们抵挡魔族的进攻越来越困难。尤其是魔眼术士和火焰魔傀的攻击，更是能给低阶的士兵造成极大的伤害。为此，刺客圣殿多次组织了敢死队，专门对魔眼术士和火焰魔傀下手。可负责指挥这边战场的魔神也不是等闲之辈，他早已准备好了应对之策，专门组织了一支由各族强者组成的队伍应对刺客圣殿派出的敢死队。

就和御龙关一样，双方的九阶强者都不会轻易加入战斗，只是彼此压制、相互威慑。但这场惨烈的战争，已经令驱魔关危如累卵。

魔神皇下达给魔族大军的命令是持久战，不断消耗人类积蓄的力量就好，不得轻易深入圣殿联盟领地，因为他不希望人类世界被彻底毁灭。可这并不影响魔族大军对要塞的破坏以及对人类军队的杀伤。相比将自己的族员当作食物，魔族显然更喜欢干净许多的人类。

圣月向采儿微微颔首："注意安全。"

"嗯。"采儿答应一声，身体一跃，就从驱魔关二层向一层战场上落去。

经过了这么长的时间，采儿早已适应了这里的一切，也适应了失忆后的很多事情。

光芒划破天际，森冷的气息瞬间就令空气中的温度下降了好几度。

一身黑衣的采儿，紫发飘扬，巨大的死神镰刀悄无声息地出现在她手中，幽幽的光芒从死神镰刀上迸发出来，一道巨大的黑色光刃随着她的从天而降斩了出去。

正在向驱魔关上攀爬的双刀魔顿时被扫落一片，所有接触到那黑色光刃的双刀魔，身体瞬间支离破碎。死神镰刀所到之处，浓郁的杀气骤然蔓延，大片的低阶魔族直接化为碎片。

采儿的神眷体质觉醒与龙皓晨的神眷体质觉醒有着很大的区别。龙皓晨是光明女神神眷者，他的觉醒，更多的是对他全方位的提升，包括得到光明女神的眷顾、提升对光元素的亲和力以及升华自身各方面的素质等等。而采儿不一样，采儿的神眷体质觉醒后，最大的提升都体现在她手中这柄由轮回之剑进化而成的死神镰刀上。

她自幼就使用轮回之剑，经历了无数痛苦、磨炼，才渐渐与这件神器融合在一起，这个过程可以说是贯穿了采儿修炼的整个时期。因此，她与轮回之剑的契合度要远远高于龙皓晨与他那几件神器的契合度。

在觉醒之后自身的增幅上，采儿比不上龙皓晨。但是，在神器的使用方面，龙皓晨就远不如她了。

飘然落在已经被鲜血染成暗红色的城楼上，采儿一头紫发无风自动。失忆之后，她身上少了原本那森冷的、令人胆寒的气质，但是，每当她召唤出自己的死神镰刀时，这种气质就随之回来了。

杀气从采儿身上迸发而出，无论是魔族还是己方强者，感受到这股杀气后都不自觉地后退，以至于以采儿为中心，立刻就出现了一片直径几十米的空地。

采儿绝美的脸上没有任何表情，那一双闪亮的眼眸中充满了无尽的杀意。

在刚刚回到驱魔关的那段时间，采儿对于上战场这件事其实是相当排斥的。毕竟，失忆之后，她只是一名普通的少女，对于厮杀又岂是那么容易接受的？就算有死神镰刀的影响，在她内心深处还是有着深深的抗拒。

为此，圣月特意让她在驱魔关内的伤兵营待过一段时间，每天她修炼完，就去伤兵营中帮着做一些简单的工作。

在那里，采儿看到了太多的人间惨剧。她永远也忘不了，当她第一次进入伤兵营时，看到一名失去双腿的士兵亲手将匕首刺入自己的胸膛。他有一封遗书，那封遗书是采儿亲手转交给圣月的。

遗书是这样写的：

姐姐、豆豆：

爸爸爱你们，可是，爸爸不能再陪伴你们了。可恶的魔族企图侵占我们的家园，爸爸和伙伴们用自己的生命去捍卫我们的联盟。联盟是所有人的家，爸爸死得其所，可爸爸真的舍不得你们，爸爸好想再看看你们和你们的妈妈啊！真想像以前那样，让你们坐在我的双腿上，抱着你们，亲亲你们细嫩的小脸，看着你们坏笑着将鼻涕抹在爸爸的脸上。爸爸想你们，可是，爸爸真的坚持不住了。你们一定要好好听妈妈的话，爸爸的抚恤金应该能够供养你们长大。你们要记住，爸爸是为了联盟而战，为了咱们人类而战。爸爸希望能够成为你们的骄傲。如果有一天，联盟需要你们，爸爸希望你们也能拿起武器，勇敢地站在驱魔关城楼上共抗外敌。

永远深爱着你们的爸爸

看完这封遗书，采儿足足呆立了一个小时之久，从那以后，她眼中和心中的恐惧就消失了。在伤兵营中，她不怕脏、不怕累，尽自己一切努力为伤兵们服务。她在伤兵营待了整整三个月的时间。

三个月之后，圣月找到采儿，并告诉她，抚恤金已经发下去了，遗书的原件也已经送回去了。

那一刻，采儿扑入曾祖怀中，泣不成声。

圣月却只是平静地告诉她，一名普通的士兵都知道用自己的鲜血和生命来捍卫联盟，为了保护家园不惜付出宝贵的生命，为了不拖累联盟甚至选择自杀。而身为轮回圣女，有着如此天赋的她，难道要一直待在这伤兵营中吗?

杀死一名敌人，就意味着减少敌人的一次攻击，也意味着我方将士可以少受一次伤害甚至少死一个人。她应该将自己的力量倾注在战场上。魔族不退，悲剧就不会结束。

当采儿再次站上驱魔关城楼的时候，她心中的恐惧已经完全转化为对魔族的痛恨与憎恶，死神镰刀的杀气终于再次降临。

闪电一般的身影横向冲出，所过之处，大量低阶魔族瞬间殒命。

采儿就像一个黑色的幽灵，哪里的敌人最多，情况最为危急，她就出现在哪里。死神镰刀所向披靡，不知道有多少魔族死在了她这件神器之下。

"铿——"死神镰刀横挥，将一道暗金色闪电击溃。采儿的身体终于停顿了一下，目光所及，正是一只全身散发着暗金色光泽的强大禽魔。

这只禽魔的修为至少有七阶，手中的闪电长矛遥遥指着采儿，身上电光缭绕，背后双翼拍动，就悬浮在距离驱魔关城楼不远处的空中。

冰冷的寒意在采儿眼底闪过，下一刻，她的身影就那么凭空消失了。

恐怖的杀气令周围的光线明显暗淡了一下，那只强大的暗金色禽魔几乎是第一时间将手中的长矛向身后刺去。

"当——"

"扑哧——"

暗金色的长矛已经接近传奇级武器了，但是，在那漆黑幽暗的光刃之下，仍然毫无招架之力。这只禽魔被从中刨开，幽暗的巨大镰刀从它肩头切入，一直将它整个身体斩成两半。而直到此刻，采儿的身影才在空中显现出来。

虽然同样是七阶，但在采儿面前，七阶禽魔根本就构不成什么威胁。她的攻击力之强大，就连龙皓晨七阶的时候也无法比拟，更何况是这些魔族。

就在她刚刚斩杀了这只禽魔的同时，莫名的危机感突然袭上心头，她身体半转，朝着魔族大军的方向看去。

至少有上百道光线瞬间汇聚，直奔采儿的方向射来，这些光线笼罩了极大的范围，就算以采儿的速度想要闪躲也已经来不及了。

不仅如此，除了这些光线之外，还有无数巨大的火球宛如流星火雨一般向她袭来。

显然，之前那只禽魔是一个诱饵，为了引诱采儿冲出驱魔关城楼。眼下发起突袭的，可不正是魔眼术士和火焰魔傀吗？它们至少有两百只，在采儿出现之后，立刻发动了攻击。

采儿出现在驱魔关城楼已经不是第一天了，她的每一次出现都会带给魔族巨大的损失，单是六阶以上的魔族强者，在采儿手下就殒命了近百名，其中还有三名八阶强者。这样的损失令魔族早就盯上了她。当然，同时也成就了采儿在驱魔关轮回圣女的威名。

面对这些充满黑暗气息的魔法的攒射，采儿却没有丝毫慌乱。她身体略微蜷缩了一下，紧接着，在她身体周围就出现了一团朦朦胧胧的黑色雾气。

她将手中的死神镰刀高举过头，做出一个向下劈斩的动作。

没错，采儿没有闪躲，而是做了一个这么简单的动作。能够清楚地看到，当死神镰刀从空中斩落的那一瞬间，采儿的身体凭空消失了，死神镰刀也消失了，剩下的就只有一道巨大的光刃。

周围的空气瞬间波动，大量的魔法射线直接在这波动的空气中被折射得四散纷飞。与此同时，那巨大的光刃已经破空而出，硬生生地在这些攒射的魔法中斩出一条通路。

这就是死神镰刀的强大，尽管现在的采儿只有七阶修为，但是，凭借着死神镰刀，她能够做到在小范围内产生类似于领域的威能，将所有敌人的攻击压缩、聚集，然后再一击破之。

死神镰刀有多种特性，其中最强大的两种就是无坚不摧与净化。

无坚不摧那可不是说说而已，那凌厉的死神气息能够斩开所有魔法，令那些魔法根本无法发挥出攒射后应有的叠加效果。

采儿的身影重新显现出来，背后一对比以前增大了许多的灵翼拍动，带着她飞向驱魔关城楼。尽管她很想冲到下面的魔族大军之中去斩杀这些施展魔法的魔族，但是，理智告诉她不能那么做。

就在采儿即将回到驱魔关城楼的刹那，她的身体突然僵硬了一下，紧接着，整个人有种陷入了黏稠液体中的感觉。这种感觉让她十分难受，她的动作顿时迟滞了，似乎连自身的灵力都在那一瞬被极大程度地压缩了。

怎么回事？采儿心中大吃一惊，下意识地将灵力灌注到死神镰刀之中。也就在这个时候，一道恐怖的光芒已经破空而至，目标正是她的眉心。

这道光芒来得极快，更何况此时的采儿正处于身体被限制的状态中，她想要全力去抵挡已经来不及了。

有敌人偷袭！这是采儿心中的第一个念头，令她震惊的是，以她的感知力和死神镰刀的杀气感应，居然没有提前发现这个敌人。

这个念头在她的脑海中一闪而逝，她能做的就是将手中的死神镰刀一横，迅速挡在面前。

"当——"刺耳的爆鸣声中，采儿只觉得自己仿佛被一根巨锥撞中了一般，闷哼声中，口鼻顿时溢血。

凭借着死神镰刀的威能，虽然采儿只是用刃面抵挡住敌人的攻击，但还是将对方攻击中的属性侵袭全部抵消了，然而，对手那强大的灵力冲击却是不可能完全化解的。采儿只觉得五内如焚，握住死神镰刀的双手几乎是一瞬间就失去了知觉。最可怕的是，受到了这样强烈的冲击，她的身体居然没有倒飞出去，依旧被那种极强的黏稠感限制在那里。而敌人的第二次攻击也已经到了。

可以说，采儿已经到了万分危急的关头。通过刚才的第一次攻击，她就已经判断出，这个偷袭自己的敌人是九阶强者，也唯有九阶强者凭借着强大的灵力才有可能不被她发现，并且产生如此强的攻击力，那黏稠的感觉应该就是对方的领域了。

驱魔关上，圣月一直都在观察着采儿的动静，看到采儿的身体在空中停滞了一下，紧接着又看到那一道光芒出现，圣月就意识到了情况不妙。

但是，这一切实在是发生得太快了，就算以他的修为，想去援救采儿也已经来不及了。

刺耳的破空声令正在大战的双方士兵动作都迟滞了，他们吃惊地看到，在驱魔关城楼方向，天空竟然裂开了一个大口子，而这个大口子还在一直蔓延，直奔采儿斩去。

攻敌所必救，圣月的头脑很清醒，敌人这第二次攻击，采儿一定抵挡不住，而他的速度再快，也来不及阻止敌人的攻击了。所以，他只能将目标锁定在敌人身上。如果对方这一击杀了采儿，那么，他这全力以赴的一击也足以重创敌人了。

就在这个时候，谁都没想到的是，采儿并没有束手待毙。她的双手已经麻木了，身体还被领域限制着，但是，她依旧有效地展开了自救的行动。

一道寒光在采儿眼底闪过，她的身体竟然"嗖"的一下就消失了。

而死神镰刀则在瞬间爆发出无比恐怖的森然杀气，将那无形无色的黏稠领域斩开了一道缝隙，死神镰刀也就借助着这一道缝隙向外钻去。

出乎圣月预料的是，那名偷袭采儿的敌人竟然根本没有管他的攻击，那人的第二次攻击并没有收回，落在了死神镰刀之上。

刺耳的摩擦与碰撞声中，死神镰刀剧烈地震颤起来，产生出强烈的嗡鸣，就在它刚刚脱离了那黏稠领域的时候，采儿被硬生生地从死神镰刀中震了出来。

没错，之前那一刻，采儿就是融入了自己的死神镰刀中，二者融合为一。这也是死神镰刀强大的能力之一。在这件神器之中有一个不大的空间，危急关头，采儿就能够隐匿其中，躲避敌人强大的攻击，凭借着死神镰刀强悍的材质来保护自身。正是因为有这个能力存在，圣月才放心让采儿在战场上冲杀。

可刚才敌人这一击也足够强大，竟硬生生地将采儿从死神镰刀中震了出来。

采儿的脸色变得更加苍白了，在那剧烈的冲击中不受伤是不可能的。但是，她麻痹的双臂已经恢复了正常，冰冷的杀气宛如火山喷发一般从她体内爆发出来。周围的天空瞬间变得昏暗，一道充满威严的黑色身影在她身后一闪而过，紧接着，就是一道骇人的幽光在空中划过。

死神七绝，第一绝，死之殇。

对于这一击，采儿早已完美地掌握，恐怖的死神气息迸发的一瞬，周围的空间骤然塌陷，以至于那偷袭她的敌人终于从空气中显现了出来，赫然是一名身材瘦小，看上去和人类差不多的魔族。

他的全身看上去有些虚幻，当他出现之后，整个人都给人一种诡秘的感觉。

圣月的攻击在半空中被拦住了，惊天动地的震动之中，一道雄壮的身影出现在那里。这个敌人圣月很熟悉，正是魔族七十二柱魔神中排名第五十二位的火焰狮魔安洛先，也是火焰魔傀的族长。

和圣月硬碰这一下，显然是安洛先吃了亏，他的胸口处留下了一道深达寸余的伤痕。不过，他终究还是拦住了圣月这全力的一击。

只是，令安洛先没想到的是，他的同伴却没能成功地击杀采儿，反而是被反攻了。

随着"铿"的一声巨响，那名瘦小的魔族身体剧烈地震颤了一下，左手中的武器已经化为了碎片。

但在关键时刻，他的身体突然一分为二，其中一道身影被死之殇绞成了齑粉，而另一道身影却向后闪退了五十米。

这是一个类似于金蝉脱壳的技能，化解了死之殇，显然，他也不愿意跟采儿的死神镰刀硬碰。倒不是采儿的攻击力已经足以威胁到他，而是他不愿意被死神镰刀上那强大的净化威能侵袭。

"走！"瘦小魔族低喝一声，一步跨出，已经隐没于空气之中。火焰狮魔安洛先也不停留，身体宛如一颗火流星一般朝着魔族本方飞去。

圣月没有追击，而是迅速来到采儿身边，将她护在身后，目光警惕地扫视着周围。

毫无疑问，刚刚偷袭采儿的，正是两大魔神。为了解决采儿，魔族竟然派出了两位魔神，而且，他们差一点就成功了啊！

采儿正在大口大口地喘息着，抵挡敌人的袭击，又施展了死神七绝，她的消耗非常大，已经受伤了。

就在圣月准备查看一下采儿伤势的时候，他的眼中流露出了惊讶之色。

因为一道金光正从远方以惊人的速度朝着这边飞过来，目标不是驱魔关城楼，而是火焰狮魔安洛先返回魔族的必经之路。

这道金光来得实在是太快了，强烈的光明属性就像是太阳从天空中陨落了一般，浓郁至极的光元素令天空都为之一亮，下方的魔族和驱魔关城楼上的人类强者都忍不住向那突如其来的金光看去。

这金光从一个细小的光点转变为一道身影几乎只用了半次呼吸的时间，当他距离安洛先还有不足百米的时候，炽烈的橘红色光芒宛如井喷一般爆发出来。能够清楚地看到，一面巨大的橘红色盾牌直奔安洛先撞击而去。

圣月的眼睛骤然一亮，几乎在同一时间就消失在了空气之中。在消失前的一瞬，他向采儿比了一个后退的手势。

安洛先此时有些郁闷，圣月刚才为了救下曾孙女爆发的全力一击可不是那么容易抵挡的。

虽然他也是九阶魔神，但是，排名第五十二位，可见他的修为在魔神之中是比较弱的，灵力也就相当于人类强者十几万点的样子，还不如圣月。况且，他在武器上也逊色不少。

第184章
反杀

　　圣月爆发出的灵罡不只是伤到了安洛先的身体表面，同时，灵力的杀气与锋利的灵罡气息也钻入了他体内，没有十天半个月的休养是恢复不过来的。

　　就在安洛先已经后撤，即将返回到本方之际，他突然感受到了一股庞大的光明气息在向他袭来。

　　哪来的光明气息？这可不是源自驱魔关的啊！安洛先大惊之下，丝毫不敢放松警惕。熊熊的火焰骤然从他体内迸发，一头乱发无风自动，强大的灵力波动蔓延开来，他的右手之中多了一柄锯齿长刀，直奔那突袭而至的敌人斩去。

　　安洛先原本是使双刀的，只是他的另一柄长刀刚刚被圣月劈碎了。哪怕是魔神，也不一定拥有强大的武器。他是经常更换武器的，手中这一对长刀也不过是传奇级装备而已。与圣月手中的一对史诗级短剑相比，差了可不止一点。

　　巨大的橘红色盾牌在即将撞击到安洛先的刹那，突然停顿了一下，紧接着，安洛先惊恐地发现，从对方的盾牌中竟然传来一股无比锋利的气息。这股强大的意念之力冲击的不是他的身体，而是他的精神力。

　　安洛先只觉得脑海中一阵眩晕，那强大的意念竟像要将他的思绪完全搅乱似的。

　　在这种情况下，他斩出的锯齿火焰刀的威力顿时减弱了几分。

"轰——"橘红色的光芒应声撞来，那宛如流星赶月般追来的金色身影也已经现出本体。在剧烈的撞击之中，他和安洛先谁也没有占到便宜，同时被震得后退。但是，安洛先的情况明显更差一些。

橘红色盾牌撞上安洛先那锯齿刀的时候，对方的力量虽大，但以他的修为还能抗衡。但是，紧接着从那盾牌之中传来了一股无比精纯的光元素爆炸力，正是光明属性灵罡，不仅如此，同时爆发的还有那极其锋利的意念。

安洛先之前本来就受伤了，此刻又突然受到这样的撞击，自然是雪上加霜，全身上下火光迸发，炽烈的火光连天空都被映红了。

不过，令他心安的是，他已经清楚地看到，在那全身都闪耀着橘红色光芒、骑在一只星耀独角兽背上的骑士身后，一抹漆黑幽光已经闪现，之前和他一起攻击采儿的那名魔族强者也杀了一个回马枪。就在双方碰撞后，旧力刚去、新力未生之际，那漆黑身影发起了偷袭。

那全身笼罩在橘红色光芒中的骑士显然早已预料到了这一点，只见他闪电般回身，并且在与那漆黑短剑碰撞的刹那，整个人居然就那么定在了远处。

"当——"巨响声中，橘红色骑士全身金光大放，连带着星耀独角兽在空中猛然后退。一圈圈橘红色光晕从他的盾牌上迸发出来，很显然，他承受这一击并不轻松。

但就在这个时候，另一边的火焰狮魔安洛先已经张大了嘴，在他胸口处，漆黑的剑尖悄然透出。

只要是刺客，都擅长抓住时机，这显然不是那名不断穿梭空间的魔族刺客所独有的。身为刺客圣殿殿主，九阶侠者圣月又怎会不擅长呢？

身穿精金基座铠甲的强大骑士吸引了两位魔神的注意，而圣月早已在远处遁入了空间之中，刺客与骑士的配合，这在圣殿联盟之中自古就有。在那精金基座骑士与安洛先碰撞的刹那，圣月虽然不知道对方会怎么做，但他下意识地认为那名骑士一定会给他制造突袭的机会。

事实也正是如此，安洛先被那精金基座骑士以精神力迸发出的强大剑意扰乱了思绪，再加上看到那骑士被同伴攻击时心中放松警惕，此时正是他最弱的一刹那。

圣月的攻击也就是比那魔族刺客慢了一拍，这巧妙的慢一拍，就制造出了出人意料的结局。

"轰——"火焰狮魔安洛先在惨叫之中已是应声飞出。魔神的身体确实强悍，在圣月的全力爆发之下，安洛先的身体也没有支离破碎，但胸口也出现了一个直径接近一尺的大洞，眼看是活不了了。

不过，圣月依旧没有放过他的意思，另一只手中的短剑在这爆炸声响起的同时，也狠狠地刺入了安洛先的后脑。

魔神的生命力是极其顽强的，尤其是在魔神柱就在附近的情况下，所以，他必须彻彻底底地杀死对手，才能确保安洛先殒命。

安洛先死得很冤，他无论如何也没想到，偷袭变成了被反杀，他甚至都没来得及借助自己魔神柱的力量，就已经受到了致命的重创。同样的爆炸在他头部出现时，他最后的一丝生机也消失殆尽。

圣月要比龙皓晨他们有经验得多，安洛先一死，不等他的魔神皇冠出逃，圣月就已经用灵力将其锁死在安洛先体内，等回去之后再处理。魔神皇冠逃不走，火焰狮魔想要重现魔族可就困难多了，至少要一年以后魔神柱才能恢复元气，诞生出一颗魔神种子，选择继承者。要是魔神皇冠回归了，那么，它几乎立刻就能在魔族中找到继承人，并且直接将安洛先生前的一部分实力赋予这名继承人。说起来，当初龙皓晨他们击杀的蛇魔神安度马里的魔神皇冠可是被皓月给吃掉了，龙皓晨都不知道它消化得怎么样了。

而就在圣月这第二剑爆发之时，另一边，巨大的橘红色盾墙再次挡住了那位刺客魔神，硬是没让他冲过来救援火焰狮魔。

整个战斗的过程说起来慢，可实际上都是在须臾之间展开的，从两大魔神偷袭采儿，到火焰狮魔安洛先殒命，一共也就几次眨眼的工夫。而在这么短的时间内，在双方实力相差无几的情况下，能够干掉一位魔神，除了那位精金基座骑士到来得很突然之外，就在于他和圣月之间的配合了。

第一次合作，却有着不一般的默契，这是充分的信任和恰到好处的相互作用，才有了如此之好的战果。

那位精金基座骑士骑着他的星耀独角兽，在空中不断后退，每后退一次，他盾牌上的橘红色光芒就会强烈几分。盾墙加神御格挡加连续格挡，他将守护骑士的奥义完美地展现了出来。尽管敌人的每一次攻击都极大程度地消耗着他的灵力，但在如此短暂的时间内，对手没有工夫爆发出更强大的攻击，只能眼睁睁地看着安洛先殒命于圣月的短剑下。

远处的魔族大营之中，除了火焰狮魔的魔神柱之外，另外七根魔神柱同时光芒大放。驱魔关这边，天空却突然变得扭曲起来，凌厉至极的杀气就像一张大网，迎向魔神们的进逼。

攻击精金基座骑士的黑色身影骤然后退，遁入半空之中消失不见。这空中的战场距离驱魔关更近，刺客圣殿的援军显然要比魔族的援军来得更快一些，再不走，他就将和安洛先一样，永远地留在这里了。

千万不要以为九阶强者之间的战斗会无比持久，其实，实力越强，碰撞时就会越危险，除非是拥有像熊魔神华利弗那样的强大防御能力，否则，在九阶强者的碰撞中，生死往往只在一瞬间。

那位精金基座骑士将盾牌收回，低低地发出一声闷哼，张嘴吐出一口浊气，要抵挡住那位刺客魔神的连续进攻可不是一件容易的事，如果不是星耀独角兽王和他身上这件史诗级的精金基座铠甲给予了足够的辅助，令他的防御一直保持在灵罡层次，最多三击，他的灵力恐怕就无法支撑这种高强度的防御了。九阶强者，而且还是擅长攻击的刺客，其攻击力是何等恐怖？如果真是一对一地对决，这位精金基座骑士一定是凶多吉少了。当然，那是在他不准备逃跑，一味死磕的情况下。

他和圣月都没有后退，而是遥望着远方亮起的魔神柱。他们身边的空气波动得也更加剧烈了，却没有一道身影出现。

火焰狮魔安洛先的尸体在圣月手中提着，魔神皇冠可是至宝，有了这玩意儿，至少能让一门魔导大炮连续开火三年，或者也可以用它来制作史诗级装备。

"呜——呜——"魔族退兵的号角声响起，狂攻的魔族大军顿时如同潮水般退去，远处七根闪亮的魔神柱也随之暗淡了下来。

"哈哈——"圣月放声大笑，"痛快！终于让我出了一口恶气。"

圣月是火爆脾气，战争爆发后他一直被限制在驱魔关内，因为双方都不希望因九阶强者加入战场而出现更大规模的伤亡，因此，九阶强者只是彼此对峙而没有加入战场。他心中再焦急也不能主动出手，就连调动城防这些工作也是圣灵心在做，这位侠者大人一直都有种有力使不出的感觉，这种感觉可不怎么舒服。

今天采儿突然遇袭，注意力一直都在自己这曾孙女身上的圣月第一时间出手，也幸亏是他反应够快，否则的话，采儿就真的凶多吉少了。死神镰刀的威力固然强大，但修为上的巨大差距不是单靠武器就能够完全拉近的。准确来说，越是强大的武器，就越需要强者来使用，只有这样才能将它的优势真正地发挥出来。

而接下来击杀火焰狮魔安洛先的过程，哪怕是圣月自己，都觉得有些不真实。在魔族历史上，安洛先恐怕是被杀过程最快的魔神了。

安洛先的死，不只是因为精金基座骑士的阻挡和圣月的突袭，更是因为这家伙对于情况预估的不足，而一切又发生得太快。否则的话，他只要引动自己远处的魔神柱，说什么也不会被圣月一击即杀的。

"兄弟，谢了。这份战利品归你。"圣月毫不吝啬地将手中安洛先的尸体递给这位精金基座骑士。

精金基座骑士的身体一僵，道："您好，侠者大人。这个我不能要。骑士圣殿代理圣骑士长精金十二号，向您报到。"

没错，这位先后阻挡了两位魔神，并且为圣月杀死火焰狮魔制造了机会的精金基座骑士，正是龙皓晨。

龙皓晨与韩羽一路疾行，眼看就要抵达驱魔关了，龙皓晨的精神力就感知到了这边的大战。他让韩羽先进入驱魔关，自己则直接骑着星王升入高空，看看是否有需要自己的地方。龙天印给他的任务虽然并没有太过认真，但在能力范围内，龙皓晨一定会尽可能地积攒功勋值。

当他的注意力集中在驱魔关城楼的时候，几乎是瞬间就找到了正在与敌人战斗的采儿。死神镰刀就是他最直接的定位目标。

龙皓晨喜不自胜，正准备飞下去与采儿会合时，就看到了采儿遇袭的一幕。

接下来就简单了，龙皓晨与星王的力量融合在一起，全力以赴向下冲，就像一颗金色流星般冲入战场。救援采儿是来不及了，但由于看到了采儿面临的危机，龙皓晨焦急之下，自身实力已经提升到了极限。以他多年来的战斗经验，他现在对战场的把握相当准确。眼看采儿没事、两位魔神迅速后撤，龙皓晨便立马埋伏在敌人撤退的必经之路上。这才有了接下来火焰狮魔被杀的一幕。

圣月这一句"兄弟"叫得龙皓晨眼皮一阵乱跳，这可是乱了辈分啊，所以，他赶忙转移话题。他要隐藏身份，现在显然不是表明自己是谁的时候。

听到龙皓晨的声音和话语，圣月的脸上顿时露出疑惑之色。这声音很熟悉，但他一时之间又辨认不出，只听得出这位精金十二号年纪不大。以他对骑士圣殿的了解，十二号精金基座铠甲应该在骑士圣殿的宝库内，显然，这位精金十二号是新晋的精金基座骑士，可他又说自己是代理圣骑士长。

圣骑士长这个身份，在骑士圣殿的地位仅次于殿主、副殿主，怎会由一位新晋的精金基座骑士担任？

不过，无论此时圣月心中出现了怎样的疑问，他都没有半分怀疑龙皓晨的身份，毕竟人家已经用行动证明了。

"先回城楼上再说。"圣月大手一挥，与龙皓晨一同向驱魔关飞去，空气中那些强烈的杀气和波动也随之缓缓消失。

这一战，驱魔关没赢，但是，干掉了一位魔神，也极大地鼓舞了整个驱魔关将士的士气。

圣月飞到驱魔关前方，猛然将手中火焰狮魔的尸体举起。顿时，驱魔关城楼上爆发出一片山呼海啸般的欢呼，很多士兵甚至激动地流下了泪水。

默默地看着残破得已经不像样子的驱魔关城楼，龙皓晨只觉得心中一阵阵揪紧，不知道有多少联盟士兵在这场战争中死去。身为这场战争的导火索，圣殿联盟却从未对他有过半句怨言。

我一定会将魔族彻底毁灭，让和平重现圣魔大陆，不再有战争。龙皓晨在心中暗暗发誓。与此同时，他也缓缓地开始了咒语的吟唱。

圣月惊讶地向身边的龙皓晨看去，他能够感受到，这位精金基座骑士的身上，开始散发出极为强烈的光元素波动，而且，这种纯净程度的光元素是他前所未见的。

龙皓晨吟唱的声音十分轻柔，咒语的腔调有些低沉，却不压抑，清晰的音阶就像跳舞的精灵一般不断吐出。能够看到，在他身体周围，开始有大量的金色光点涌动起来。

圣月深吸一口气，眼中不由得流露出一份深切的感激之色，低声道："不要勉强。"

龙皓晨自然不能回答他，但他正在吟唱的咒语变得越发清晰。

一点点细微的金色光芒开始出现在他身体周围，刚开始的时候，光点只有数十个，每一个都只有黄豆大小，毫不起眼，但随着光点的持续增多，所有人都吃惊地感觉到，天空中似乎多了一个能够吸引世间一切光明属性的圆心。天空中，近处、远处，开始出现同样的光点，飞速地朝着龙皓晨的身边聚集过来。这些光点一聚集到他身边，就呈螺旋状向空中升起。

圣月没有退向驱魔关城楼，而是向远处飞去，人家正在为了驱魔关战斗，他必须保证人家的安全，如果魔族再次偷袭怎么办？

根本不需要圣月下达命令，一道道敏捷的身影悄然从城楼上掠出，与圣月一起，在驱魔关外的半空中形成了一道屏障，共同守护着正在吟唱咒语的龙皓晨。

此时此刻，龙皓晨只觉得内心十分通明，仿佛只有不断吟唱着这艰涩而冗长的咒语，才能令他心中的愧疚感减弱。

他进入了一种奇妙的状态，在咒语刚开始的时候，他体内的灵力在急速外泄，本来之前阻挡两大魔神就已经消耗了大半的灵力很快就有了枯竭的迹象。

但是，就在远处空中也开始有金色光点向他融入之后，他惊讶地发现，自己体内的灵力正在以平稳的速度持续回升。而他原本只打算吟唱一半、完成一半的咒语也自然而然地进行了下去。

此时，他的精神力和感知已经不在自己身上，而是融入了天空之中，融入了大自然与光元素之中。

龙皓晨第一次体会到了当初在梦幻天堂中夜小泪所说的那种神的境界。神，无处不在，可又无迹可寻。他现在不是一个魔法的施展者，而是变成了一个指挥家，指挥着神的力量、指挥着光元素。

神眷体质令他成为一个支点，内心的善良、悲伤、奉献的情绪成为他的指挥棒。

他深刻地体会到了光元素那份中正平和、善意、牺牲、怜悯、包容与仁爱。在这一刻，他的心境达到了与光的真正契合。此时此刻的他，才真正地成为光明之子。

光的力量永远不是为了厮杀而存在，所以，哪怕龙皓晨今后成为魔神皇那个级别的强者，他也不可能在攻击时如此指挥光元素。但他现在施展的这个魔法不同，这完全是以怜悯、包容、仁爱和善良为基础的释放，没有半点私心和杂念，有的只是不惜一切代价要助人的慈悲之心。

螺旋状的金色光点渐渐升入高空，变为一根直径超过百米的巨大金色光柱接天连地。在这个时候，远处魔族大营中的魔神柱在这根金色光柱面前已经黯然失色。那如海浪般澎湃的光元素，更是令所有魔族为之战栗。尽管它们能够感受到这光明并不是针对它们的，可是，身为黑暗属性的魔族，依旧有着难以遏制的恐慌。

除了这金色光柱之外，天地间就再没有任何宏大的景象了。终于，龙皓晨最后一个音节吟唱完毕，从他身上骤然绽放出一道七彩光芒。他与星王已经恢复到巅峰的灵力也在瞬间被完全抽空，可是，他们依旧悬浮在空中，他们的眼眸更是变得前所未有的闪亮。

天空变成了金色，众人目光所及范围内，全都变成了金色，淡淡的金色雨丝从天而降，徐徐飘洒。

雨丝纤细，落在何处都给人一种柔顺的感觉，每一缕雨丝落在人身上，都会化为一圈很淡很淡的光晕悄然化开。

每一缕雨丝都带给人们一丝柔柔的温暖。刚开始的时候，这一丝丝的温暖还不足以带来什么，但是，很快，人们就发现，这柔和的雨丝带给他们的竟是难以名状的舒畅与平静。

以至于所有人都不自觉地看向那半空中骑着星耀独角兽王的龙皓晨，那一道道从兴奋渐渐变得平静、又从平静重新化为兴奋的目光，不知道充满着多少激动的情绪。在很多低阶士兵的眼中，此时的龙皓晨就像是光明神降临一般，赐予他们温暖，消除他们的疲倦与伤痛。

这片细细的光雨不只是将整个驱魔关全部笼罩在内，就连之前的战场以及远处的魔族大营，同样被笼罩在其中。

这一切对于人类来说是无限美好的光明，对于魔族来说却是致命的灾难。

魔神柱再次闪亮，七根同样散发着强烈黑暗气息的光柱冲天而起，以这七根光柱为支点，形成了一个暗红色的光罩，将魔族大营全部笼罩在内。

毫无疑问，龙皓晨此时完成的这个魔法是禁咒级别的，其范围之大，哪怕是圣月都是生平仅见。

同时，这个魔法也是圣月所见过的最为平和的禁咒，牧师圣殿的九阶圣者也能够施展出大范围的禁咒级治疗魔法，只是，他们的治疗效果要比龙皓晨这个直接得多，却不如龙皓晨这个魔法的效果来得那么柔和，而且范围也远远没有这么大。魔法效果能够覆盖三分之一的驱魔关，就已经是牧师圣殿顶级强者才能做到的了。可龙皓晨这个禁咒像是直接下了一场雨。

圣月的感受很深刻，沐浴在这光明的雨丝之中，得益的不只是身体，还有心灵。那种对心灵的洗涤以及内心创伤的治疗，丝毫不逊色于对身体的治愈。

驱魔关将士们心中的负面情绪都在这光雨中悄然消失，他们身上的伤也以和缓的速度愈合着。

渐渐地，开始有将士朝着空中的龙皓晨单膝跪倒，行上他们最崇高的礼节。而这样的情绪也以惊人的速度在驱魔关城楼上蔓延。

单膝跪倒的不只是低阶士兵，一些五六阶的强者亦是如此。他们完全是被这光雨中蕴含的精神所感染。能够依旧站着的，都是精神力相当强大、内心足以自守、没有因为战争影响到自己心境的少数人。

因为如同神迹般的光雨降临，驱魔关内，根本不用上面的将领下达命令，大量的伤员已经被飞快地抬到空地上，沐浴在这光雨之中。整个驱魔关都因为这场突如其来的光明之雨而蒙上了一层淡淡的金色。

七大魔神联手释放的光罩上，同样泛起一圈圈小小的金色涟漪，而他们那充满黑暗气息的光罩，也就在这金色涟漪中被不断地净化。

七大魔神全都悬浮在各自的魔神柱前，神色严峻，他们此时感觉自己并不是在抗衡一个光系禁咒，而是在抗衡天威！

采儿也和其他人一样，站在城楼遥望着空中的精金基座骑士。她当然不会下跪，但她的双眸早已湿润，泪水忍不住顺着面颊滑落。沐浴在这光雨之中，她之前受的伤渐渐好转，心中的压抑感也悄无声息地消失着。

如果说，在这驱魔关中只有一个人能认出这位精金基座骑士是谁，那么，毫无疑问，这个人必定是她。

她没有辨出他的气息，可是，她认得那面他们在幽暗沼泽中得到的盾牌啊！蜗牛壳一般的螺旋形状，充满纯净光明气息的橘红色光芒，可不正是日月神蜗盾吗？

是他，他来了，他终于来了！在这一刻，采儿只觉得自己的心已经完全被空中的龙皓晨牵引住了。在她脑海深处被埋葬了的记忆，终于有了动静，拼命地想要向外冲。那一直狠狠压制着她记忆的封印也似乎随之松动了几分。

为什么不让我想起他？为什么啊？采儿眼中的泪水流淌得更快了，看着空中的龙皓晨，她的心一阵剧痛。

这场神圣光雨足足持续了一个小时之久，当天空中的金色渐渐散去，充满温暖的阳光洒落大地时，驱魔关城楼上爆发出比之前火焰狮魔安洛先被击杀时还要更大一倍的欢呼声。

双翼张开的星王滑翔着落向驱魔关城楼，圣月一闪身，迅速来到龙皓晨身边。他惊讶地发现，在施展了如此强大的禁咒之后，龙皓晨身上散发出的光明气息居然比之前更加浓郁了。尽管从他身上感受不到灵力波动，可是，他和他的星耀独角兽就像是被光元素送到了驱魔关一般，那元素之力就托住了他们的身体。

这是一种境界，是圣月都未感受过的境界。

龙皓晨刚才施展的这个魔法名叫"神圣甘霖"，这个光系禁咒是他在幻洞内修炼技能时发现的。从治疗效果来看，这个属于骑士的光系治疗禁咒是无法和牧师圣殿那些光系治疗禁咒相比的。毕竟，骑士并不是专业的治疗法师。

但是，这个神圣甘霖魔法所引动的光雨，在治疗时要更加柔和，也更容易被吸收，而且治疗时间更长。凭借着长时间的持续治疗，不但可以极大地提升己方士气，更能恢复沐浴其中者的体力，同时净化其心中的负面情绪。

也就是说，在单一治疗方面，神圣甘霖和其他治疗禁咒不能比，但它的作用很多。而且，神圣甘霖还可以只吟唱三分之一或者一半的咒语，发动次于禁咒的"甘霖术"。这是一个可进化魔法，会随着施展者实力的强弱发挥出不同级别的治疗效果。当然，就算是甘霖术，那也是八阶的守护骑士魔法，毕竟，这可是一个范围治疗技能。

而刚刚龙皓晨所施展的神圣甘霖，在范围、光元素纯净程度和整体效果上，都远远超越了神圣甘霖原本的范畴。

那瞬间的明悟和情绪的点燃，再加上他神眷体质的发动，令这个魔法被完美地施展了出来。范围之大，就算是在魔族的五大支柱魔神中，恐怕也只有魔神皇、月魔神和星魔神才能施展出来了。

空中负责保护龙皓晨的刺客圣殿强者纷纷飞回驱魔关城楼。

城楼上的圣灵心早已指挥着将士们给龙皓晨让出一片空地。当龙皓晨落在城楼上时，刺客圣殿那些顶尖强者全都下意识地围在他身边。施展了如此强大的禁咒，他们都很清楚此时这位精金基座骑士的虚弱状态，越是这样，越不能给魔族任何可乘之机。

当然，看上去，现在的魔族确实没什么偷袭之力了。在光雨结束时，七大魔神联手释放的暗红色光罩的光芒已是十分暗淡。尽管魔神柱的威能强大，但它更大的作用是对魔神本身的增幅，而这种大范围防御消耗的魔力是非常巨大的。毕竟它抗衡的不是龙皓晨，而是天威啊！

星王飘然落地，它第一个动作就是扭头看向自己背上的龙皓晨，一双澄澈的大眼睛中充满了崇敬与温和。

"主人，谢谢你。"这一声主人，星王叫得心悦诚服。刚开始，它决定追随龙皓晨，并不是因为对龙皓晨本人有多么认可，而只是因为龙皓晨光明之子的身份，他身上纯净的光明属性会对它产生极大的好处。当然，它也能感受到龙皓晨的良善。

其实，星王跟随龙皓晨回到御龙关后，情绪一直都不怎么好。因为它看到光明之子在击杀，尽管杀的是魔族，可是，他手上依旧在不断地沾染着鲜血。

可就在刚才这段时间里，星王真正地被龙皓晨折服了。作为龙皓晨的坐骑，它对于龙皓晨施展神圣甘霖时的感觉无疑是最为清晰和强烈的，包括他的一切情绪变化。在龙皓晨施展这个魔法的时候，他根本就没考虑过自己的身体状态，他的善良深深地打动了星王。

对于神圣甘霖，感受最深的也是星王。圣月感受到的那个境界，星王同样感受到了。而对于它来说，那个境界就是属于神圣独角兽的啊！如果仔细观察就能发现，现在星王身上的白色毛发根部已经出现了淡淡的金色，这正是它已经开始向神圣独角兽进化的标志。它相信，只要自己一直追随龙皓晨，用不了多长时间，一定能够进化成功。

龙皓晨从星王背上跳下，此时此刻，他体内的灵力，包括储存在精金基座铠甲中的灵力，基本都枯竭了，可是，他竟没有任何虚弱的感觉。现在的他更像是一个精神力强大的普通人，而且，他所消耗的灵力正在悄然恢复着。不需要他做什么，外界的光元素就会自行向他体内融入。而且，敢融入他身体的光元素无一例外都是最为纯净的那一类，那些有杂质的光元素似乎都不好意思向他靠拢了。这就省去了龙皓晨在吸收光元素时过滤的过程。

围在龙皓晨身边的刺客圣殿强者一共有十一个人，包括圣月在内。除了圣月以外，其他人全身都包裹在黑衣之中，连头部也不例外。他们身上也无一例外地散发着惊人的气势。

第185章
拥抱采儿

十一位刺客圣殿的强者都是九阶侠者级别的刺客，就像骑士圣殿的神圣骑士一样，他们也是刺客圣殿最核心的力量。

"骑士圣殿代理圣骑士长，精金十二号，见过各位前辈。请各位前辈原谅，出于一些特殊的原因，我不能说出自己的名字。"龙皓晨向前辈们恭敬地行了骑士礼。

包括圣月在内，十一位侠者同时向龙皓晨还礼，而且还的是平辈之间最尊贵的刺客圣殿礼节。

圣月由衷地说道："欢迎你，强大的圣骑士长。你为驱魔关所做的一切，刺客圣殿将永不忘怀，贵我两大圣殿之间友谊长存。如果未来你有什么需要帮助的地方，刺客圣殿自我之下，绝不退缩。"

圣月这番话可是说得很重了，就连杨皓涵也从来没得到过他这样的承诺。他这番话的意思很简单，今后，只要龙皓晨需要，刺客圣殿将竭尽全力地帮助他。

能够得到圣月这种程度的认可，实在是因为龙皓晨的神圣甘霖来得太及时了。

驱魔关内有大量的伤员，他们不只是身体承受着伤痛，心灵也是如此。而且，在魔族大军的持续围攻之下，驱魔关几乎一直被笼罩在阴郁之中。

神圣甘霖的降临，不仅洗刷了将士们的疲惫，治愈了大量的伤员，而且重新点燃了他们的信心，给驱魔关带来了生机。在圣月眼中，神圣甘霖最重要的作用并不是它治疗了外伤，而是它治疗了心灵创伤以及扫除了驱魔关将士们内心的阴霾。可以说，这个强大的禁咒，极大程度地扭转了驱魔关目前所面临的不利局面。原本圣月认为，驱魔关最多还能再坚守一个月，而现在他有信心再和魔族死拼一年。

所以圣月才有了这样郑重其事的承诺。有了这份承诺，刺客圣殿至少要无条件地为龙皓晨做一件事。这可是圣殿联盟六分之一的力量啊！

龙皓晨微微一愣，但他没有拒绝，只是再次向圣月行了一个骑士礼。

他不拒绝的原因有些复杂，简单来说，就是因为圣殿联盟内部的一些问题。

任谁都看得出，如果能够将六大圣殿的六种职业者完美地结合在一起，使六种职业者平均分配于每一座雄关，那么，每座雄关抵御魔族的力量将会变得更加强大。可是，为什么圣殿联盟一直都没能做到这一点呢？

在圣殿联盟的历史上，不知道有多少先辈试图推动这样的变革，可最后都以失败告终。这都是因为六大圣殿的自我保护主义。

这是没办法的事情，如果六大圣殿相互融合，那么，多年以来各个圣殿的积蓄如何处理？人力、物力，这一切都需要协调。虽然六大圣殿并不是圣殿联盟中的六个国家，但实际上，各个圣殿是高度自治的。

组建猎魔团的尝试早已告诉了各大圣殿职业者融合的好处，可时至今日，六大圣殿依旧各有各的领地，各有各的雄关。

针对此事，龙天印曾经专门给龙皓晨讲述了半天时间。

在推动六大职业者融合的过程中，牧师圣殿是最支持的，原因自然是牧师的自保能力太差。而除了牧师圣殿之外，其他五大圣殿几乎都持反对态度。骑士圣殿反对的声音相对来说算小的，反对最为强烈的就是刺客圣殿、魔法圣殿和灵魂圣殿。

虽然在战争开始之后，圣殿联盟已经尽可能地去调整驻守在六大圣殿中的职业者配比，可实际上，六大圣殿用来抵抗魔族的根本力量还是自己圣殿的职业者。

龙天印明确地告诉龙皓晨，至少目前，这个问题还无法解决，当然，并不意味着永远都不能解决。

想要让六大圣殿真正地融合，就必须达成一件事，那就是重新让人类拥有一个国家，一个高度集权的强大帝国。唯有如此，才能实现六大圣殿实力的全部整合。

当然，要成立这个国家，难度之大可想而知。统一六大圣殿的意见几乎是不可能完成的。

龙天印最后语重心长地对龙皓晨说，如果有一天，龙皓晨能够成长到足够强大的程度，并且在联盟之中建立起足够强的影响力，那么，他将有机会完成这一壮举，这也是骑士圣殿最希望看到的。这正是龙天印决定让他到每个圣殿去参与战斗的原因。倒不是说现在就让他去争取这些圣殿的支持，而是让他去了解这些圣殿。

龙皓晨没想过要当帝王，但是，他知道对于人类来说六大圣殿力量融合的重要性。

这场战争已经极大程度地重创了联盟，魔族消耗虽大，但所有的整合都由魔神皇一人决断，不存在争议，其速度必定是相当快的，而且魔族的繁殖速度也是相当恐怖的。

这样下去，人类将依旧被魔族压制，能够偏安一隅就是最好的局面了。

所以，龙皓晨没有拒绝圣月的承诺，或许，在将来某个时候，这份承诺将起到极为重要的作用。

龙天印为龙皓晨仔细分析了六大圣殿目前的情况。

骑士圣殿实力最强，这是毫无疑问的，和骑士圣殿关系最亲近的是刺客圣殿。魔法圣殿和战士圣殿的关系也很好。这两股势力也是目前联盟中最大的两股势力。牧师圣殿和灵魂圣殿则相对独立。

因此，如果未来真的想要统一整个联盟，达到高度集权，那么，首先就要拉拢盟友，得到刺客圣殿的支持，然后再去影响其他四大圣殿。

现在说这些还太早，但龙天印告诉龙皓晨一定要未雨绸缪，这不是什么阴谋，而是为了人类最终能够击败魔族的长远打算。

个人的力量永远是渺小的，就算龙皓晨能够获得永恒与创造之神印王座的认可，他能够凭借一己之力去抗衡整个魔族吗？答案显然是否定的。他需要的是整个联盟的支持，而他也必须拥有统率整个联盟的权力，才有发动反击的可能。

这一点，身为圣殿联盟盟主的杨皓涵做不到，龙天印当然也做不到，龙皓晨却有机会。光明之子、神眷者的身份，已经令他有足够强大的号召力。

正在龙皓晨向圣月等侠者还礼、心中回想着爷爷的话时，一道身影突然从人群中挤了进来，那些侠者也并未阻拦那人。

那身影直接撞入龙皓晨的怀中，给了他一个大大的拥抱。

看到这个人，在场所有侠者的目光全都呆滞了。圣月先是大吃一惊，紧接着，他的眼神就变得古怪起来，他终于知道眼前这个创造了奇迹的骑士圣殿代理圣骑士长是谁了。他太了解自己的曾孙女了，除了那个小子之外，还有谁能够让她如此激动，主动献上拥抱呢？哪怕是失忆了，他的宝贝曾孙女也不可能移情别恋。

在猜出了眼前这位精金基座骑士是谁之后，圣月的吃惊和震撼就更加强烈了。

一年半以来，他一直在全力以赴地教导采儿。采儿也没有辜负他的期望，以惊人的速度成长着，现在她的修为已经高达七阶六级。在圣月看来，以这种修炼速度，她的修为应该已经追上那小子了吧，圣月为此还得意了很久。

可是，事实是那么的残酷，当这个小子再次来到他面前时，竟然已经成了一位八阶骑士，而且还是拥有史诗级精金基座铠甲的八阶骑士。

是骑士圣殿徇私给他的吗？圣月虽然已经一百多岁了，但脑子还不糊涂。用得着徇私吗？人家刚才那个魔法就足以证明一切了。就算那个禁咒是人家偷偷掏出卷轴施展的，没有足够强大的实力也不可能发挥出那样的威力，更何况，圣月可是亲耳听到了龙皓晨吟唱咒语的全部过程。

这小子不会已经达到九阶了吧？这才是圣月此时心中纠结的问题。不过，他的心情也在这份震惊之中变得更好了。

刚才的承诺，圣月是不得已做出的，在他心中，其实并不愿意欠下骑士圣殿这么大的人情。现在却不一样了，他欠下人情的对象是自己未来的曾孙女婿，总归是自己人啊！

不过，其他侠者可看不懂眼前这是怎么回事了。

他们当然都知道采儿的身份——轮回圣女，刺客圣殿千年不遇的人才，刺客圣殿未来绝对的继承者、最强者。采儿之前硬是以七阶实力从魔神手中逃脱，就已经又一次向这些侠者证明了她的实力。而且，一直以来，在这些侠者眼中，采儿虽然是晚辈，但冷若冰霜，是任何人都无法接近的，当然，这也是一名刺客应当必备的素质。

可此时此刻，她竟然主动扑到了这位骑士的怀中。这位骑士的魅力连他们的轮回圣女也抵挡不住吗？这怎么可能啊？

不过，这些侠者也都是纵横大陆多年的人，他们清楚地看到，圣月在震惊之后又露出了欣慰的笑容。既然殿主都认为这是正常的，那就是正常的吧。所以，他们索性就不想了。人家刚帮了刺客圣殿这么大的忙，他们总不能上去将采儿拉开吧。

抱着采儿，那个能够施展禁咒、帮助圣月杀死火焰狮魔安洛先的代理圣骑士长的双手却颤抖了。

"采儿、采儿……"龙皓晨轻轻地呼唤着她的名字，他的声音竟然是颤抖的，情绪的不稳定甚至导致精金基座铠甲上散发出的橘红色光芒都出现了不规则的波动。

"喀、喀……"圣月咳嗽一声，说道，"圣骑士长，你刚施展了禁咒，不如先到我们刺客圣殿休息一下吧。"他这是在提醒眼前这对年轻人，这里可是驱魔关城楼，大家都看着呢。

其实，最震撼的人在驱魔关二层，圣灵心的眼珠都快掉地上了。看到女儿竟然冲过去投怀送抱，他险些从驱魔关二层掉下去。

圣灵心可万万想不到那个人是龙皓晨。在他心中，龙皓晨才是他未来的女婿啊！而且在他的认知里，一位精金基座骑士起码也超过五十岁了吧。采儿这是怎么了？她也有崇拜英雄的情结吗？

可是，身为驱魔关军事总长，他除了瞪眼睛之外别的什么都做不了。幸好，采儿的妈妈蓝妍雨因为受伤还在家中休息，否则，他们夫妻就真的要一同来见证这尴尬的场面了……

圣灵心暗暗想道：采儿啊采儿，你可不要移情别恋啊！否则，我怎么向龙大哥交代？又怎么向皓晨交代？不过，这位代理圣骑士长还真是强大，以前怎么没听说过？

刺客圣殿。

"真是你这臭小子！"圣月看着褪去精金基座铠甲的龙皓晨，依旧有些不敢相信。

回到刺客圣殿后，圣月直接将龙皓晨和采儿带回到自己的静室之中。这间静室是圣月平时修炼的地方，自然没有谁会来打扰。

此时，采儿就依偎在龙皓晨身边，和一年半前分开时相比，她对龙皓晨生出了无比强烈的依恋。尽管她还没有恢复记忆，可她已经完全正视了自己和龙皓晨之间的感情。

龙皓晨准备向圣月跪下行礼。在外他代表着骑士圣殿，而此时在这静室之中，他就只代表着自己。

"行了，你都已经是圣骑士长了，就不用大礼参拜了。你是怎么修炼的？

难道杨皓涵和龙天印给你用了什么秘法？不然，你的修为怎么会提升得这么快？"

看着龙皓晨，圣月忍不住发出强烈的赞叹。

这孩子才多大啊？二十岁还不到吧，却已经成为一名真正的八阶骑士。难怪魔神皇会以他为借口发动这场战争，就算他没有摧毁魔神柱的能力，以他这样的成长速度，未来必定会成为抗衡魔族的中流砥柱。

龙皓晨恭敬地道："曾祖，我深度冥想了一段时间，然后又修炼了半年技能。"

圣月无奈地向采儿道："看吧，你还是比不上他啊！看样子，他可比你努力多了。深度冥想的枯燥可不是每个人都能承受的。小子，你该不会直接深度冥想了一年吧？哈哈……"

这位侠者大人还没笑几声，笑声就因为龙皓晨认真点头的动作戛然而止。

"啊？你真的深度冥想了一年？你……"圣月脸上的皱纹一阵抽搐，"行了，你们两个聊吧，我不在这里受刺激了。"说着，他挥挥手，一步跨出，直接消失了。

采儿扑哧一笑："曾祖这是嫉妒了呢。"

看着她脸上的笑容，龙皓晨眼底深处闪过一丝淡淡的怅然。他太熟悉采儿了，从她的表情他就能判断出，她的记忆并没有恢复，她还是失忆后的采儿。

采儿立刻就感受到了龙皓晨情绪的变化，她微微低下头，道："对不起，我……"

没等她把话说完，龙皓晨已经将她拥入怀中，柔声道："不，该说对不起的人是我，是我没有保护好你。无论如何，能再见到你，真好。"

采儿紧紧地搂着龙皓晨，轻声道："我不知道以前的我喜欢你时是什么感觉，但我已经可以肯定，现在的我依旧喜欢上了你。那天，你走后，我仿佛失去了什么重要的东西。这次再见到你，我已经想好了，你去哪里，我就去哪里。我一定能说服曾祖的。我再也不想看到你离去时的背影。"

龙皓晨轻轻地抚摸着采儿的长发："放心吧，这次我不但要带你走，我们还要与其他伙伴会合，重建我们帅级六十四号猎魔团。"

采儿惊讶地抬起头，道："联盟允许了吗？"

龙皓晨微微一笑，道："相当于默许了吧。不过，我们必须在每一座雄关都挣到足够的功勋值，我想，驱魔关的应该已经够了。如果不够，我们可以再多留一段时间。"

"肯定不够。"正在这时，光影一闪，圣月又回来了。

采儿看到曾祖，赶忙松开搂住龙皓晨的双臂，脸一片通红，道："曾祖，您怎么又回来了？"这会儿可不是刚见到龙皓晨的时候了，她又怎能不害羞？

圣月气哼哼地道："不回来不行啊，曾祖怕他欺负你。"

"曾祖，您说什么呀！"采儿一闪身就到了圣月身边，一把抓住他的胡子拽啊拽。

"好乖乖，别拽，就这么几根了。你曾祖我还要靠它们维持形象呢！"

这次轮到龙皓晨惊讶了，他还是第一次看到采儿和除了他之外的人如此亲近，尽管那人是她的曾祖。他可还清楚地记得，在失忆以前，采儿对曾祖的排斥。

此时，感受着他们之间那浓浓的亲情，龙皓晨突然觉得自己太自私了，现在的采儿不是挺好的嘛，至少，她内心之中少了以前的阴霾，并且收获了亲情。

想到这里，龙皓晨的脸上不禁露出一丝会心的微笑。是啊！爱她就应该为她着想，而不应该只想着自己。

因为采儿失忆而产生的芥蒂，终于在他心中消失了。他站在一旁，只是微笑不语。

"臭小子，笑什么笑？我跟你说，不在我这里待够三个月，你们别想走。我已经收到龙天印的信了，攒够一百万点功勋值，少一点你都别想走。来，我先给你测一下你目前的功勋值。"

龙皓晨顿时苦了脸："曾祖，不是吧，三个月也太长了。"

圣月哼了一声，道："长？我还觉得短呢。三个月你能把功勋值攒到一百万点，我算你有本事。"

龙皓晨无奈地道："可是，曾祖，这不公平。您今天可是承诺了要帮我的，现在这算帮我吗？"

圣月有些得意地道："没错，我是承诺了，不过，你打算现在就把这承诺用掉吗？别以为我不知道龙天印和杨皓涵他们俩在打什么算盘。你现在用了这个承诺，以后就没得用了，你可想清楚了。"

"我……"龙皓晨一阵无奈，一点办法都没有。

圣月哼了一声，道："你是不是想说我老奸巨猾？"

龙皓晨苦笑着摇摇头，道："我哪敢啊！您是长辈，我只是想说，姜还是老的辣，您厉害。不过，承诺我不用，该给我的功勋值您可不能要赖吧。今天杀了火焰狮魔安洛先，怎么说也有我一半的功劳。火焰狮魔是九阶魔神，这份功勋值起码也有五十万点，甚至更高，还麻烦您查询一下，分我一半功勋值。哦，还有，尸体是另外算的。火焰狮魔的魔神皇冠，怎么也能卖个三十万点功勋值吧。我没记错的话，之前您已经送给我了。记得一会儿都算给我啊！"

圣月瞪大了眼睛看着龙皓晨："臭小子，你什么时候变得这么狡猾了？不行，我有点不放心将曾孙女交给你了。"

他这撒手锏一出，龙皓晨顿时老实了，苦笑着道："曾祖，您不能这样啊！"

圣月得意地道："怎么？让你留在驱魔关陪伴采儿很为难吗？"说到这里，他看了一眼身旁的曾孙女，目光也随之变得柔和了。

这一年半的时间，一直都是圣月在教导采儿，他也越来越喜欢自己这个曾孙女了。少了以往的隔膜，采儿对他也越来越依赖，他们之间真正地产生了祖孙之情。

这是圣月以前根本没想过的。

他此时看似在为难龙皓晨，可实际上，他是真的舍不得曾孙女离开啊！虽然他也知道女大不中留，可哪怕多留一天也是好的。

圣月的眼神龙皓晨看得很清楚，他原本还打算争辩一番，此刻立即改口了："曾祖，那您看这样如何？我们的时间确实十分紧迫，而且，经过今日一战，驱魔关这边的局面应该是相对稳定了，我们就在这里留一个月吧。这一个月我也不要什么功勋值了，我一定全力以赴帮助驱魔关对付魔族，您看行吗？"

龙皓晨说得很真诚，圣月的情绪也随之平复了，他轻轻地点了点头，道："就知道留不住你。其实，你今天为驱魔关所做的一切，已经值一百万点功勋值了。"

事实上，神圣甘霖几乎让整个驱魔关的战斗力提升了三分之一以上。不仅如此，魔族的战斗力也被极大地削弱了。

圣月命人给龙皓晨安排了住处，和韩羽住在一起。

接下来的几天，驱魔关外的魔族竟然十分安静，大有偃旗息鼓的势头。八根魔神柱中，除了已经失去了主人的火焰狮魔的魔神柱之外，其余七根始终闪烁着光芒，像是在提防着人类的攻击。

实际上，魔族对驱魔关如此戒备是有道理的，龙皓晨那个超大规模的禁咒把它们吓得够呛。它们最怕的就是在进攻的时候龙皓晨再来这么一下，那时候七大魔神可没能力护住全军。它们当然不知道，对于龙皓晨来说，想再施展一次禁咒，恐怕要等到他灵力突破二十万点才有可能了。

"爷爷，关内情况目前一切良好，我已经组织人手开始修复城墙了。难得魔族如此平静。有这段时间的缓冲，我们驱魔关的防御力至少能够恢复三成。"

吃过晚饭后，圣灵心向圣月汇报着驱魔关的情况。

现在圣灵心夫妇也已经知道那精金基座骑士就是龙皓晨了。

当然，为了掩饰真正的身份，龙皓晨每天还是穿着精金基座铠甲，不轻易露出本来面目。

圣灵心说话的时候，目光不时瞟向自己的准女婿。当他知道那精金基座骑士就是龙皓晨的时候，他心中的不可思议可想而知。

这才多久啊？

当初龙皓晨带领着他的猎魔团来到驱魔关进行试炼的时候，他还是那么的弱小，需要在自己的庇护下战斗。

如今，他的修为分明已经超过了自己。尽管现在的圣灵心也终于突破到了八阶，但是，在年龄上，他们是两代人啊！

圣灵心也是心高气傲的人，对于龙星宇，他是心悦诚服的，可没想到，连龙皓晨的修为竟然都已经超越他了。

圣月微微颔首，道："军队整编的情况如何了？"

圣灵心将目光收回，道："情况很不错，原本的轻伤者已经全部归队，重伤者也基本上都得到了很好的治疗。除了残疾的以外，绝大部分将士都已经回到原来的编制，一边继续养伤，一边准备战斗。"

圣月点了点头，道："伤还没有完全好的那些将士，就不要让他们参与加固城防的事情了。"

"是。"圣灵心赶忙应道。虽然他是驱魔关的军事总长，可驱魔关内真正做主的还是圣月。以圣灵心的威望，是不足以调动那些九阶侠者的，甚至连由八阶刺客组成的侠客堂他都调遣不动，需要影随风亲自带领。

圣月将目光转向龙皓晨，脸上露出一丝微笑，道："我们的圣骑士长有什么好的建议吗？"

龙皓晨苦笑道："曾祖，您又取笑我了。在您和圣叔叔面前，哪有我说话的份？"

圣月的脸色顿时变得严肃起来，道："皓晨，你这话就不对了。私底下，你是我们的晚辈，但是，无论什么时候，你都不要忘记自己圣骑士长的身份。你代表的是骑士圣殿，在很多时候，必须摆出强硬的态度，否则，你丢的不是自己的脸，而是骑士圣殿的脸，你明白吗？"

龙皓晨心中一凛，恭敬地道："是。"

圣月沉声道："尽管你年纪还小，但是，你对联盟所做的贡献一点都不小。忘记你自己的年龄，你必须尽快让自己适应圣骑士长这个身份，否则，你爷爷让你到各个圣殿参战的目的就达不到了。你的实力已经足够，你现在缺的是圣骑士长应有的威严和强势，明白吗？"

龙皓晨再次点了点头。

圣月轻叹一声，道："如果有可能，我真不希望你这么早就挑起如此重担，但是，你既然已经挑起了就不可能再放下。可以说，你是这场战争的导火索。联盟能够保你，可不是因为你是龙天印的孙子，也不是因为你是我圣月未来的曾孙女婿，而是因为你自己的实力，因为你有着毁灭魔神柱的能力。

"我这话说得很直接，不好听，却是根本的事实。如果不是因为你自己的能力，联盟绝不会那么干脆地答应保你，中间不知道要经历多少波折，甚至有可能直接放弃你。所以，你自己一定要争气，你已经是八阶圣骑士了，像你这个年纪的圣骑士，在联盟历史上绝无仅有。我们都相信，未来的你必将成为一代翘楚，成为联盟真正的领袖。因此，无论何时，你都要用最严格的方式来要求自己。刚才那样的话，我不希望再次听到。好了，说说你的想法吧。"

圣月说得很严厉，他的话无疑点醒了龙皓晨。

圣月这么做，就是要帮助龙皓晨改变他对自己的判断。他现在已经不是一个独行侠，而是代表着骑士圣殿的代理圣骑士长，在整个联盟之中都是排得上号的人物。

龙皓晨沉默了片刻后，道："曾祖，圣叔叔，我是有个想法，只是因为有些激进，所以才没有说出来。"

圣灵心眼睛一亮，道："说来听听。"在执政方面，圣灵心本就是刺客圣殿激进派的代表人物，如果不是因为一直有圣月压制着，恐怕他指挥的作战方向早就发生改变了。所以，他一听龙皓晨说出"激进"二字，立刻就产生了极大的兴趣。

龙皓晨点了点头，道："我觉得，驱魔关的损失如此之大，除了因为与魔族大军有实力差距之外，最重要的一点是刺客圣殿的优势没有发挥出来。"

说了这一句之后，他就停了下来，看看圣月和圣灵心这爷孙俩的反应。

圣月微微一愣，圣灵心的眼睛则更亮了几分，微微点了点头："你说下去。"

龙皓晨道："刺客圣殿的优势在于攻击而不是防御。在城楼防御的刺客完全是大材小用，这就像是让一群魔法师上战场冲锋一样。驱魔关固然要防御，但是，我认为可以变被动防御为主动防御，而进攻就是最好的防御。

"那天我也看到了，咱们驱魔关之中，侠者级的前辈刺客有十余人之多，这样的力量，就算正面和八大魔神硬拼都不会太吃亏，更何况现在还少了一位魔神。如果我们能够以骚扰和狙杀的方式去破坏魔族大营，那么，他们再攻击咱们驱魔关的时候，实力必定会大打折扣。狙杀、偷袭、潜伏，这些才是刺客所擅长的啊！为什么我们不将这些优势都发挥出来呢？一味地被动挨打，只会越来越被动。不同的职业者，应对敌人就应该使用不同的方式。"

第186章
月黑风高

"说得好！"圣灵心一拍大腿，兴奋地道，"皓晨，你和我想到一块儿去了。"

"哼！"

圣月在旁边怒哼一声，将兴奋的圣灵心打断。

圣灵心有些尴尬地看向祖父，苦笑道："爷爷，我不是说您的决策不对。"

圣月冷哼一声，道："你什么德行我还不知道吗？你知道为什么我一直不支持你偷袭魔族吗？因为我们损失不起。你成功了还好，万一失败了呢？你希望将来给采儿留下的刺客圣殿是一堆烂摊子吗？"

圣灵心苦笑道："可是，爷爷，您不觉得皓晨说得很有道理吗？"

圣月道："今时不比往日，战略是该调整一下了。"说到这里，这位侠者大人眼底流露出了浓浓的杀气。

圣灵心大喜："爷爷，您这是同意了？"

圣月缓缓站起身，抬头看了一眼天色，淡淡地道："月黑风高杀人夜，择日不如撞日，就今天好了。你去，传我命令，召集所有侠者还有侠客堂的人到院子里集合。"

待在一旁一直没有说话的蓝妍雨吓了一跳，道："爷爷，这是不是太着急了？还是从长计议之后再行动吧。"

圣月傲然道："刺客的刺杀，要的就是出其不意。真正强大的刺客，无论在什么情况下，计划都是周详的。没有不变的局面，只有不会变通的刺客。如果我这些老兄弟执行一个刺杀任务还需要什么准备的话，那他们就不配成为刺客圣殿中的翘楚。你们夫妻俩调动军队，做好防御准备，以防备敌人报复性的反击。皓晨，你和韩羽、采儿协助他们。"

龙皓晨站起身，道："曾祖，让我跟您一起去吧。我想，各位前辈也需要一面盾牌。"

韩羽和采儿此时也都站起身，坚定地看向圣月，表达了自己的心意。

圣月略微思索了一下后，道："好，那就一起去。"

蓝妍雨还想说什么，却被圣灵心用眼神制止了，在这种大事上怎能感情用事？龙皓晨和采儿也不是温室中生长的花朵。

圣月仰头望着漆黑的夜空，眼底寒光闪烁。龙皓晨隐约能够感受到他身上有一种无形的气息正在持续升腾着，那并不是威压，而是一种奇异的特质，令龙皓晨全身汗毛竖起的恐怖特质。

没过多久，一道道黑色身影悄无声息地出现在圣月面前。除了龙皓晨那天见过的十位九阶侠者之外，还有二十一位侠隐刺客，他们全是八阶帝刺。

圣月转向龙皓晨、采儿和韩羽，略作思考后，道："韩羽，你就不要去了，留在驱魔关随灵心守城。这次突袭注重的是速度，你的修为略低，速度又不是你擅长的。"

韩羽虽然很想和龙皓晨、采儿并肩作战，但他也知道圣月说的是事实，他只得答应一声，有些不甘心地退后到一旁。

圣月看向龙皓晨那一身金灿灿的精金基座铠甲，没等他开口，龙皓晨已经取出一件黑色大斗篷将自己的身体完全包裹在内。他的气息也瞬间被全部掩盖。

圣月脸上露出一丝笑意，心中暗想，偷袭的事情这小子一定没少干。

十一位侠者，二十一位侠隐刺客，再加上龙皓晨和采儿，一共三十四个人。

圣月沉声道："魔族攻击我驱魔关这么长时间了，是该给它们点厉害看看了。此次我们进行突袭，目的只有一个，就是尽可能地杀伤高阶魔族。

"我强调两点：第一，任何人不可恋战，听到我撤退的命令后必须立刻撤退，由侠者级刺客负责断后；第二，不要试图杀魔神，他们有魔神柱在身边，很难被击杀。我们的目标就是那些五阶以上的魔族。记住，我们是刺客，要做的是突袭，而不是强攻。在行动的时候，全部给我藏好了。别的我就不多说了，出发。"

圣月大手一挥，身子一闪，已经率先飞了出去。其他人就像是一道道幻影，紧随其后，悄然消失。

龙皓晨和采儿是同时纵身飞出的，在离开之前，龙皓晨还向蓝妍雨低声说了一句什么，然后才拉着采儿的手跟了出去。

看着他们离去的背影，蓝妍雨轻叹一声："皓晨这孩子真不错。"

圣灵心道："他刚才对你说了什么？"

蓝妍雨道："他说，如果有人想伤害采儿，一定要先踏过他的尸体。"

圣灵心微微一笑，道："你是丈母娘看女婿，越看越喜欢吧。"

蓝妍雨白了他一眼，道："这女婿又不是我选的，是你闺女自己做主的，我还能说什么？"

"走吧，咱们也上城楼去。我已经下令让军队集合了。哎，真想和爷爷他们一起去啊！可惜。"

以圣灵心的修为、家学渊源以及他的返童灵炉，参与这次突袭行动是毫无问题的。可惜，他是这驱魔关的军事总长，怎能擅离职守呢？

韩羽听着圣灵心的话连连点头，他也想去啊！虽然他们帅级六十四号猎魔团还未聚齐，但他已经有些迫不及待地想和龙皓晨、采儿一起战斗了。

远处的魔族大营十分寂静，七根魔神柱的光芒也暗淡了许多。圣月带着众人悄悄地出了驱魔关之后，聚集在城外一处阴暗的角落里布置任务。

　　"稍后，所有人分散行动，各自为战。听我信号撤退，都明白了吗？你们都给我记住，我们这次偷袭行动的原则是在保住自己的前提下尽可能地杀伤敌人。只要任务结束后你们全都活着，就是大功一件。"

　　一群刺客强者用他们自己的方式向圣月表明了决心，每个人都抬起右手点了点自己的眉心，然后做出一个割喉的动作。

　　这是刺客特有的方式。在行动的时候，他们往往不能用语言交流，手势、动作，就成了彼此交流最重要的方式。刚才的这个动作，意思是他们会用脑子去和敌人战斗，杀死敌人。

　　圣月再转向龙皓晨，看看他，又看看采儿。龙皓晨点了点头，表示自己明白了。圣月这是在提醒他，要保护好采儿和他自己。

　　圣月大手一挥，所有人立刻行动起来，他们悄无声息地四散分开，然后全都没入夜色之中消失不见。

　　正如龙皓晨所说的那样，刺客最擅长的是潜伏、刺杀，而不是正面进行攻击。

　　进入黑夜之中的刺客，就像是回到了水里的鱼，同样的畅快感几乎同时出现在这些刺客强者的心中。至于这次行动他们能够做到什么程度没有人去考虑，他们心中所想的，就是杀伤敌人。

　　"采儿，你隐身，跟着我。"龙皓晨低声说道。

　　"嗯。"采儿答应一声，一闪身，就消失在空气中。以龙皓晨的精神力，如果不是集中精神朝着一个方向去探察，也无法发现她的存在。和一年半前相比，采儿确实强大了许多。

　　龙皓晨的速度比刺客圣殿的强者们慢了一些，他却一点也不着急，仍然不紧不慢地朝着魔族大营的侧面绕过去，而不是以最短距离冲向魔族大营。

　　"皓晨，我们这是要去什么地方？不是要偷袭魔族大营吗？这么绕过去，太

119

慢了吧。我们要是落后得太多，恐怕就一点收获都没有了。"

采儿并不是因为想要杀敌而焦急，而是替龙皓晨着急。

这次行动只有龙皓晨一个人是骑士圣殿的，如果他的功劳太小的话，他这个代理圣骑士长岂不是要被人嘲笑？尤其是在他之前已经展现过强大实力的情况下。

龙皓晨低声道："别吭声，你跟着我就是了。我们努力搞一票大的。"

魔族还不知道，一场针对它们的行动已经展开。几乎出动了整个刺客圣殿强者的突袭行动，正式开始。

驱魔关外的魔族与御龙关外的魔族相比，差别还是很大的。

驻守在御龙关外的几乎都是魔族精英，包括三大神皇军团。在面对那么多魔族精英的情况下，骑士圣殿的损失却要比刺客圣殿的小得多。由此也可以看出，骑士圣殿的整体实力确实是远超刺客圣殿的。

驱魔关外驻扎的魔族，在数量上要远超御龙关，双刀魔尤其多。这些低阶魔族的战斗力有限，一对一的情况下甚至打不过普通的成年男子。在魔族大营外围驻守的，就都是这些低阶的双刀魔。

双刀魔在魔族之中的地位十分低下。营帐这种"奢侈品"，别说是普通双刀魔，就算是五阶的碧绿双刀魔都未必享用得上。

最好的营帐全都调往北方给御龙关那边的魔族大军使用了，驱魔关外的魔族大军，起码也要有六阶修为才有资格住营帐。这也是之前圣月说此次偷袭主要针对五六阶的魔族时，没有刺客提出疑问要如何寻找的原因。认准帐篷就行了，只要是住在帐篷里的，肯定差不了。

大片大片的双刀魔静静地匍匐在地面上休息，它们并没有感觉到，就在它们的头顶上方，一道道无形的身影正在悄然掠过。

圣月此时心中有些疑惑，龙皓晨干什么去了？原本他是打算悄悄地跟着龙皓晨和采儿一起行动的，也方便更好地保护他们。可是，他才宣布行动开始，龙皓晨就带着采儿从侧面离开了。

身为这次行动的指挥者，圣月当然不能跟着龙皓晨他们去绕路，他需要对所有刺客圣殿的强者负责。

无奈之下，圣月也只能跟上刺客们，扑入魔族大营之中。

魔族大营几乎是毫不设防的。七大魔神柱的威能虽然收敛了，却也有着极强的探察能力，更何况外面还有大量的双刀魔。在魔族看来，如果有敌人偷袭，它们不可能发现不了。在魔族眼中，人类是懦弱的，人类强者绝不敢轻易涉险。毕竟，有魔神柱在身边的魔神，实力至少会增强百分之五十。

掠过双刀魔的驻扎地后，再往前就是各种散乱的中低阶魔族，比如普通的禽魔、魔眼术士、狼魔等等。

再过去，就进入魔族大营的核心位置了。

魔族大营驻扎着百万魔族大军，数量最多的时候，总量接近两百万之多。因此，营帐占地面积的比例虽小，但总量不少。出击时，刺客们都是分开行动的，所以也不怕碰在一起。

圣月选了一个较为宽大的营帐，这营帐内住着十二名魔族，此时它们早已进入了梦乡。

空气中略微出现了一丝波动，隐身状态下的圣月就已经来到了这营帐之中。这个时候，他强大的地方就显现了出来，进行空间穿梭时还能保持隐身，这可不是所有九阶刺客都能做到的。

圣月略微观察了一下营帐内的情况，十二名魔族都是分开睡的，这营帐还算宽敞，它们彼此之间都有一定的距离。

作为一名刺客，在进行任何行动时都一定要谨慎，哪怕明知对手远远弱于自己也是一样。一旦发动攻击，隐身能力就会立刻消失，所以，想不发出一点声响就解决掉这些至少有六阶修为的敌人并非易事。

这营帐内的魔族全是狼魔，身材比普通狼魔更加高大，毛发是暗金色的。这是领主级的狼魔。

圣月略作思索之后，一闪身，就到了最外侧的一只狼魔身边。

对于各种魔族的特性圣月非常了解，狼魔的嗅觉是极强的，所以，他一定不能让自己身上的气味散发出来，否则，这些六七阶修为的狼魔，就算是在睡梦中也会发现他的存在。

淡淡的乌光一闪而过，最外侧的那只狼魔身体轻微地震颤了一下，然后就直接失去了气息。

圣月这一剑可以说是稳、准、狠。他从狼魔后颈处的中枢神经位置刺入，直接插入它的大脑之中，这样的一剑足以令其瞬间毙命。

而且，为了不让这只狼魔发出任何声响，圣月的短剑在刺入狼魔身体的时候，他的灵力已经瞬间扩散，将其锁定，直接令它进入了僵硬状态。

这个过程说起来简单，可在实际操作的时候，圣月至少要有三次灵力改变。这在刺客界被称为"一剑三变"，是绝对的高级技巧。

发动攻击之后，圣月的身影自然就显现了出来。但是，他就像是黑暗的一部分，没有发出任何气息，哪怕此时有狼魔睁开眼睛，也未必能够在黑暗中看到他。

短剑悄悄拔出，居然没有一滴血液滴落。

高阶刺客的武器上几乎都是有毒素的，这种剧毒被称为"灰烬"。

灰烬剧毒本身是不致命的，如果只是划开对手的皮肤，甚至还能帮对手粘合伤口。因为这是一种非常剧烈的火毒，一旦接触到身体，立刻就会引起强烈的灼烧。

圣月刚才这一剑刺入狼魔体内，所过之处，全都呈现焦煳状，这也是没有血液流出的原因。这样可以隐藏它被杀的真相。血脉被完全封堵，至少要两个小时之后，这只狼魔才会渐渐出现七窍出血的情况。

刺客圣殿主要研究的就是刺杀，数千年来的积淀可不是说说而已。

一击得手，圣月没有半分停顿，用同样的方法很快就解决了营帐内的八只狼魔。

正在这时，意想不到的事情发生了，一只狼魔哼了一声，竟然翻身坐了起来，站起身就要向营帐外走去。

它这是要去方便吗？

这种高阶狼魔的感知力是相当强大的。或许，这会儿它还因为尚未从睡梦中清醒过来而没有察觉到什么，但是，等它出去被冷风一吹，回来时必定会清醒许多。到时候，它必定会发现营帐内的情况有变，它的伙伴有没有呼吸它还辨别不出来吗？

不过，圣月没有轻举妄动。眼看着那只狼魔走出了营帐，他就像一道闪电般动了起来，飞快地将剩余三只依旧在睡梦中的狼魔解决了，然后一闪身，他就又隐藏在了黑暗之中。

过了一会儿，之前出去方便的那只狼魔掀起帐篷门帘回来了，它的眼神果然明亮了几分。向自己床榻走去的途中，它突然感觉有些不对劲，下意识地向自己的同伴们看去。就在这个时候，一种炽热的感觉突然在它脑海中爆发，下一刻，它的世界已经一片漆黑了。

圣月眼底寒光闪烁，手腕处乌光一闪，飞快地将这十二只狼魔领主的尸体收起。

这是为了防止它们死去后的气息扩散，而且，这些可是高阶魔族，它们的魔晶能够直接用来发动魔导大炮。

驱魔关的魔导大炮都哑火一年了，要是那数十门魔导大炮能够重新发威，还需要怕那些可恶的魔眼术士吗？

同样的偷袭行动几乎同时出现在魔族大营的各处。每名刺客都拥有专属于自己的刺杀方式，但无一例外的，他们的行动都进行得悄无声息。

龙皓晨带着采儿并没有进入魔族大营之中，而是在魔族大营外潜伏了下来。他甚至没有要采取行动的意思，只是一直静静地盯着魔族大营内的动静。

此时，他和采儿所在的位置，是魔族大营的营帐外围，也是双刀魔和其他中低阶魔族的内部。以龙皓晨的修为，悄无声息地摸到这里一点都不困难。

采儿虽然纳闷龙皓晨为什么还不出手，但她没有再多问什么，因为她信任他。这不是因为他们之间的感情好，而是出于对团队伙伴、战友的信任。

龙皓晨带领帅级六十四号猎魔团执行任务时可以说是战功赫赫，在不断的行动中，所有成员早已对他心悦诚服，哪怕是失忆的采儿也是如此。龙皓晨此时隐藏下来，必定有他的原因。

龙皓晨将自身精神力开启到最大程度，悄悄地感受着周围的一切，除了不去探察那几根魔神柱之外，他尽可能地将感知扩散得更远一些。

在他的感知之中，这次行动的所有刺客竟然一个都没有出现。也就是说，以他的精神力都感知不到正在行动的刺客们在什么地方。

虽然魔族大营很大，但龙皓晨的精神力也是相当强大的，所能探察的范围也相当广。在这个范围内有刺客圣殿的强者们在行动，他却什么都感知不到，可见这些刺客的能力有多么强大了。

龙皓晨现在一点都不着急，时间拖得越久，就证明刺客们的收获越大。这可是好事情啊！最好一直都这么平静下去。以刺客们的实力，恐怕他们一分钟就能席卷一处营帐吧。也就是说，几乎每分钟都会有上百的魔族强者在刺客们手中殒命。

加油啊！龙皓晨在心中暗暗地为他们鼓劲，可他自己依旧没有任何行动的意思，甚至也不让采儿行动。他只是不时抬头，朝着不远处一根散发着青黑色光芒的魔神柱看去，然后更加认真地用精神力探察着。

时间一分一秒地过去了，一个又一个营帐中的呼吸声消失了，一道道敏捷的身影在营帐外面纵横穿梭，然后再缓缓向里面潜入。

已经过去十几分钟过去了。龙皓晨的双拳早已攥紧，兴奋之色溢于言表。只是用了十几分钟，他们此次的行动就已经算是成功了。

正在这时，那七根魔神柱中最中央的一根突然光芒大放，紧接着，另外六根魔神柱也都闪耀起光芒。

一声凄厉的长啸猛然响起，顿时惊动了整个魔族大营。

就在这个时候，数十道光芒骤然在魔族大营的不同位置爆发，距离龙皓晨他们最近的一道光芒与他们相隔不到两百米。

被发现了！龙皓晨顿时意识到情况不妙。他不知道魔族是如何发现刺客们的，他只知道这个时候该撤退了。

果然，那些同时爆发在魔族大营各处的光芒全都化为一道道黑影，悄然消失在空气之中，显然刺客们都已经进入了隐身状态开始远遁。

在龙皓晨的注视下，距离他和采儿最近的那道黑影在升空之后瞬间迸发出大片大片的灰色光晕，至少笼罩了四五个魔族营帐。那灰光所过之处，地面就像是遭遇了流星轰击一般，剧烈的轰鸣声中，那几个营帐全部消失，然后那道黑影立刻没入空气之中不见了踪影。

显然，这名刺客就算是被发现了，临走之时也依旧要再捞一笔。

龙皓晨此时没心情多关注这名刺客，他迅速向采儿传音道："准备动手。待会儿你看我行动，我和敌人动手之后，你就做好使用死神镰刀的准备，我会假意败退，你隐藏在我逃离的方向。当我飞到你身边的时候，我会进行反击，我们前后夹攻，明白了吗？"

"明白了。"采儿立刻答应一声，此时，她已经有些明白龙皓晨要做什么了。

在那凄厉的啸声以及这突然爆发的数十道光芒的作用下，整个魔族大营此时已经陷入一片混乱。无数魔族从营帐中冲出，外围的魔族也在震惊中醒来，慌乱地寻找着敌人的踪迹。

可是，要在这近百万大军之中找到几十个人谈何容易，更何况这些顶尖的刺客强者都已经进入隐身状态，想要找到他们，无异于大海捞针。

魔族大营的核心位置，七根魔神柱爆发出璀璨的光芒，七道光芒瞬间融合为一，然后朝着空中的一个方向扫去。

这一下显然是有的放矢，针对的正是魔族大营和驱魔关之间的地方。

果然，在这光芒扫过之处，数道身影浮现出来。他们的动作明显迟滞了一下，然后便以更快的速度朝着驱魔关飞去。

一道道光芒从魔族大营中射出，朝着空中追去。与此同时，那七根魔神柱也亮起七团强光，其中两团追向空中出现的身影，其余五团则飞向大营中不同的方向，显然是在寻找那些隐身中的刺客。

面对这样的局面，龙皓晨不禁暗暗叹息一声，魔族果然强大，这七位魔神能够这么快就反应过来，恐怕这次突袭，刺客圣殿要有所损失了，只是希望损失不要太大才好。

原本龙皓晨还准备再等一会儿，但看到眼前的局面，他决定提前动手了。

龙皓晨悄然站起身，扫视了一下周围的情况。他眼底寒光闪烁，骤然腾身而起。与此同时，璀璨的金光瞬间迸发，化为无比夺目的金色光星朝着周围四散而去，正是剑星雨。

大片的光星带着强烈的呼啸声和浓郁的光明气息狠狠地轰入魔族大营之中。龙皓晨这一击追求的不是攻击力，而是攻击范围，大片的营帐被剑星雨摧毁。不过，里面的魔族大多数在之前就已经冲出营帐了，它们见状赶忙全力抵挡龙皓晨的攻击。

发动这一击后，龙皓晨在空中略微停顿了一下，然后转身就跑。他没有飞向空中，而是在地面上狂奔起来。他的右手之中光之涟漪金光闪耀，迸射出万千道金光，伴着这金光，他直接冲入了中低阶魔族的驻守范围之中。

龙皓晨所过之处，魔族可是倒了霉。那些普通的四五阶魔族在他的灭魔闪的攻击下，能有什么活路？更何况还有光之涟漪的加倍增幅效果。

能够看到，一道金色身影正以惊人的速度朝着魔族大营外冲去，夺目的金光从他身上弥散开来。金光所过之处，数名中低阶魔族直接殒命。

灭魔闪有光之荡漾的强大攻击力，以龙皓晨现在的修为，就算是六阶魔族都未必抵挡得住。

几乎每一名挡在龙皓晨面前的魔族，都瞬间殒命。在那强大的金光面前，居然没有谁能够稍微挡住龙皓晨片刻。

大批的魔族强者向龙皓晨追来。可是，龙皓晨的速度实在是太快了，以他八阶的修为，在地面上奔跑，根本不是普通魔族能够追上的。

　　这种感觉，实在是可以用"畅快淋漓"来形容，龙皓晨甚至能够感受到自己的功勋值在以惊人的速度飙升着。他每一击挥出去，都至少有上百点功勋值、甚至是上千点功勋值的收入。他还不时爆发出一记剑星雨，击杀的魔族士兵就更多了。

　　当然，这种情况等他冲入双刀魔阵营中时就会消失了，十只双刀魔才一点功勋值，就算龙皓晨杀得再多，也不会有太多收入。

　　像龙皓晨这样，一个人冲入魔族大营中展开击杀的，他还是第一个。因为谁都知道，经过这样的攻击后，逃走的可能性基本接近于零。

　　此时不就是如此吗？

　　那分散着飞向大营各个方向的五位魔神之中，距离龙皓晨之前所在位置最近的，是一位闪耀着炽烈青光的魔神。他认准了龙皓晨逃离的方向后，在空中瞬间加速。

　　在龙皓晨击杀魔族的同时，他也在以惊人的速度向龙皓晨逼近着。后面的魔族强者们索性不追了，在它们看来，这名人类是无论如何也无法逃脱魔神的追杀的。

　　龙皓晨确实一直在逃，但他也一直在关注着身后的动静。身体周围正变得越来越强的压迫力他又怎会感受不到呢？

　　但是，他就像根本不知道一样，继续击杀着周围的魔族。眼看即将进入双刀魔的驻守范围，他骤然来了一个转弯，继续在中低阶魔族营地中冲杀。

　　龙皓晨完全可以肯定，就在刚才这段时间的冲杀中，他至少已经得到了十万点功勋值。这样的好机会只有一次，他自然要好好把握。

　　谁也不知道，就在龙皓晨在魔族大营冲杀的同时，在高空中，一道隐藏于空气中的身影始终都紧跟着他，也在关注着那追击龙皓晨的青色身影。

　　终于，那位全身闪耀着青光的魔神追近了，一道刺目的青光骤然从空中落下，直奔龙皓晨轰击而去。

那青光的速度极快，在空中渐渐放大。青光的外层竟然还燃烧着黑色的火焰，就像一颗青黑色流星一般，轰向龙皓晨。

眼看即将被击中，龙皓晨身上突然金光一闪，背后明显有金色火焰喷出，整个人以惊人的速度骤然前冲，硬是在中低阶魔族中杀出了一条路。

只是这一闪身，他就冲出了足有两百米远，硬是避开了那从天空中轰下来的攻击。

剧烈的轰鸣声在地面上响起，炽烈的青黑色光焰笼罩了直径三十米的范围。在璀璨的光焰之中，一些之前没有死在龙皓晨手中的魔族，它们连惨叫声都来不及发出，就已经化为飞灰消失了。

天空中的魔神发出这一击后也显现出了身体。

这位全身闪耀着青光的魔神胯下骑一匹青色翼马，是一位身高在两米开外的俊美男子。无论是他还是他的马，都有一双闪耀着妖异红光的眼眸，在自身周围的青光掩映下更显诡异。他身穿青色甲胄，翼马的马鞍一侧还挂着一柄青色长矛。

这是青妖骑魔系尔，在魔族七十二柱魔神中排名第七十位。他和火焰狮魔安洛先以及翼牛狂魔赛共一直都是负责镇守这边的魔神，可以算得上是驱魔关的"老朋友"了。

魔神皇在派兵发动战争的时候，自然不会将这三位熟悉这边情况的魔神调走。

因此，他们一直都驻守在驱魔关。

只不过当魔族大军到来之后，因为自身排名比较靠后，军队最高统帅的位置自然就轮不到他们了。

当然，身为魔神，他们在魔族大营之中的地位依旧是极其崇高的。

魔神们是如何发现刺客圣殿偷袭的，说起来还真是细节上的问题，而且这个问题是刺客圣殿的强者们无论如何也无法解决的。

十几分钟的战斗，有上千名六阶以上的魔族被干掉了。魔族也是生命体，它

128

们也会呼吸，死去之后，呼吸自然也就消失了。因为刺客圣殿的强者们是从魔族大营外围向内展开行动的，所以，失去呼吸的魔族的营帐自然就相对在外围了。

　　而七大魔神一直都在凭借他们的魔神柱注意着魔族大营的动向，哪怕是修炼或者睡觉的时候也是一样。

第187章
青妖骑魔

　　那位最强大的魔神感受到军营内似乎少了一些呼吸，所以才增强了探察力度，去感受军营的变化。他这一行动，其他几位魔神自然也跟着行动起来。

　　魔神们这一行动不要紧，刺客圣殿的强者们立刻就像惊弓之鸟一般迅速释放出灵力准备撤退。其实，如果刺客们能在第一时间冷静下来隐藏一下，七大魔神或许还不能完全肯定有人突袭。毕竟，在拥有上百万魔族的大营范围内少了一些呼吸，真的要完全探察出来也不是那么容易的。或许，刺客圣殿的强者们还能取得更多的成果。

　　可惜，现在说什么都晚了，刺客们这一发动，七大魔神顿时肯定了自己的猜测，立刻清醒过来。

　　在这个时候，调遣魔族军队进行攻击已经来不及了，而且，既然对方敢于突袭，自然就想好了退路。

　　因此，七大魔神根本就没有商量，立刻全力展开对敌人的探察，只要能够将这些敌人在军营中找出来，那么，他们魔族的将士自然就会行动。

　　事实证明，七大魔神的抉择是十分正确的。那些急于赶回驱魔关的刺客强者不就在第一时间被发现了吗？

　　两位魔神前去追赶，其他五位魔神各自在军营中展开探察。就在这个时候，青妖骑魔系尔就看到了龙皓晨的身影。

系尔也不可能看不到，龙皓晨根本就没有半点隐藏的意思，一击之后掉头就跑，而且还是公然在地面上冲击魔族大营。

龙皓晨身上的精金基座铠甲，系尔自然是认识的，骑士圣殿强大的八阶圣骑士的装备嘛，他不知道才怪了。不过，这家伙是不想活了吗？系尔甚至一度认为，龙皓晨是来这里自杀的。

毕竟，凭借一己之力冲入魔族大营之中，每名魔族吐一口唾沫都能将他淹没了吧。

可是，令系尔大吃一惊的是，这名人类骑士十分擅长范围攻击，似乎消耗还不大。他所过之处，居然无人能挡，而且他逃遁的速度更是一点都不慢。

在这个时候，系尔才意识到，这名人类是十分狡猾的。他那一身金色铠甲在夜空中必定十分醒目，所以他才没有飞在空中，怕的是引起更多魔神的注意。他打算就这么冲出去，然后再逃回驱魔关。

想得倒不错，难道当我青妖骑魔是傻子吗？系尔一边从空中加速追向龙皓晨，一边开始蓄力。

刚才那一击，就是系尔的试探性攻击。龙皓晨轻而易举地闪开了，令系尔对其实力的判断又提升了几分。不过他依旧不认为龙皓晨能够逃出去，在速度上，他对自己有着绝对的信心。

更强的攻击就在这个时候展开。系尔骑着他的青色翼马从天而降，直接拦在了龙皓晨前方。与此同时，炽烈的青黑色光焰从他身上和远处属于他的魔神柱上升腾而起。

系尔虽然只有八阶巅峰修为，但是，他在自己的魔神柱附近战斗，足以发挥出九阶实力，就和当初的蛇魔神安度马里一样。论实力，系尔排名第七十位，比安度马里还要强一些。

系尔双手朝着龙皓晨的方向抓去，顿时，无数道青色光芒从他背后迸发而出，就像一个巨大的青色囚笼一般，朝着龙皓晨笼罩而去。

战斗进行到这个时候，龙皓晨所使用过的武器就只有光之涟漪这一件而已。看到青妖骑魔系尔已经拦在自己面前，龙皓晨隐藏在精金基座铠甲面具下的脸上露出了一丝微笑。

　　龙皓晨等的就是这个时刻。他之前之所以一直没有出手，就是为了等待时机。他是骑士，不是刺客，如果像刺客们那样进入营帐内刺杀魔族强者，被发现的可能性要比刺客们大得多。既然如此，那他为什么要急于行动呢？

　　龙皓晨在白天的时候就看清楚了驱魔关这边的八根魔神柱是什么样子。他见过的魔神柱不多，但是，第一次见到魔神柱就是在这驱魔关啊！对于那险些令他和圣灵心命丧战场的三大魔神，他的记忆可是无比的清晰。

　　青妖骑魔系尔就是在他记忆中的三大魔神中实力最弱的一个。火焰狮魔安洛先已经死了，龙皓晨在跟随圣月离开驱魔关的时候就已经想好了此行的目标。

　　系尔比起安度马里来要更加强大一些，但是，他们一个排名第七十位，一个排名第七十二位，实力又能相差多少呢？龙皓晨他们击杀安度马里的时候，不也是在魔神柱旁边吗？系尔是强了一些，可是，千万不要忘记，现在龙皓晨的实力也要远远超过那个时候的他啊！

　　龙皓晨要再送给驱魔关一份大礼，那就是击杀眼前这位魔神。系尔何尝知道，他将龙皓晨当成目标，可实际上他自己也是龙皓晨的目标啊！

　　龙皓晨隐藏在精金基座铠甲中的身体此时已经完全变成了透明的，正是完整版光耀之体。

　　面对系尔的攻击，他只是简单地举起了右手中的光之涟漪，一圈金色光环随之从光之涟漪上荡漾开来。

　　奇异的一幕出现了，系尔发出的"青色囚笼"在遇到这金色光环后，竟然瞬间被瓦解，就像是从未存在过一般。

　　这是元素泯灭光环。

　　龙皓晨第一次见到这个技能，还是高英杰考验他们团队实力的时候。

　　这个技能的作用只有一个，那就是瓦解一切元素波动，是守护骑士强大的七阶技能之一。

它之所以只是七阶技能，是因为它的作用只存在一瞬间。否则，它就是领域级的技能了，并且足以媲美任何禁咒。

不过，就算只有一瞬间的作用，也足以令系尔色变了。

元素泯灭光环是骑士圣殿的七阶技能，不是谁都能学会的。龙皓晨当初对高英杰这个技能印象十分深刻，所以在幻洞中特意找到并学会了。以他目前的八阶修为来使用，自然是如臂使指。

破开系尔的攻击后，龙皓晨立刻发动了自己的攻击。他很清楚，自己的时间十分有限，想要击杀系尔，那就只有全力一拼，力求在其他魔神发现自己之前达到目的，否则，就是他自己有生命危险了。

从光之涟漪上迸发出了一个巨大的金色光罩，光罩瞬间扩散开来，在短时间内竟扩张到直径百米范围，将龙皓晨和系尔以及周围一些中低阶魔族一起笼罩在内。这类似于扩大版圣光罩。

元素泯灭光环令系尔大大地吃了一惊，使他对龙皓晨的实力又有了新的估计，而此时龙皓晨发出的这个金色光罩又令他一愣。

这个光罩可没什么威力，而且扩张得这么大，消耗的灵力可不少啊！他这是要干什么？而且，系尔还注意到，这个光罩在扩张开来后，发出了一种细微的嗡嗡声，夺目的金光令系尔已经完全无法看到外界的一切了。

对于系尔来说，只要龙皓晨这个光罩无法隔绝他与魔神柱之间的联系，他就不会有任何危险。而想要隔绝魔神柱与魔神的联系，那可不是能够轻易做到的。至少在魔族与人类抗衡的历史上，在距离魔神柱如此近的情况下，还从未出现过。

在龙皓晨释放出这个光罩的时候，系尔也没闲着。安洛先的死对于其他七位魔神来说，并不算什么巨大的打击，但绝对是重要的提醒。

七十二柱魔神中排名第五十二位的火焰狮魔安洛先甚至连自己拿手的技能都没用出来，就殒命在驱魔关前了。对于其他魔神来说，这震撼可是相当大的。

所以，系尔面对龙皓晨这名八阶骑士时，一点都不敢大意。他摘下了马鞍一侧的青色长矛。长矛指天，发出一声奇异的长吟。

紧接着，诡异的一幕出现了。一道炽烈的青光骤然从系尔身上爆发，冲天而起，直接就在龙皓晨那光罩上轰出一个大洞。光罩并未破灭，也没有产生任何抵挡的效果，系尔的身上却已经发生了天翻地覆的变化。

系尔身高有两米多，相貌在魔族之中绝对算得上英俊，此时的他却变得面目狰狞。

他身下的青色翼马双翼张开，庞大的身体竟然向系尔身上融合。能够清楚地看到，一件件宛如肌肉的青色甲胄迅速覆盖系尔全身。更令人惊讶的是，在这些青色甲胄上居然还有粗大的血管在不断地跳动着。

系尔的身体明显膨胀了许多，一双猩红色的眼眸凶光闪烁，额头上生出三根黑色的螺旋状长角，长角上青光缭绕。他这模样一点也不比安度马里好，看上去甚至更加狰恶。

这正是魔神借助魔神柱所施展的魔神化，令系尔的实力一下就提升到了九阶。

安洛先死的时候，连魔神化都没用出来，系尔可不愿成为第二个安洛先。只要处于魔神化状态，他就能够施展多种保命技能。别说眼前这对手只有八阶实力，就算是九阶他也有信心全身而退。

龙皓晨很清楚自己现在要做什么。他们之前能够击杀安度马里，是因为安度马里与森蚺之王硬拼后受了重伤，所以才给了他们机会。而此时的系尔处于巅峰状态，相当于一个加强版的安度马里。

九阶强者，还有魔神柱在背后支持，龙皓晨凭什么有信心将他击杀？一对一的情况下，他战胜系尔的可能性几乎接近于零，毕竟八阶与九阶的差距摆在那里呢。

可是，龙皓晨这么做了，那就意味着，他早已做好了一切准备。

系尔在施展魔神化，龙皓晨也没闲着。光之涟漪悄然隐没，与此同时，一团橘红色光芒从他左臂之中爆发出来，金色光罩范围内的所有中低阶魔族瞬间化为碎片，而光罩外的中低阶魔族依旧在迅速涌进来。奇怪的是，这光罩竟没有阻挡。

这金色光罩是什么？准确地说，它不是圣光罩，而是这段时间以来，龙皓晨自己研究出的一个技能。这个技能的作用只有一个，那就是遮挡视线。

简单来说，这就是一个有形的圣光罩，没有任何实际的防御、增幅效果，任何攻击和物体都能够从中轻松穿过，唯有视线会被遮挡。

施展这个技能也不难，龙皓晨的灵感还是来源于他的光之荡漾。将光之荡漾的振荡频率调小一些，同时，灵力释放得再巧妙一些，他的目的就达到了。他不止一次试验过，事实证明，他的创新是成功的。

龙皓晨苦心创造出的技能会是没有作用的吗？当然不。这是他为自己量身打造的。

这也是无奈之举，现在他的身份不能暴露，当他遇到强大的对手时，如果不能将自己的全部实力展现出来，岂不是束手束脚？因此，这光罩根本不是针对系尔的，而是针对他自己的，专门用来遮掩他使用的技能。

系尔并不知道的是，当龙皓晨施展了这个光罩之后，也就意味着，龙皓晨已经彻底下定决心，要将他击杀。

系尔手中的青色长矛一震，周围的空气全都跟着剧烈地波动起来。同时，他发出一声怒喝，制止了那些试图进入光罩内的中低阶魔族。这些魔族冲进来不但帮不上忙，反而会造成大量伤亡。以龙皓晨和系尔的修为，哪怕是双方战斗产生的余波，也不是这些中低阶魔族所能抵挡的。

一矛刺出后就有九道青光向龙皓晨袭去，这九道青光每一道都只有筷子粗细，跟系尔之前的攻击相比，看上去要弱得多。

这是灵力大幅度压缩的结果，系尔本身毕竟只有八阶修为，哪怕是凭借魔神化提升到了九阶，也还是使用不了领域的能力。但魔神柱对他其他方面的实力有着极大程度的提升，譬如眼前这一击，其威能就已经相当于人类的灵罡了。

这强大的一击可不再是试探性的了，而是系尔进入魔神化状态之后才能施展出的强大手段。

面对这样的攻击，龙皓晨却不慌不忙。炽烈的金光骤然在他背后亮起，整个身体迎着那九道青光冲了过去。

想闪避？系尔纵横沙场多年，对抗过的人类强者不在少数，龙皓晨一冲锋，他立刻就判断出了对方的目的。

这是光速闪，速度奇快，未必是灵力跟得上的。

系尔的应变很简单，九九归一，九道青光瞬间聚拢为一道，直奔龙皓晨轰击而去。

而就在这个时候，令系尔万万没想到的事情发生了。只见紫光一闪，眼看就要被青光轰中的龙皓晨居然就那么凭空消失了。没错，是消失，而不是隐身。因为那强大的青光直接从之前龙皓晨冲过来的位置一闪而逝，穿过金色光罩落到外面去了。

剧烈的轰鸣声也随之响起，系尔的全力一击是何等恐怖，这里可是魔族大营，倒霉的就是那些中低阶魔族了。可惜，系尔击杀的这些魔族不能算作龙皓晨的功勋值。

消失了？空间穿梭？可是，身处如此强大的压力之下，他是如何完成空间穿梭的？此时此刻，系尔的眼中尽是震惊之色，他完全无法相信，一名八阶人类能凭借自身实力完成空间穿梭，而且还是在战斗的过程中。

在系尔的认知中，哪怕是九阶强者，也不可能在被对手锁定的情况下完成空间穿梭。因为在战斗中，庞大的灵力波动会造成空间混乱，一个不好，人就会迷失在空间乱流中。到了那个时候，无论你有多么强大的实力也不可能回到这个世界了。

可是，龙皓晨就是那么消失了，连一丝痕迹都没有留下。金色光罩也开始渐渐淡化。

他逃走了？系尔心中十分疑惑，他放下了手中的长矛，但是，他依旧十分警

136

惕，没有解除自己身上的魔神化。

就在系尔迈开大步向金色光罩外走去的时候，那光罩的光芒又变得强烈起来，外界的一切又被屏蔽了。

系尔骤然回身，手中的长矛几乎是下意识地横扫而出。一片青色的光芒射出，所过之处，空气中发出一连串的呼啸声。

是的，他的对手又回来了。但是，当系尔再次看到自己的对手时，他的眼中不禁流露出了几分惊恐之色。

龙皓晨的一身甲胄不再是金色，而是炫目的紫金色，胸口、双肩和双膝位置各有一个狰狞的头像，每一个都略微有所区别，区别就在于这些头像的角。他脸上的面具同样变成了紫金色，并且额头位置多了九道紫色光纹，背后两对巨大的紫金色灵翼张开。无比恐怖的气息骤然压来，令处于魔神化的系尔居然有种呼吸困难的感觉。

在紫金色光芒的笼罩之下，龙皓晨双手各持一剑，左手中的重剑闪耀着青碧色光芒，右手中的重剑则散发出橘红色光芒。

面对系尔的长矛横扫出的青光，龙皓晨左脚向前跨出一步，紧接着，一道强大至极的光芒就从他身上绽放开来。

恐怖的灵力、元素波动，如同山崩地裂一般席卷了极大的区域。金色光罩内光芒闪耀，光罩外很大范围内的中低阶魔族几乎被一扫而空，全都化为齑粉。

五属性混乱元素剥离，这正是皓月最擅长的强大技能啊！

系尔横扫出的那道青光几乎在瞬间就被摧毁了，他的身体也被笼罩在龙皓晨这强大的光芒之中。

以系尔魔神化的九阶修为，虽然不至于被混乱元素剥离真正伤害，但那恐怖的混乱元素疯狂地切割着他的身体，大幅度地消耗着他的灵力。

更重要的是，在这混乱元素之中，系尔的速度被大幅地减缓了。他此时只能竭尽全力地抵挡混乱元素的冲击，想要移动的话，就会耗费更多的灵力，而且速度也绝对不可能快。

就在这个时候，龙皓晨动了。

他左脚骤然跨出一步，右手中已经解开封印的光明女神咏叹调用最古朴、最简洁的方式向系尔当头斩去。正是修罗斩。

这看似简单的一击在系尔眼中却是那么的恐怖，凌厉无比的剑意完全内蕴在剑身的那层橘红色光芒之中。

恐怖至极的灵力波动完全消失了，就连周围的混乱元素也因为这一击而快速分开，给龙皓晨的攻击让出了一条路。

此时此刻，系尔所面临的局面就是周围有无数混乱元素挤压着他的身体，而唯一没有混乱元素的通道中就是龙皓晨那悍然斩下的一剑。

"嗷——"系尔发出一声怒吼，手中的长矛猛然向上挑。在这一刹那，他那长矛完全变成了夺目的碧绿色，无数黑色气流瞬间凝聚在矛尖之上，长矛与斩下的光明女神咏叹调发生了最直接的碰撞。

"当"的一声响起，龙皓晨连同他的光明女神咏叹调竟然被这一矛挑了起来。而系尔也如同触电一般，全身猛地抽搐了一下，手中长矛的尖端也被崩掉了一小块。

就在系尔松了一口气，萌生退意的时候，半空中的龙皓晨如同一股龙卷风一般席卷而来。这一次，他用的不再是单剑，而是双剑。

尽管此时此刻的龙皓晨在如此密集的攻击之下是不可能施展出他那凌厉剑意的，但是，光明女神咏叹调与蓝雨·光之芙蓉的威能，再加上精金基座铠甲以及融入他身体与铠甲的皓月的辅助，这种恐怖的实力，已经完全凌驾于系尔之上。而他所施展的，正是他父亲神印骑士龙星宇所创造的斗杀旋圆剑。

完整版的斗杀旋圆剑。

当龙皓晨的修为提升到八阶之后，他才能够真正地将这一击的威能完全发挥出来。而且，他已经领悟到了斗杀旋圆剑的真谛。

这一击的奥义就在于借力打力，让敌人闪无可闪、避无可避。

"铛铛！"碰撞之下，系尔的身体略微后退半步。他眼神中流露出半分惊讶，因为他发现，龙皓晨这两剑虽然也爆发出了很大的威力，但是，与之前那充满剑意的一剑相比，有着不小的差距。要知道，龙皓晨以剑意催动修罗斩的那一剑已经震伤了他的双臂经脉。他心里很清楚，如果不是有魔神化的增幅，刚才那一剑他就已经承受不住了。

实力减弱了？难道对方也已经是强弩之末？这是系尔此时心中生出的想法。

就在这个时候，斗杀旋圆剑的威能完全发挥了出来。

密集的碰撞声响起，恐怖的灵力随着两者的碰撞不断地向外扩散。现在可没有中低阶魔族敢靠近他们战斗的范围了。之前惨痛的教训已经告诉它们，这边是一处真正的死亡之地啊！

系尔的庆幸只持续了片刻就变为了恐慌和震惊。他惊骇地发现，在空中急速旋转的龙皓晨竟然产生了一股强大的吸力，吸扯着他的身体，令他想要逃开都做不到，只能拼尽全力去抵挡。

但是，在每次抵挡的时候，他都能感觉到自己长矛上的力量被对方的双剑吸走了一部分，而在龙皓晨进行下一轮攻击时，双剑所爆发出的攻击力就会变得更加强大。

这样的攻击不仅是在持续消耗他的灵力，更是要将他完全毁灭啊！

如此技能，又怎能不令系尔恐慌呢？尽管这里是魔族大营，还有魔神柱在身边，可此时此刻，只有他一个人在面对龙皓晨啊！其他魔神都去追击刺客圣殿的强者了，就算发现他这边情况不对，也需要一定的时间才能赶过来，更何况现在他们这边的战场完全被那金色光罩遮挡了。而且，表面上看，在这光罩内的只是中低阶魔族而已。如果是一位身处魔神柱光芒范围内的魔神在与一位精金基座骑士战斗，怎么都不应该处于下风的。因此，其他魔神过来救援系尔的可能性很小，至少现在很小。

系尔身上的灵力波动随着龙皓晨攻击的增强而增强，但只有系尔自己知道，他正在快速接近自己的极限，一旦突破极限，他的抵抗力就将直线下降，而那时候也将是他的死期。

青色翼马幻化成的甲胄无论如何也挡不住那两柄史诗级重剑的攻击啊！

系尔不知道龙皓晨是如何将自身修为也提升到九阶的，与龙皓晨相比，他在装备上其实是吃亏的。

魔神柱是魔神最强的装备，能够媲美神器。这件装备帮系尔将修为提升到了九阶，还赋予了其他一些特技。而龙皓晨呢？他已经展现出来的至少就有三件史诗级装备，还不包括他身上那团紫金色光芒。

不过，现在系尔已经没有时间和精力去分析这些了，他手中的青色长矛已经出现了无数缺口，随时都有崩裂的可能。

就在这时候，系尔突然狂吼一声，不再理会龙皓晨的攻击，将手中的青色长矛猛地朝着旋转中的龙皓晨刺去。攻敌所必救，这是两败俱伤之法。

但是，斗杀旋圆剑是龙星宇的最强技能之一，已经深得其精髓并且对其有着更深刻领悟的龙皓晨又岂会被系尔这样的攻击伤害到呢？

斗杀旋圆剑的旋转之势不变，紧接着，一青一红两道光芒狠狠地斩在系尔的身上，硬生生地从他的长矛处切入，在那恐怖的旋转之中，系尔的身体以惊人的速度被绞碎。而他那刺出的一矛，则直接从龙皓晨的身边划过，根本就没有刺中龙皓晨的身体。

精金基座铠甲加上皓月的融合，其防御力是何等恐怖？足以将精金基座铠甲的防御程度提升到神器级别了，再加上斗杀旋圆剑会在龙皓晨身体周围产生一股强大的气流，持续时间越长，这股灵罡级的气流也会变得更加强大。

在两者的共同防御之下，系尔的攻击只在龙皓晨身上带起一串火花就闪过去了。

但是，系尔真的死了吗？想想当初的安度马里吧。安度马里是如何杀死比他只强不弱的森蚺之王的？用的就是一招金蝉脱壳。而此时此刻，系尔正在如法炮制。

一道青色光影几乎瞬间分离，系尔和他的长矛被绞成了碎片，但另一个分离出来的系尔出现在了后面。这是魔神化之身外化身。

正常的身外化身是需要身体分裂直接回到魔神柱跟前的。此时，系尔却不敢，因为龙皓晨那斗杀旋圆剑上的吸力实在是太巨大了，他不敢赌。如果以正常情况进行身外化身，他很可能根本回不去。所以，他只有强行完成这个技能了。无疑，这对他本源的伤害会更大。

此时的系尔已经恢复了原本英俊的容貌，只是脸色一片惨白，双眼之中的猩红色也暗淡了许多。

根本没有半分犹豫，脱离战场的系尔掉头就跑。

哪怕是魔神，想要施展金蝉脱壳的技能也不是那么容易的，对他们来说这同样是巨大的消耗。施展这个技能之后，至少他在短时间内无法施展魔神化，而且，他身上的装备会全部消失，实力也会有所减弱。除非是施展天魔解体大法，否则他是不可能恢复到巅峰状态的。

当初龙皓晨他们就是击杀了这种状态下的蛇魔神安度马里。

系尔已经害怕了，在最强状态的龙皓晨施展出的斗杀旋圆剑面前，他甚至连还手之力都没有。虽然双方都是借用外力提升到九阶的，可他又怎么和九阶的神眷者相比啊？

系尔害怕，不只是因为龙皓晨展现出的实力，还因为他身上释放的气息。系尔已经清楚地感觉到，龙皓晨身上有皓月的气息！面对这样的情况，他怎敢不跑？只要能够将消息传回去，让其他魔神与他联手将龙皓晨击杀，这份功劳足以令魔神皇直接将他的排名提升至前三十六。魔神皇想要提升一位魔神的实力，那可有的是手段。

不过，系尔心中的这些想法都有一个大前提，那就是他一定能够活着离开，通知其他魔神才行。

就在他掉头就跑的那一刹那，龙皓晨释放的金色光罩发出的嗡鸣声突然变得强烈起来，这一刻，金色光罩隔绝的不只是视线，还有声音。哪怕系尔在里面嘶吼呐喊，外面的魔族也是绝对听不到的。

既然动用了自己本来的实力，龙皓晨就做好了一切应变的准备，他绝不会给敌人任何机会。

　　就在系尔的必经之路上，一道漆黑的幽光毫无预兆地出现在半空之中，这道幽光看起来是那么的凄美，就像是一片狭长的树叶从天而降，无比自然却带着几分落寞。

　　这正是死神七绝中的第一绝——死之殇。

　　采儿终于出手了。

　　早在龙皓晨将系尔带到这里的时候，采儿就隐藏在一旁，密切关注着这场战斗。她在等龙皓晨的暗示。

　　采儿万万没有想到，龙皓晨此时的实力竟然真的强大到足以正面硬撼一位魔神了，而且他还能占据上风。

　　采儿此时真的明白为什么连曾祖都会嫉妒龙皓晨的提升了。龙皓晨的代理圣骑士长之位绝对实至名归。在八阶圣骑士中，又有谁能与融合皓月的他相比呢？

　　系尔不知道龙皓晨做了什么，采儿却清楚得很。系尔发动那全力一击的时候，龙皓晨当然不是凭借自己的能力遁入空间之中的，他的修为还不足以做到这一点。

　　他是被皓月传送走的啊！

　　龙皓晨和皓月有血脉契约，他直接被皓月传送到了它的那个位面，然后立刻展开融合，再提着两柄神剑回归。唯一令采儿吃惊和不解的，就是蓝雨·光之芙蓉了，这柄神剑的样子她认识，可威能与颜色都发生了天翻地覆的变化，竟然也是史诗级的了。

　　采儿默默地注视着下面这一战，深深地感觉到了自己和龙皓晨之间的差距。

　　或许，凭借死神七绝，在爆发力上她依旧能够胜过龙皓晨，但是，龙皓晨有无数种方法可以脱离战斗。而施展死神七绝的她，要付出的代价可是极为恐怖的啊！

采儿一边思考，一边深深地觉得欣慰，她喜欢的男生是如此强大，无人能比。看着龙皓晨大展神威，力战青妖骑魔系尔，采儿心中的情愫忍不住滋生。

　　当然，身为轮回圣女，她绝不会因为自身情感而影响到对战斗形势的判断。在系尔的分身被斗杀旋圆剑绞杀的那一刹那，采儿就知道，自己出手的时候到了。

第188章
皓月化铠

采儿根本不需要龙皓晨暗示什么，如果连这样的时机都判断不出，那圣月这一年半来对她的教导就白费了。

突如其来的死神镰刀，终于让系尔真正地感受到了死亡的威胁。在滔天的怒吼之中，他用自己的双臂架住了死神镰刀的攻击。

现在的系尔就像当初的安度马里，失去了最强实力的他，面对死神七绝，能够使出的力量实在是很有限。

不过，他现在的状态终究要比当初的安度马里强一些，没有被采儿这一击直接秒杀。可就算如此，他的双臂还是被锋利的死神镰刀斩断，伤口喷出青黑色的血液。

系尔疯狂地怒吼一声，全身肌肉瞬间鼓起，一口青黑色血液从他口中狂喷而出，射向前方的采儿。与此同时，他的身体在急速膨胀着。

他终于被逼得使出了天魔解体大法。可是，他这声怒吼连一半都没有发出，就戛然而止。他在空中一僵，紧接着，就出现了恐怖的大爆炸。他的身体化为无数碎块四散纷飞。

明知道魔神有分裂自身、金蝉脱壳的能力，龙皓晨又怎会只准备一次斗杀旋圆剑呢？

斗杀旋圆剑的最终奥义之中就有最后一击的威力。这强大的技能绝不可能只是简单地将敌人吸入自己的攻击范围内。不断增强的攻击，无论是否能够将敌人彻底绞杀，到了最后，都会剩下之前通过借力得来的那些力量。这些力量要怎么处理？那可不是龙皓晨本身的实力，如果就这么结束了斗杀旋圆剑，那么，这些力量最终就只能浪费掉。

因此，龙皓晨通过自己对斗杀旋圆剑的不断领悟，再加上自身对剑意的体会，给这增强版的斗杀旋圆剑加上了最后的一击。

急速旋转绞杀敌人之后，所有的力量与龙皓晨自身的灵力全部灌入了双剑之中。

还记得当初他挑战龙天印时最后释放的十字斩吗？以两柄史诗级重剑融合所施展的强大剑技，连龙天印那样的灵力超过二十万点的强者，最后都不得不释放出神印王座才能抵挡这一击啊。

重伤之后，还背对着龙皓晨的青妖骑魔系尔，就成了这融合之剑的第一个试验品。

青色与红色的光芒在空气中融合，隐隐有一种奇异的光芒闪耀，那是深邃无比的黑色夹杂着一些蓝色的星光。这光芒虽然一闪即逝，但那瞬间升华的剑意令它的威能完全落在了系尔的身上。

系尔的身体瞬间崩溃，一顶青黑色的魔神皇冠瞬间飞出，朝着魔神柱的方向逃遁而去。

龙皓晨一闪身，就挡在了魔神皇冠面前。他胸口处的头像骤然活了过来，张开大嘴，硬生生地将那魔神皇冠吞入腹中。无疑，这顶魔神皇冠又便宜皓月了。

采儿和龙皓晨同时落地。

"来！"龙皓晨向采儿一招手，采儿背后的灵翼微动，就已经到了他身边。

随着金光一闪，两人同时消失在原地。之前笼罩着这片战场的金色光罩也徐徐变得暗淡直至消失不见。

龙皓晨带着采儿立刻离去是明智的。青妖骑魔系尔阵亡，他所拥有的魔神柱也在瞬间失去了光彩。其他六位魔神就算再傻，也能判断出发生了什么，哪还顾得上继续追击刺客圣殿的强者，立刻化为六道光芒朝着之前龙皓晨与系尔这边的战场飞了过来。

　　当其他六位魔神赶到的时候，龙皓晨和采儿早已不见了踪影。青妖骑魔系尔已经死了，根本不可能告诉他们发生了什么。

　　此时，刺客圣殿的强者们大多已经回到了驱魔关城楼。魔神的追击是十分有效的，至少有五位侠隐刺客永远留在了战场上。幸好，大家的撤离还算及时，九阶侠者们都回来了。在圣月的带领下，他们联手挡住了追击的魔神，这才避免了更大的损失。

　　发现被偷袭后的魔神们都处于暴怒状态，几乎全都使用了魔神化。九阶魔神的魔神化和八阶魔神的魔神化可有着天壤之别啊！圣月带领着一众侠者竭力抵抗，才算是给同伴制造了逃走的机会。八阶侠隐刺客在魔神化的九阶魔神面前就像纸糊的一样脆弱。在不断地追击中，六大魔神已经聚集在一起，和刺客圣殿的主力全面碰撞。

　　如果战斗继续下去，恐怕刺客圣殿这边还会有更多的损失。但就在这个时候，青妖骑魔系尔的魔神柱光芒消失了。

　　一位魔神的死亡，对于整个魔族来说都是大事，这六位追杀刺客圣殿强者的魔神在大惊之下立刻返回魔族大营，再也顾不上追击圣月他们了。

　　龙皓晨和系尔的整个战斗过程，说起来烦琐，实际上，也只不过是数分钟就结束了。龙皓晨为什么将自己压箱底的能力全都施展了出来，就是为了速战速决啊！他选择了实力最弱的青妖骑魔系尔，依靠一系列的计谋和自己提升到九阶的实力，以及与采儿的完美配合，终于将其击杀。

　　这份大礼对于驱魔关来说不可谓不大，自从龙皓晨到来之后，驻守在这里的八大魔神之中已经有两位殒命，而且都是连魔神皇冠也没能逃走。这对魔族来说绝对算得上是重创了。

随着光影一闪，龙皓晨和采儿已经出现在永恒之塔内。

这里的安全毋庸置疑。两人出现在永恒之塔第一层的下一瞬，紫光闪耀，皓月已经从龙皓晨身上分离出来。它的五颗头扬起，无一不露出强烈的兴奋之色。

龙皓晨和皓月虽然已经有很久没见面了，可实际上他们的心灵联系一直没有断过。当龙皓晨从深度冥想中清醒过来后，第一时间就联系上了皓月，而皓月似乎也一直在闭关苦修。龙皓晨修为的提升，对于皓月同样有极大的促进作用。

皓月的身体更加厚重了几分，它那一身鳞甲之上都渐渐散发出了紫金色光芒，虽然还不算强烈，但和以前相比，已经有几分质变的感觉了。

刚刚从龙皓晨身上分离出来，皓月的五颗头就立刻凑到龙皓晨身前，从不同的方向在他身上蹭着。那份亲热的感觉就像是孩子见到了父亲一般。

龙皓晨抚摸着皓月巨大的头，两只手明显有些不够用了。他挨个抱了抱它们，一年半没见到它们了，心中甚是想念。

小火、小光、小青、小蓝、小紫，它们头上的角也变得更加明显了。最漂亮的就是小蓝头上的蝴蝶角，大有几分展翅欲飞的意味，蓝宝石般的眼眸目光柔和，就像羞涩的大家闺秀。

采儿站在一旁，看着龙皓晨和皓月亲热的样子，眼眸中因为施展死之殇而凝聚的杀气渐渐散去。

直到此刻，她还觉得有些不真实。

在驱魔关击杀火焰狮魔安洛先时，发出致命一击的毕竟是她的曾祖圣月侠者。圣月是成名多年的九阶强者，更是刺客圣殿主事的殿主，实力极为强大。而且当时事出突然，各种因素影响之下，安洛先没能发挥出实力就被杀死了。

可青妖骑魔系尔不同啊！龙皓晨完全是在正面战斗中将他击败的。采儿可以肯定，就算自己不出手拦截系尔，他也难逃一死。龙皓晨最后一击的威能有多么强大，从系尔身体的爆炸情况就能看出来。魔神身体的强度可是不低于他们自身灵力的。

采儿看着龙皓晨的目光中有着由衷的钦佩。这一年半以来，她半分都没有懈怠，一直在刻苦修炼，付出了多少她自己最清楚。可就算是这样，她发现自己和龙皓晨之间的差距仍然没有拉近，反而像是更远了。

实际上，龙皓晨自己也是殚精竭虑，在详细计划的同时释放出了自身除了神降术之外的全部能力。

皓月的融合代替了神降术，将两柄神剑真正的威能激发了出来，这两柄神剑一直在雅婷的努力下通过天外陨石温养着，温养尚未结束，但它们的品质都已经有了明显的提高。以至于龙皓晨在融合了皓月的力量之后想要将它们的威能全部激发出来都有些困难。

一切都按计划完成了，今天这一番杀敌再加上初来时的那场战斗，龙皓晨在驱魔关获得的功勋值应该已经超过一百万点了。

这样一来，他从这里带走采儿也是理所当然的。

别说采儿了，就连龙皓晨自己都有很强的不真实感，在他的感觉中，还一直以为是敌人的实力变弱了。实际上，是他一年半以来的苦修所致。深度冥想一年，换作别人，恐怕早已经疯了吧。深度冥想这种状态的痛苦还要超过采儿当年吸收轮回之剑时的痛苦。那时候采儿至少还有思想，而龙皓晨的思想必须去融入那种特殊的境界，时刻不能松懈，就像一根紧绷的弦。

换一个方向来思考，身为光明之子、神眷者的龙皓晨，静修一年半的时间，没有飞跃的提升那就不正常了。当然，他现在能够对抗的，也只是排名靠后的魔神而已，不过可别忘了，他才不到二十岁啊！

皓月和龙皓晨好一阵亲热后才平静下来，然后皓月就传递给龙皓晨一个想法。

龙皓晨摇了摇头，道："不行，现在还不是时候，我们不能在这里暴露身份。而且，还有其他魔神在，我们不能操之过急，放心吧，有你大展身手的时候。"

皓月向龙皓晨提出的建议无疑是针对魔神柱的。现在驱魔关外的八根魔神柱中，有两根已经失去了主人，正是将其摧毁的大好时机。别说皓月会有这样的提议，龙皓晨自己也不是没有心动过。魔神一共只有七十二位，蛇魔神的传承已经终结，可以说，每消灭一位魔神，就会将魔族的根基动摇一分。

不过，龙皓晨还是很理智的，当他想到自己初来驱魔关时看到的那种残破的景象，他就不敢轻举妄动。如果让魔神皇得知他和皓月出现在这里，必定大举来犯，到时候驱魔关拿什么来抵挡魔神皇？那时候，整个驱魔关必将生灵涂炭，甚至连刺客圣殿都可能会被一举毁灭。虽然龙皓晨也不明白为什么时至今日魔神皇、月魔神和星魔神这三大魔族的强者都毫无动静，但至少目前这样的形势对圣殿联盟来说还能承受。或许，魔神皇是怕真的出现两败俱伤的局面吧。

所以，这次虽然击杀了两位魔神，但他们的魔神柱还不能轻易去动。龙皓晨绝不能在边疆暴露身份。

龙皓晨微笑着看向采儿，道："我们恢复了灵力就赶快回去，免得曾祖担心。"

皓月没在这里停留，直接传送回自己的世界去了，它的能力似乎又增强了很多。龙皓晨隐隐感觉到，皓月似乎又到了瓶颈期，随时都有可能突破。它那庞大的身体多少显得有些臃肿，如果再次进化，不知道它又会进化出怎样的能力呢？

想到这里，龙皓晨不禁有些期待，皓月能够摧毁魔神柱，它的实力越强，对于自己未来的行动自然也就越有利。

青妖骑魔系尔死了。

对于魔族来说，这个打击是巨大的。

魔族中军大帐之中，六位拥有强大气息的魔神一个个脸色阴沉。整个大帐内都弥漫着一股无比压抑的气息。

"我们绝不能就这么算了。"一声愤怒的咆哮打破了大帐内的平静。

说话的是一名身材高大，背生双翼，头顶有牛角，面呈铁灰色的壮汉。正是翼牛狂魔赛共。

也难怪他会如此愤怒，这些年以来，一直都是他和火焰狮魔安洛先以及青妖骑魔系尔镇守在驱魔关外，现在安洛先和系尔都战死了，他又怎能不生出兔死狐悲之感呢？

听了他的话，其他几位魔神表情各异。在这六位魔神中，坐在主位上的，竟是一名人类模样的女子。

她一袭粉红色长裙，一头粉红色长发，还有一双勾魂荡魄的粉红色眼眸，皮肤白皙无瑕，相貌美到了极致。她的身高足足超过了一米八，在人类女性中，这绝对是相当高挑的了。

如果仔细观察就会发现，其他几位魔神的目光都不敢与她接触，甚至不敢将目光在她身上多做停留。

这位就是七十二柱魔神中排名第十二位的情魔神西迪。魔族七十二柱魔神的排名是极为重要的，能够排入前十二，她的实力可想而知。她也是驱魔关外魔族大军的最高统帅，在这里的所有魔神都要听从她的调遣。

此时，西迪脸色冷峻，更显冷艳。她并没有急于表态，只是将目光投到了翼牛狂魔赛共的身上。

赛共被她的眼神一扫，之前还怒火中烧，顿时不敢再多说什么，悻悻地坐了下来。

西迪淡淡地道："其他人也说说吧，都有什么想法。"

"我同意赛共的说法，这件事不能就这么算了。人类胆敢偷袭我们，不给他们一个深刻的教训，他们岂不是会更加嚣张？安洛先和系尔都死了，我们要是不能有所建树，陛下责怪下来谁都承受不起。"

说话的是一位全身笼罩在一片黑色阴影中的瘦小男子。这位魔神龙皓晨和采儿应该都熟悉，因为他就是之前和安洛先一起出现在驱魔关外偷袭采儿的那位。只不过最终偷鸡不成蚀把米，把安洛先葬送在驱魔关外了。

他是七十二柱魔神中排名第四十五位，掌控着地克族隐形者的隐魔神拜恩。

西迪双眼微眯，道："伤亡数字统计出来了吗？"

"已经统计出来了。"赛共立刻接口道，"伤亡惨重，六阶以上的，死了一千四百多人；六阶以下的，伤亡人数也在三千以上。"

哪怕是对于强者如云的魔族大军来说，这种程度的伤亡也是相当大的了，尤其是那些六阶以上的魔族，可不是说培养就能培养出来的。

听了他这句话，西迪眼底顿时流露出一丝冷厉的寒光。

她缓缓站起身，开口道："明日一早发动强攻。这一次，不把驱魔关攻破，绝不罢休。"

她是真的动怒了，虽然她不愿意承认，但拜恩说得没错，死了两位魔神，这可不好交代。战争爆发以来，这还是第一次有魔神战死。

"西迪，我们是不是再商量一下？"坐在另一侧的一位身材高大的魔神沉声说道，"陛下的意思是让我们持续不断地消耗人类的有生力量，而不是要破关而入。"

西迪冰冷的目光扫了过去："怎么？你有意见？"

那位魔神顿时一僵，低下头不再吭声。

以女性的身份能够统率魔族大军威胁驱魔关，西迪要是没几分手段如何镇得住其他魔神？

"按我说的去做。"

"是。"其他几位魔神纷纷起身，各自转身离去。

驱魔关。

看到龙皓晨和采儿一起回来了，圣月焦急的心情终于得以缓解。

这次行动对于驱魔关来说绝对是成功的。尽管最终也损失了几位侠隐级刺客，但是，他们给予魔族的打击更加沉重。魔族六阶以上的强者，至少有五分之一死在了他们的突袭之下。而且，虽然圣月他们不知道龙皓晨和采儿那边发生了什么，但青妖骑魔系尔的魔神柱光芒消失他们看到了啊！

难道龙皓晨杀死了一位魔神？圣月根本不敢这样想，怎么说龙皓晨也才只有八阶修为啊。

可他又不敢肯定，毕竟之前龙皓晨施展的那个禁咒有多么强大他也看到了，显然，绝不能用普通八阶强者的标准来衡量龙皓晨。

龙皓晨和采儿在永恒之塔内恢复灵力之后就立刻返回了驱魔关。他们从永恒之塔传送出来后，立刻隐藏了自己的身体。采儿自然是进入隐身状态，龙皓晨则早已披好了大斗篷，以精神力扭曲身体周围的空间，来遮掩自己的存在。采儿直接抓着龙皓晨的手臂飞了回来。这就是有同伴配合的好处，否则，为了掩饰身份，龙皓晨说不定还要在地面上想办法回归。

"你们真的杀了青妖骑魔系尔？"圣月瞪大了眼睛看着面前的龙皓晨和采儿。

采儿吐了吐舌头，退后一步，指着龙皓晨道："都是他安排的，主要也是他动的手。我只攻击了一次而已。"

圣月立刻将目光投在龙皓晨的身上。这里可不是只有圣月，旁边还有刺客圣殿的侠者以及侠隐刺客们。

他们回归之后，立刻聚集在一起，因为龙皓晨和采儿还没回来，圣月没有让他们散去。大家在等待龙皓晨和采儿的消息，如果时间再长一点的话，说不定他们就要重新杀入魔族大营去寻找两人了。

龙皓晨点了点头，道："我们也算是运气好吧。青妖骑魔系尔在魔族七十二柱魔神中排名第七十位，实力较弱，我们又采取了伏击手段，这才成功将其击杀。他的魔神皇冠被我的魔兽伙伴吞噬吸收了。"

龙皓晨所说的魔兽伙伴自然是皓月。当然，在这些刺客强者的心中就是星王。

听了他这简单得不能再简单的解释，一众刺客圣殿的高层面面相觑，完全说不出话来。

青妖骑魔系尔排名靠后就好对付吗？他们和这位魔神周旋也不是一天两天

了。凭借着魔神柱的增幅，系尔的战斗力足以达到九阶，而且他还有一系列的保命技能。以他们这些刺客超强的爆发力，这么多年都没能杀了他，而现在，这位魔神却被龙皓晨击杀了。龙皓晨是怎么做到的？

几乎每一位刺客强者的眼中都写满了不可思议。

圣月在短暂的震惊之后，脸色渐渐变得难看起来，而且是无比难看。

"出发之前我说过什么，你是不是忘了？我说了，不许针对魔神出手。如果你袭击青妖骑魔系尔失败了怎么办？我如何向骑士圣殿交代？"

这位侠者大人是真的动怒了，龙皓晨和采儿对于圣殿联盟意味着什么，在场的强者之中只有他最清楚。如果龙皓晨就这么殒命了，他无法交代。

龙皓晨在这个时候不能示弱，因为他代表的是骑士圣殿，他是代理圣骑士长。

"殿主，请您息怒。我在行动之前已经做了周密的计划，就算袭击青妖骑魔系尔失败了，我也能确保自己和采儿全身而退。因为我有一件能够遁入空间的神器，在任何情况下都可以带着我们两人遁入另一个空间，并且能够在那里长时间停留。刚才我们就是凭借这件神器在击杀系尔后平安从战场逃脱的。"

听到"神器"两个字，圣月不禁一愣，其他刺客也都露出类似的表情。能够遁入空间的神器？这几乎吸引了他们全部的注意力。这种神器他们还是第一次听说。而且，对于刺客来说，长时间遁入另一个空间的吸引力实在是太大了。

"是你们骑士圣殿的？"圣月下意识地问道。

龙皓晨摇了摇头，道："是我自己的，或者准确地说，是我们团队的。"

圣月将目光投向一旁的采儿，看到自己的曾孙女毫不犹豫地点了点头。

圣月心中暗叹一声，道："好吧，既然如此，我就不多说了。无论如何，你们为驱魔关杀死一位魔神，也算是立了大功。不过，经过我们今晚的行动，魔族的反扑恐怕会立刻展开。

"它们的报复心理一向很强。大家将这次收集到的魔晶集中一下，我们就给它们来个以彼之道还施彼身，让它们尝尝魔导大炮的厉害。"

"是。"一众侠者、侠隐刺客的眼中明显流露出了亢奋之色。

他们有多长时间没有这么痛痛快快地战斗了。正如龙皓晨所说,刺客在守城方面并不擅长,夜晚和阴暗处才是他们的舞台。

经过这次偷袭之后,魔族实力大减,就算它们再次向驱魔关发动攻击,实力也是有限的。而且,在龙皓晨禁咒的帮助下,现在驱魔关内将士们的士气大增,城防在大量人手的修补下也大致恢复了原貌。

"殿主,我请求参与守城战。"龙皓晨立刻表态。

圣月哼了一声,道:"你想不参加也不行。我们驱魔关最缺乏的就是牧师,你和韩羽都给我充当牧师的角色吧。要是能再施展一次那天的禁咒,那就再好不过了。"

"呃……"龙皓晨哭笑不得,心中暗道:我是骑士,可不是牧师啊!不过,圣月好不容易才放过他,他可不想在这个时候自讨没趣,只好老老实实地答应一声,然后退到旁边。

采儿则巧笑嫣然地跟在他身边。自从龙皓晨回来之后,采儿的心情就好得不能再好了,仿佛有了主心骨一般。

魔族的进攻来得毫无预兆。天方破晓,驻扎在驱魔关远处的魔族大军突然行动了起来,大量的双刀魔宛如潮水一般向驱魔关涌来。在奔跑过程中,它们那一双双刀刃般的前爪不断地插在地面上,发出难听的"唰唰"声。黑暗与血腥再一次向驱魔关席卷而来。

来自骑士圣殿的光耀天使骑士团那大约还剩余一半的兵力全都被调上了驱魔关城楼。之前他们一直是充当后备队的,只有在最危急的时刻才会被调上来守城。就算如此,他们在这一年半的战争中也已经损失了一半。

不是圣月不想调用他们,只是,人家毕竟是骑士圣殿对刺客圣殿的援助,怎么能轻易让人家顶在最危险的城楼上呢?所以,不到万不得已,圣月和圣灵心这爷孙俩谁都不会动用这支骑士团。

154

光耀天使骑士团的骑士们当然不能充当牧师。他们擅长的是团队作战，防御力惊人，只是修为限制了他们，所以他们并不擅长治疗。不过他们在守城这方面可要比普通的士兵或者刺客圣殿的强者们强得多了。

骑士们平静地在城楼上站成一排，每一名骑士身边都有大量的战士以及刺客圣殿的强者作为辅助。

魔族大规模的反扑是必然的，而且，这一战必将凶险无比。熟悉魔族战法的圣灵心已经做好了应对魔族全力攻击的准备，他把驱魔关这边所有压箱底的东西都搬了出来。

光耀天使骑士团的骑士们站好队列之后，突然同时转身，朝着身后驱魔关第二层的方向行了一个骑士礼。骑士们以右拳捶击胸膛发出的声音顿时响彻城楼。这声音也极大地激发了城楼上将士们的士气，一股肃杀之气弥漫在驱魔关上空。

圣灵心当然知道，人家这不是在向他行礼。虽然光耀天使骑士团听从他的调遣，但这样的礼数只属于骑士之间。

站在圣灵心身边的龙皓晨向前跨出一步，也以右拳捶击胸膛。下一刻，他猛然抽出自己的光之涟漪，高举空中，大喝一声："为了骑士的荣耀！"

他这一声大喝几乎响彻了整个驱魔关。与此同时，一道金色的光芒从他的重剑上爆发出来，就像是黎明的第一缕曙光在驱魔关城楼上亮起。

"为了骑士的荣耀！"所有骑士同时发出了怒喝。

他们都知道，圣骑士长大人来到了驱魔关。虽然这位只是代理的圣骑士长，可对于光耀天使骑士团的骑士们来说，有一种见到亲人的感觉。对他们而言，代理圣骑士长是谁不重要，重要的是，骑士圣殿竟然将他派到了驱魔关。

这意味着什么？意味着骑士圣殿对刺客圣殿的帮助，同时也意味着骑士圣殿并没有忘记他们啊！代理圣骑士长大人的到来，不就是为了统率他们吗？

而且，龙皓晨在刚来的第一天，就先后两次立下大功，并且以神圣甘霖这个无比强大的禁咒征服了整个驱魔关。仅仅用了一天的时间，他现在在驱魔关的地位就隐隐能够和圣月相比了。这对于光耀天使骑士团的骑士们来说，是无上的荣耀。

没有任何一个职业比骑士更加注重荣耀了，荣耀即生命，拥有崇高荣耀感的骑士，战斗力是最可怕的。此时此刻，光耀天使骑士团在经历了巨大的消耗之后，仿佛又找回了他们的灵魂。

哪怕只是站在驱魔关二层城楼上注视这些勇士，也能感受到此时他们身上所散发出的疯狂战意。

圣灵心站在龙皓晨身边暗暗腹诽，自己平时对这些骑士也是极好的，可他们终究是骑士圣殿的人啊！龙皓晨甚至都没和这些骑士真正地接触过，竟然就能将他们的士气调动到如此程度，怎能不让他羡慕嫉妒恨呢？当然，这种羡慕嫉妒恨完全是良性的。他身边这位，可是他的准女婿啊！再怎么嫉妒，也是一家人。

当然，要说圣灵心心中没有失落感那是不可能的。他在刺客圣殿的地位已经不低了，但和龙皓晨在骑士圣殿的地位相比，那可是小巫见大巫。

圣灵心心中只是迅速地转过这个念头，而后一道道命令不断从他这里下达。

"魔导大炮都准备好了吗？"

"准备就绪，一共还有二十一门完好的魔导大炮可以投入战斗。现在已经全部装上了魔晶。"

圣灵心略微思考了一下，道："它们能够攻击多长时间？"

"以我们现在手头上的魔晶，可以持续攻击二十四个小时，但考虑到魔导大炮可能会出现过热炸膛的情况，最好是每隔一刻钟进行一次冷却。"

圣灵心点了点头，魔导大炮又能重新使用了，他心中的底气也终于提升了几分。

"预备队进入指定位置了吗？"

"一切就绪。"

"好。"圣灵心眼中寒光闪烁，身上散发出一股不容侵犯的威严，"传我命令，双刀魔开始攻击后，战士配合光耀天使骑士团，一定要将它们给我挡在城垛之外。魔导大炮一律对准空中，一旦敌人的空军出现，就给我狠狠地打。"

"是。"

龙皓晨站在圣灵心身边，听着他下达一道道命令，从圣灵心的命令中就能听出驱魔关的形势有多么不乐观了。虽然联盟一直在不断地支援，但魔族持续不断的攻势几乎消耗掉了驱魔关所有的城防工具。虽然这次魔导大炮得以补充，但从实力对比来看，驱魔关还是处于明显的劣势。现在只希望，六大魔神不要上战场。否则的话，今日的局面并不好应付。

"总长大人，您快看！"一名眺望远方的士兵突然喊道。

第189章
星之领域

圣灵心赶忙快步走到二层城楼最前端向远处眺望，这一看，他的脸色顿时大变。

龙皓晨也跟着圣灵心来到城楼眺望，他的心头顿时也是一沉。

只见远处魔族大军之中，六根巨大的光柱冲天而起，将整个魔族大军映照得纤毫毕见。而这六根巨大的光柱正缓缓地朝着驱魔关的方向移动。

毫无疑问，那六根光柱正是魔族的六大魔神柱啊！

从驱魔关给的消息来看，这六大魔神之中，除了翼牛狂魔赛共的修为是八阶巅峰之外，其余五位魔神都有九阶实力。在借助魔神柱的力量后，他们的实力只能用"恐怖"来形容。此时魔族摆出这个阵势，分明是要和驱魔关决一死战啊！

而且，六大魔神柱同时出动，会对普通魔族带来相当程度的增幅。同时，对于魔族士气的提升，更是有着巨大的作用。

圣灵心的眼神明显流露出些微的慌乱，他虽然在极力克制着，但从他此时的沉默就能看出，魔族突如其来的进攻，令这位驱魔关军事总长承受着巨大的压力。

"圣叔叔，您别担心，兵来将挡，水来土掩。"龙皓晨用只有圣灵心能够听到的声音在他耳边低声说道。

圣灵心扭头看了他一眼，缓缓点了点头。

龙皓晨拉着采儿的手，略微思考后，道："大规模战斗中，士气是最重要的，我们绝对不能弱了己方的士气。采儿，我们上去，也给魔族点颜色看看。"

说着，龙皓晨右手一抬，一道金光在他身边亮起，星王脚踏六芒星出现在龙皓晨身边。

自从那天沐浴过龙皓晨施展的神圣甘霖之后，星王的气息明显变得不一样了。它毛发根部的那层金色变得更加明显，一双眼眸也变得更加澄澈了。

龙皓晨飘然而起，落在星王背上。

圣灵心一惊，道："圣骑士长，不可轻举妄动。"在战场上他自然不能叫龙皓晨的名字。

龙皓晨向圣灵心比出一个放心的手势后，脚后跟轻磕星王腹部。星王双翼展开，四蹄发力，驮着龙皓晨直接从二层城楼腾入半空之中。

与此同时，采儿化为一道灰色光芒跟在龙皓晨身后。她那巨大的黑色双翼也同时展开，和龙皓晨一起从驱魔关上方升入高空之中。

龙皓晨向采儿招了招手，将她叫到自己身边。此时，下方的双刀魔已经开始向驱魔关城楼攀爬了，魔族的主力大军也正在不断地前进着。

两人简单地交流了一会儿后，相互点了点头，立刻朝着左右两侧分开。

驱魔关依山而建，两边都是高峰，只有正面会受到敌人的攻击。凭借着如此天险，驱魔关已经成功阻挡住了魔族的多次进攻。

龙皓晨和采儿很快各自飞到了驱魔关城楼两侧的边缘。他们的行动立刻受到了驱魔关将士们的关注。

龙皓晨轻轻地拍了拍星王的脖子，道："星王，稍后你要认真体会，对你的进化应该是很有好处的。"

星王扭头看向龙皓晨，感激地点了点头。

龙皓晨深吸一口气，收回了自己的光之涟漪。他将左手缓缓抬起，令他诧异的是，日月神蜗盾的橘红色光芒并没有释放出来。

　　龙皓晨微微一愣，抬头看向天空，顿时恍然大悟。是啊！现在正是黎明时分，日月交替之时，也是日月神蜗盾失效的时候。可是，日月神蜗盾在这个时候失效，不是破坏了他刚刚跟采儿商定的计划吗？这要怎么办才好？

　　此时他和采儿可以说是万众瞩目，如果在这个时候出现纰漏，是对整个驱魔关士气的巨大打击。他现在已经是箭在弦上不得不发。

　　另一边的采儿悬浮在半空之中，她向龙皓晨那边遥望了一眼后，抬起右手，在头顶一挥，巨大的死神镰刀悄无声息地出现在她手中。顿时，以采儿的身体为中心，大片的灰色气流扩散开来，森然杀气冲天而起，强大的灵力混合着杀气剧烈地波动着。

　　采儿一头长发无风自动，双眸渐渐变成了黑色，死神镰刀轻微地震颤着，灰色波纹也随之扩大。

　　采儿那边的情况龙皓晨看得很清楚，他原本的计划是和采儿一起释放神眷者的能力。毕竟，在前方的魔族大军中并没有像阿宝那样了解他的魔族存在，他现在又换了坐骑，魔族想认出他的身份也不容易。

　　而且，就算被认出来他也顾不得了。如果驱魔关不能守住，他在这里暴不暴露身份还重要吗？

　　眼看着采儿那边已经开始释放死神的气息，龙皓晨这边却因为无法使用日月神蜗盾而不能引动光明女神的神力，他心中不禁大急。

　　时间不等人，他根本没有更多思考的时间。

　　在这个时候，龙皓晨已经没有别的选择。无法用日月神蜗盾引动，那就只有使用光明女神咏叹调了。他毕竟只有八阶修为，还没有达到九阶，凭借他自己的力量，要借助光明女神的神力还远远不够。采儿的修为虽然弱于他，但她能够完全动用死神镰刀这件神器啊！

　　就在龙皓晨准备不顾一切地使用光明女神咏叹调的时候，星王却传递给他一个信息。

"主人，让我们试一次吧。说不定，我们合力能够激发您那面盾牌的力量。"

龙皓晨没时间考虑，当机立断："好，那我们就试试。"

星王脚下金光大放，双翼平伸开来，它身下的金色六芒星迅速向外扩散，每扩散一圈，金色就会变得浓郁一分。能够清楚地看到，星王身上的毛发正在从根部以惊人的速度由白色向金色转变。

毫无疑问，这星耀独角兽王已经在动用它本源的力量。星王的额头上，一颗金色星星散发出夺目的光彩，金光向上蔓延，融入它的独角之中。

刚开始的时候只是一点细微的金光，然后便迅速扩散开来。五角星形状的金色光晕转瞬间扩散到了直径十米的范围，将龙皓晨和星王笼罩在内。

在这金色五角星范围内，大片的金色光雾升腾而起。这些光雾在升腾的过程中，依旧保持着五角星的形状。

在星王这个能力施展出来后，龙皓晨只觉得身体周围的光元素突然变得无比浓郁，空气中几乎所有的光芒都在朝着他们这边汇集。天空之中，刚刚出现的黎明光线暗淡了许多，他们的存在却照亮了整个战场。

星王此时所施展的，正是它的本命技能，也是星耀独角兽最强大的技能，名为"星之领域"。

在整个族群之中，唯有身为王者的它才能施展出来。

星之领域这个技能和九阶强者的领域有着异曲同工之妙，只是因为星耀独角兽最强也只能达到九级，所以，这个领域覆盖的范围不会太大，只有直径十米。而这个领域本身的作用也和星耀独角兽的能力一样，那就是增幅，完全的增幅。

星之领域能够在短时间内让领域范围内的光元素浓度提升十倍，以近乎疯狂的速度吸收外界的一切光线。而在这个过程中，星王就像在燃烧自己的本源一般，因此这个过程绝不能持久，否则就会威胁到它的生命。

肯施展星之领域，意味着星王已经对龙皓晨完全诚服，不惜牺牲自己来帮助他。要知道，星王和龙皓晨之间可是没有契约的啊，龙皓晨更不会强迫它做任何事。

虽然以星王的修为，它施展出的这个星之领域还达不到禁咒的层次，但也已经无限接近了。

龙皓晨毫不犹豫地将自身灵力全力注入日月神蜗盾之中。

以前在黎明、黄昏时分，龙皓晨发现日月神蜗盾无法引动时，也曾尝试注入大量灵力，可每一次注入的灵力都如同泥牛入海一般毫无动静，哪怕他耗尽了全身灵力也无济于事。

在上次将日月神蜗盾发挥出神器的威能之后，龙皓晨再回忆起日月神蜗死前留下的口诀，才隐隐摸清了日月神蜗盾的奥秘。只是因为他的修为不够，才不能发挥出这件神器的威能。

"日月之御，在乎本心，光之引导，神之护佑。黎明曙光，夕阳黄昏，日月交替，神蜗为盾。"

如果龙皓晨的猜测是正确的，这日月神蜗盾在日月交替之时，甚至能够释放出超神器的威能。

此时他根本没有时间多做思考，只能强行将灵力注入日月神蜗盾之中，尝试着将它的威能激发出来。

毕竟，能不使用光明女神咏叹调是最好的。

这次向日月神蜗盾注入灵力，龙皓晨有着充足的底气，因为有精金基座铠甲和星王做他坚实的后盾。而且，在这二者的帮助下，他的灵力已经直接提升到了灵罡的程度。直接以灵罡注入日月神蜗盾之中，效果自然要好得多。龙天印告诉过龙皓晨，想要催动神印王座，需要的就是灵罡，普通灵力根本无法引起神印王座的任何反应。

不只是神印王座，以龙天印的经验，几乎所有神器在催动时都需要借助灵罡的力量。

像采儿这样，以七阶修为就能发动死神镰刀完全是个特例。准确地说，死神镰刀已经是她身体的一部分。她也许无法将这件神器的威力完全发挥出来，却能够随时随地使用这件神器。但反过来想想，采儿因为它，从小到大付出了多少代价？轮回之苦又岂是常人所能承受的？

灵罡持续注入，龙皓晨全身心地感受着日月神蜗盾的变化。

另一边，采儿释放出的杀气已经变得越来越强烈了，从威势上看，远远超越了龙皓晨。星王施展的星之领域，是完全无法和死神镰刀上释放的净化威严相比的。

此时日月神蜗盾给龙皓晨的感觉就像是一个无底深渊，精金基座铠甲的灵力也在疾速倾泻，连带着星王通过星之领域凝聚而来的光元素以及星王本身的灵力，都在通过龙皓晨的身体注入盾牌之中。

虽然直到此刻，日月神蜗盾依旧没有什么反应，但是，令龙皓晨欣喜的是，远处天际，一抹鱼肚白已经亮起，太阳渐渐露出了一道金色光边。

无论是黄昏还是黎明，日月交替的时间是十分短暂的。只要过了这段时间，龙皓晨就能够催动日月神蜗盾了。以史诗级日月神蜗盾引动神降术来威慑敌方、鼓舞己方士气已经足够。

大战已经全面展开，魔族大军以惊人的速度席卷而来。驱魔关城楼上，在光耀天使骑士团的带领下，将士们用生命死死地将双刀魔压制在城楼下，令其无法爬上城楼。

远处，魔族大军中，以双头魔鹫和禽魔为首的空军正以惊人的速度赶来，黑压压的一片，遮天蔽日。

有六大魔神在后方撑腰，这些飞行魔族更加气势汹汹。地面上，大量的中低阶魔族也混在双刀魔阵营之中缓缓向驱魔关方向靠拢，大量的魔眼术士和火焰魔傀已经开始准备它们的魔法。

情魔神西迪震怒，这一次，她已经违背了魔神皇的旨意，真正发动了魔族大军全军之力，来为两位魔神复仇。

她的计划很简单，摧毁驱魔关，最好是将这里占领，使其成为魔族随时进出圣殿联盟的大门。

　　当然，占领这里之后，她不会继续深入，否则就真的是在挑战魔神皇的威严了，她还是不敢的。

第190章
七彩光芒

采儿仰起头，一头长发在脑后飘散开来。她拿着死神镰刀在空中做出一个虚划的动作。

顿时，一道晶莹的灰色光芒宛如雾气一般在空中弥散开来。天空骤然一暗，紧接着，阴森无比的杀气就向魔族大军笼罩了下去。

半空中那灰色光芒所过之处，被斩开一道裂缝，黑色裂缝之中，星光点点，那凛冽的杀气就是从这里面释放出来的。

采儿身后出现了一个高大的虚影，虚影的高度足足超过百米，手中同样拿着一柄巨大的镰刀，看上去就像是放大版的采儿。

同样是杀气弥漫，但落在驱魔关城楼的截然不同。驱魔关城楼上的所有将士只觉得一股森然杀气瞬间融入自己的血脉之中，将他们内心之中的杀意完全激发了出来。在他们心中，战斗似乎已经成为最神圣的使命，大有神挡杀神、佛挡杀佛之势。

这是正反杀戮结界，采儿的神降术技能之一。

因为采儿现在的修为还远远不够，所以，正反杀戮结界的威能无法覆盖太大范围。但是，对于目前的近战来说，她只需要操纵着结界覆盖在驱魔关城楼就行了。

正反杀戮结界会让敌人因为恐怖的杀气而气势大减，内心之中产生强烈恐惧，从而大幅降低战斗力。而对于友军来说，正反杀戮结界会令他们的杀气全面提升。

杀气的提升能够使他们将自身实力百分之百地发挥出来，同时不会受到战场上任何其他形势的影响。

这还是采儿第一次尝试着施展这个技能，她掌握的时间不长，一直以来都没有在战斗中真正使用过，因为她缺乏信心。如果是失忆之前的她，就绝对不会出现这种情况。龙皓晨的回归，带给采儿的不只是幸福，同时也令她感觉到自己有了依靠，心安之后，信心自然大增，终于将这死神神降术的威能释放了出来。

受到正反杀戮结界的影响，驱魔关将士们一时间气势大盛，杀得魔族从城楼上全面溃退。在他们眼中，远处的六根魔神柱似乎就只剩下照明效果了，根本不足以影响士气。而魔族的攻势也骤然一缓，整体出现了迟钝。

修为越低，受到的结界的影响也就越严重。神眷者施展与自身相合的神器，威能之强，自然不是同阶强者所能相比的。

只是采儿一个人的神降术，就已经令己方被压制的士气重新攀升起来。而另一边的龙皓晨直到此时还没有动静。

龙皓晨的灵罡注入没有停止，星王的星之领域也依旧在持续，只要是吸收到的光元素，它会飞快地提供给龙皓晨。只是这么一会儿的工夫，龙皓晨向日月神蜗盾中注入的灵罡就已经超过十万点了。而且，他的注入速度丝毫没有减慢的迹象。

这就不得不说龙皓晨此时的综合实力了。身为神眷者的他，在使用过神圣甘霖之后，自身与光明属性的结合变得更为紧密了，因此，任何光元素到了他这里，都会产生无可比拟的亲切感。精金基座铠甲这件强大的史诗级装备在辅助效果上本就极其强势了，更何况还有星王那媲美禁咒的星之领域。

此时，龙皓晨自身的修为虽然不会提升到太高的程度，但在持续战斗力方面有着质的飞跃。而他就是将这份持续战斗力直接转化为了灵罡，全部提供给了自己的日月神蜗盾。

龙皓晨得到日月神蜗盾也有很长一段时间了，他能够感觉到，每一次使用它之后，自己与它之间的契合度就会增强几分。随着这种感觉越来越强烈，他也觉得距离自己能够真正掌控日月神蜗盾的那天越来越近了。

此时他虽然依旧没能引动日月神蜗盾，却隐隐感觉到日月神蜗盾正在积蓄着力量，随时都有可能爆发。而这爆发，就需要他持续不断地提供灵罡。龙皓晨的目光一直注视着远处天际那正在冉冉升起的太阳。黎明即将过去，离日月神蜗盾绽放出真正的光彩还远吗？

事实上，龙皓晨对日月神蜗盾能力的判断是正确的。日月神蜗留下的口诀确实是告诉他，要让日月神蜗盾发挥出最强大的威力，就需要在日月交替的黄昏或者黎明时分引动。但龙皓晨现在的修为距离引动日月神蜗盾的终极力量还差得太远。所以，无论他怎么努力，怎么借助星王的力量，在日月交替这段时间里，他依旧无法催动日月神蜗盾。

六大魔神全都悬浮在空中，各自沐浴在他们的魔神柱的光芒之内。情魔神西迪冷冷地注视着远方的驱魔关城楼，她脸上神色不变，而心中却在暗暗吃惊。

采儿所展现出的强大杀气令西迪心中隐隐有种恐慌的感觉。以西迪的修为，自然看得出这是神降术，是引动了神的力量才拥有如此威力的。可是，在今天之前，驱魔关可从来没有出现过这样的情景啊！

"拜恩，那就是你之前和安洛先一起去刺杀的人类？"西迪指着远处的采儿向身边的隐魔神问道。

拜恩点了点头，道："是她。只是，她现在的实力怎么变了？似乎更加强大了。"

西迪冷哼一声："那不是她的实力，是她借用的神的力量。她是神眷者。看来，她很可能就是太子殿下所说的那名人类女孩了。当初让她跑了，原来躲在刺客圣殿。"

拜恩沉声道："另一边的那个人，就是那天突然赶到，阻挡了安洛先回归，并且挡住了我的攻击的人类骑士。我看，他恐怕更加危险。如果不是他，安洛先就不会死。他现在又要做什么？"

西迪双眼微眯："无论他要做什么，今天他都必须死。安洛先和系尔需要用人类的鲜血和尸体来陪葬。那天的禁咒是他施展的，不过，很奇怪，这名人类的修为似乎还没到他们所说的九阶，也就是灵力还不到十万点。那他是怎么施展出禁咒的？"

拜恩道："可能是因为使用了人类的一些特殊装备吧！他身上穿的是骑士圣殿的精金基座铠甲，这种铠甲的增幅效果似乎很好。而且，他那天用来抵挡我攻击的盾牌也很强。如果没有那面盾牌，他根本不可能挡住我的多次攻击。"

西迪冷冷地道："这些人类以为，只有他们会使用禁咒，我们就不会吗？你们几个为我护法，我要让人类看看我们魔神真正的实力。"

说话间，西迪缓缓向上飞起，其他五位魔神迅速聚拢在她身边。六根魔神柱聚成梅花形态，五位魔神在外，西迪被包围在中间。

西迪的双手缓缓抬起，她所在的魔神柱顿时爆发出刺目的粉红色光芒，那光芒直冲天际。剧烈的灵力波动混合着夺目的粉红色光芒将魔族一方的天空映照成了同样的颜色。

这粉红色光芒会影响人的情绪，让人感觉心中仿佛有什么东西在抓挠一般，那种痒痒的感觉分外难受。

低沉的咒语吟唱声开始从西迪口中响起，一圈圈粉红色光晕也随之从她身上扩散开来。

此时就能看出，在七十二柱魔神中排名第十二位的她有多么强大了。咒语才开始吟唱，禁咒的威力就已经有所显现了。

从她身上发出的粉红色光晕在空中渐渐凝聚成一个巨大的人形光影，这个光影比采儿背后的虚影大十倍。随着粉红色光晕的不断凝聚，这个光影也变得越来越清晰。

令人吃惊的是，这光影竟然是放大了无数倍的西迪。而且这光影正变得越来越大，就连六根魔神柱的光芒也因为这光影而变得暗淡了。

看到这个光影，哪怕是处于采儿的正反杀戮结界作用下的人类士兵，都不禁开始有些愣神。这个光影实在是太大了，想不看都做不到。

人类的情绪开始受到西迪的影响，他们手上的动作也随之放慢了。原本已经被压制的魔族攻击，顿时重新爆发。城楼上的战斗变得更加惨烈了。

原本指挥若定的圣灵心看到远处那巨大的光影，顿时脸色大变，失声道："是情魔神西迪，她在施展禁咒。"

蓝妍雨就站在丈夫身边，问道："这是什么禁咒？你以前见过吗？"

圣灵心沉声道："情魔神西迪，在魔族之中掌管情欲。她这个禁咒或许没有直接的攻击能力，却比那些直接攻击的禁咒更加可怕，因为它能够挑动我们最原始的欲望。以我的修为都已经感觉情绪不受自己控制了，更别说那些普通的士兵了。"

蓝妍雨急忙道："那怎么办？有没有办法打断她？"

圣灵心苦笑道："你没看到其他五位魔神已经将她围在中间了吗？六根魔神柱聚集在一起的威能，如何才能打断啊？只能看爷爷他们的了。"

蓝妍雨眉头紧皱："如果不去看那个光影，行不行？"

圣灵心摇了摇头，道："没用的。西迪施展的禁咒，如果不看就不会受其影响，那她还能在魔神中排名第十二位吗？"

蓝妍雨疑惑地道："可是，我怎么没什么感觉？"

圣灵心道："可能女性会对她的禁咒免疫吧。可是，我们的士兵都是男性啊！"

说到这里，他的目光下意识地看向天空中的采儿，再看向另一边依旧只是散发着金色光晕却毫无动静的龙皓晨。圣灵心隐隐感觉到，今日这场大战将关系到驱魔关的生死存亡。一个不好，恐怕驱魔关将永远消失在这个世界上。到了那时候，恐怕刺客圣殿也无法保全。现在他心中已经在思考，如果实在不行，无论如何也要掩护龙皓晨带着女儿离开，给刺客圣殿留下最后一点血脉也是好的啊！身为父亲，他终归是有私心的。

情魔神西迪施展的禁咒，龙皓晨也看到了，他心中顿时一惊。他的感觉和圣灵心又不一样了。身处星之领域之中，龙皓晨本就强大的精神力加上充沛的光元素的辅助，他的感知之敏锐，已经达到了极为惊人的程度。

他发现，西迪这个禁咒就像是投影一般，整个禁咒的作用以一种特殊的空间波动直接投射在驱魔关城楼上。也就是说，在城楼下面的魔族是看不到的。除非它们攻上城楼，否则，就不会受到西迪这个禁咒的影响。

而且，龙皓晨现在可以说是一个旁观者，旁观者清，他发现，之前如同潮水般扑向驱魔关的魔族大军，在西迪开始施展这个禁咒之后，冲击的速度反而放缓了，只有双刀魔依旧在全力以赴地扑击，其他魔族都明显放慢了速度。只是驱魔关城楼一直遭受着双刀魔的不断冲击，所以并没有感受到这方面的变化。

西迪的禁咒对魔族同样是起作用的，龙皓晨立刻得出了这个结论。

正在这时，远处魔族大营中突然燃起了熊熊烈火，大片大片的火焰升腾而起，至少有三分之一的地方燃烧了起来。

没错，在这场大战开始之前，刺客圣殿殿主、侠者圣月就带领着刺客圣殿的强者们悄悄地离开了驱魔关。

受到龙皓晨的点醒，再加上昨夜的偷袭行动取得了成功，圣月充分认识到了身为刺客应该做的是什么。

他们这些强者如果继续留在驱魔关城楼，除了与对方对峙以外，可以说是毫无用处。而且，他们是刺客，并不是魔法师，更没有魔神柱增幅，所以，哪怕是九阶侠者级的刺客，也施展不出大范围的禁咒。因此，他们在驱魔关外组成一支奇兵，充当一件锋利无比的神器，其效果远比留在驱魔关内辅助防御的效果好得多。

这场大火就是他们在魔族大营中点燃的，同时也将魔族的粮仓烧了个一干二净。

圣月此时的心情却无比沉重。西迪在施展禁咒他当然看到了，只不过，他从魔族大军后方的角度看，只能看到空中有一个虚幻的粉红色光影，根本看不清楚西迪施展的技能到底是什么。

这就更加证实了龙皓晨刚刚的猜想，西迪为了不影响魔族大军，只是将禁咒的影像投射在驱魔关城楼。所以，在驱魔关城楼之外的其他位置看到这个禁咒，都不会受到影响。

"侠者跟我走，侠隐刺客从后方袭击高阶魔族。"圣月几乎是毫不犹豫地就下达了命令。绝不能让西迪完成这个禁咒，否则，驱魔关就危险了。

十一道光芒同时消失在半空之中。隐隐能够看到，六根魔神柱后方，空气骤然变得波动起来，凌厉无比的杀气直接锁定了空中的六大魔神。

西迪却像是根本没有发现这些侠者级刺客一样，依旧在吟唱着她的咒语，那幻化出的光影已经变得越来越清晰，仿佛这个世界上真的有一个那么大的她一般。

驱魔关城楼受到的影响也变得越来越大，士兵们的眼睛都开始有些发红了。采儿在正反杀戮结界的作用下，凭借着提升的杀气，还能一定程度地抑制西迪的这个禁咒。尽管如此，此时身在空中的采儿，额头上也已经布满了汗水。

无论神眷者有多么强大，死神镰刀的威能有多么强大，采儿都只是一名七阶修为的刺客啊！如果采儿的修为能够达到九阶，凭借神降术，她所施展的正反杀戮结界或许有可能压制西迪的禁咒。可现在的她完全做不到。维持着结界也只不过是杯水车薪而已。而且，一旦她松懈下来，那么，下面的驱魔关将士们受到的影响必将变得更大。

采儿咬紧牙关，苦苦地支撑着。她正是因为正确判断了形势，才更加不敢有半分懈怠。她告诉自己一定要坚持下去，一定要坚持。

她不自觉地向驱魔关城楼另一边的龙皓晨看去。她不知道龙皓晨在干什么，但是，她对他有着绝对的信心。她相信他一定能够扭转乾坤，一定能！

刺耳的破空声在六根魔神柱后方骤然爆发，半空中，一道长达百丈的裂痕凭空出现，狠狠地切向情魔神西迪。正是十一位侠者出手了。

171

这一击，他们联手施威，目的只有一个，阻止西迪继续吟唱咒语。

隐魔神拜恩的脸上露出一丝不屑。除了西迪的魔神柱之外，其他五根魔神柱突然迅速变换方向，横向排成一列，挡在西迪背后。

"轰——"恐怖至极的爆鸣声在空中响起，那巨大的空间裂缝骤然破碎成无数细碎的空间裂痕。十一道身影同时被反弹，各自飞出数百米后，才稳住身体。

五根魔神柱就像五个不倒金刚一般，硬生生地拦住了十一位侠者突如其来的攻击。

为什么圣殿联盟对能够摧毁魔神柱的龙皓晨那么看重？就是因为六千多年来，人类始终都未能找到摧毁魔神柱的方法啊！

在魔神柱上，人类强者不知道吃过多少亏了。

魔神在使用魔神柱的时候，魔神数量越多，魔神柱所能发挥出的威力也就越恐怖。像他们现在这样全面防御，以五大魔神的魔神柱来拱卫西迪，令十一位九阶的侠者级刺客根本毫无办法。

"殿主，怎么办？"一位之前用力过猛的侠者抹掉嘴角处的血迹，向圣月问道。

圣月此时的双眸已经泛出了血红色，他知道，在这种情况下，他们已经无法阻止西迪的禁咒了。这也是他最不愿意看到的情况。

如果有魔法圣殿的顶尖强者在这里，或许还能够和西迪展开禁咒对轰。

在六大职业者之中，有两大职业者是没有施展禁咒的能力的，那就是刺客和战士。在单体战斗方面，刺客和战士要更加强大，他们的灵罡威能之强，远超魔法师、召唤师和牧师，可是，他们的灵罡无法突破魔神柱的封锁啊！

圣月的呼吸明显有些急促，身为刺客圣殿殿主，此时的他已经做好了最坏的打算。他深深地看了一眼面前的六根魔神柱，咬紧牙关，下达了一个令他内心滴血的命令。

"杀！敌人施展禁咒，我们就下去杀高阶魔族。我倒要看看，是敌人先死光，还是我们的人先死光。"

这已经是没有办法的办法了，哪怕有半分可能，圣月也不会下达这样的命令。此言一出，其他十位侠者的眼睛都红了。

圣月下达这个命令对他来说是何等艰难啊！他的嫡孙圣灵心就在驱魔关上指挥战斗，他的曾孙女采儿正在空中尽可能地抵御禁咒。一旦西迪的禁咒完成，他们必将首当其冲。

"杀——"十一位侠者同时爆发出震天狂吼。在除了情魔神之外的其他五位魔神吃惊的注视下，他们就如同十一条狂龙，疯狂地向着下方的魔族大军席卷而去。

十一位九阶强者冲击魔族大军，这可不是闹着玩的。

虽然刺客不擅长大范围的攻击，但他们在一定范围内的攻击力是连魔法师都远远无法相比的啊！

只见十一位侠者所过之处，魔族人仰马翻，哪怕是七八阶的魔族强者也无法阻拦他们片刻。一时间，魔族大军后方的高阶魔族陷入了一片混乱之中。这次可不是偷袭，而是明杀，速度只会更快。

魔族几大魔神的脸色顿时变得难看起来，双方的九阶强者之所以不轻易参与到战斗中，就是为了杜绝真正的两败俱伤。

九阶强者的破坏力实在是太强了，他们一旦加入战争对抗低阶实力的对手，必定会造成不可收拾的局面。人类与魔族最终必定是两败俱伤。

驱魔关承受不住情魔神的强大禁咒，魔族同样承受不起这么多刺客圣殿九阶强者的疯狂冲杀啊！

圣月刚刚落在地面，手中一对闪耀着橘红色光芒的史诗级短剑就已经横向挥了出去。以他为中心，橘红色光芒呈扇面状向外扩散，几乎是瞬间就撕碎了数十名高阶魔族的身体。

下一瞬，圣月已经在百米外，整个人宛如陀螺般急速旋转起来。谁都没看清他是怎么冲入魔族阵营中的，但这一连串的旋转又带走了上百名魔族的生命。那些普通的四五阶魔族在史诗级武器的光芒面前连半分抵挡的可能都没有。

同样的一幕在十一个位置出现，其破坏力之强，已经远远超过了昨晚的偷袭。

情魔神西迪的脸色也变得难看起来，她的咒语依旧在继续，这个时候，她已经到了箭在弦上不得不发的程度。她的禁咒已经进行了一半，如果现在停下来，那之前所做的一切就白费了。而且，她现在还不能让其他五大魔神下去动手，万一有强大的人类九阶刺客隐藏在侧，伺机打断她的禁咒，那他们就更是一败涂地了。

西迪现在必须将这个禁咒完成，先狠狠地给予驱魔关致命打击，之后再来对付下面这些九阶刺客，这才是最好的办法。只是到了那个时候，魔族高层还能剩下多少就很难说了。

在这个时候，六大魔神之中还是有头脑清醒的，翼牛狂魔赛共在这六大魔神中虽然修为最低，但他毕竟长时间在这里与驱魔关对峙，对于刺客圣殿的实力再了解不过。

眼看着下面的魔族已是一片混乱，甚至有些不受控制，他立刻发出一声狂吼，向魔族下达了命令。

他这命令一下，其他魔神都有种恍然大悟的感觉，赶忙配合他一起下令。

赛共的命令很简单："全面撤退，从各个方向全面撤退。"

刺客无法发动大范围的攻击，是他们最大的劣势。魔族大军数量如此之多，他们绝对杀不完，毕竟，这些强者刺客的数量不多，他们不可能攻击到所有方向。而现在显然西迪的禁咒才会对人类造成致命打击，有没有魔族大军攻击并不影响禁咒的威能。因此，下令让魔族大军撤退虽然会导致士气大幅度下降，却是目前减少魔族损失的最好办法。

不过，多达数十万的魔族大军，又岂是说退就能退的？外围的魔族听到命令后还能撤走，可核心位置的魔族想要撤退就没那么容易了。一时间，魔族大军显得更加混乱了。前方的双刀魔也因为这几大魔神的命令而分散了，驱魔关前完

174

全是一片混乱局面。魔族之中，无论是空军还是地面部队，似乎都已经超出了魔神们的掌控范围。十一位侠者级刺客以及更多的侠隐刺客在这混乱局面中深入敌军，气势和威能更强了。

驱魔关城楼上的情况一点也不比魔族好。双刀魔的攻势是退去了，驱魔关将士们承受的压力却丝毫没有降低。

在他们眼中，远处那巨大的女子光影已经完全变得真实了。西迪的禁咒已经接近完成。空中那放大了无数倍的她，脸上露出一丝淡淡的微笑，柔和的粉红色光芒令驱魔关城楼都被照耀成了粉红色。

西迪的禁咒实在是强大，一道粉红色光芒突然冲天而起，远处巨大的光影就像被赋予了生命一般动了起来。

禁咒完成了！

西迪的光影在半空中缓缓迈出一步。顿时，驱魔关城楼上响起一片痛苦的呻吟声，士兵们手中的武器纷纷落地，就连采儿的正反杀戮结界的效果在这个时候也降到了极小的程度。

"噗——"采儿喷出一口鲜血，摇摇欲坠。她的灵力已经完全透支，正反杀戮结界随时都有崩溃的可能。

而此时此刻，哪怕是圣灵心也帮不了她。身为军事总长的他，在西迪的禁咒的影响下，身体在剧烈地颤抖着，承受着巨大的痛苦。

迈出一步，只是西迪这个禁咒的开始。紧接着，那巨大的光影居然开始在半空中翩翩起舞。

有些修为较低的士兵已经陷入疯狂状态了，一步踏出，就从城楼上摔了下去。就算是在落下的过程中，他们眼中的疯狂都没有半分消退。他们已经完全陷入了西迪的禁咒中无法自拔。

这是情魔神之天魔生欲舞，是强大的迷幻型禁咒。

这个禁咒确实没有直接的杀伤力，但是，它比直接进行攻击的禁咒更加可怕。不但覆盖的范围巨大，而且，就算是与西迪同等修为的强者也会被其迷惑。她这个禁咒一旦完成，除非是意志力和精神力都强大到一定程度，否则必定会被影响。哪怕是女性，也会陷入欲望之中无法自拔，最终的结果必定是欲火焚身而亡。

驱魔关城楼上已经是一片混乱，魔族大军同样陷入了混乱之中。这场战斗进行到这里，似乎已经没有了胜利者。最终的结局难逃两败俱伤。

就在这个时候，一道金光突然在空中亮了起来。在这道金光出现的那一瞬，采儿终于无法再支撑下去，朝着下方坠落，正反杀戮结界也随之结束。

一道身影从下面接住采儿，托着她落在城楼，正是韩羽。

此时韩羽的状态也极其不好，他的双目已经变成了赤红色。接下采儿之后，他甚至顾不得询问她的情况，就立刻将她甩向驱魔关二层的指挥台，毕竟他此时所在的位置太混乱了。

韩羽的修为虽然只有七阶，但他的意志力比同阶强者的意志力强得多，先天内灵力八十点的天赋在这个时候彰显无遗。

那道突然出现的金光他也看到了，那也是他心中唯一的希望。他只能让自己相信，那道金光的主人能够再一次扭转乾坤。

是的，释放出那道金光的，正是龙皓晨。

在西迪完成禁咒的那一瞬，太阳也终于完全露出了真容，黎明结束，清晨来临。就在这个时候，龙皓晨感受到了日月神蜗盾对自己的回应。下一刻，日月神蜗盾爆发出了无比璀璨的光芒。

之前龙皓晨持续不断地注入灵罡，虽然一直都没能引动日月神蜗盾，但这灵罡实实在在地储存在了日月神蜗盾之中。日月同辉之刻一过，龙皓晨再次掌控日月神蜗盾，之前储存在其中的灵罡也全面爆发了出来。

炽烈的七彩光芒冲天而起，这一刻，龙皓晨与日月神蜗盾之间产生了一种奇妙的联系，根本不需要仔细思考，龙皓晨就能感受到日月神蜗盾的作用。

他将盾牌向下按，那炽烈的七彩光芒顿时朝着半空中西迪的光影射去。

西迪脸色一变。她一直在关注着龙皓晨这边的动静，突然看到神器级的七彩光芒出现，立刻做出反应。一道粉红色的光芒从她的魔神柱上射出，与日月神蜗盾的七彩光芒猛烈地撞击在一起。

天魔生欲舞的光影骤然变得虚幻了，令驱魔关城楼上疯狂的将士们略微停顿了瞬间。但下一刻，光影就重新凝聚，甚至舞动得更加激烈了。

"无法阻挡。"龙皓晨心头一沉，他知道，自己的修为和西迪的修为相差得实在太大了，尽管自己有日月神蜗盾这件神器，可西迪同样有魔神柱。魔神柱虽然只是类似于神器，主要作用体现在增幅和保护魔神上，但也不是现在的他所能对抗的。

第191章
折射禁咒

怎么办?

光影?

龙皓晨心中一动,终于想到了办法。

此时,驱魔关城楼上,士兵们依旧在疯狂地抓挠着自己的身体,许多人身上已是鲜血淋漓。

驱魔关外,刺客强者们的杀魔行动也已经进入了高潮。他们不停地击杀着魔族,不知道有多少敌人殒命在他们手中。

直射的七彩光芒骤然收敛。下一刻,龙皓晨已经纵身来到了驱魔关城楼,直视着远方的光影。

这天魔生欲舞对龙皓晨无法产生半分影响。

西迪看到的,是龙皓晨那从精金基座铠甲的面具中露出的金色眼眸。他的眼睛澄澈得没有半分杂质,更没有因为这禁咒流露出半分欲望。

西迪心头一震,难道这名人类骑士心中就完全没有阴暗面吗?为什么他没有受到半分影响呢?只是这一瞬间,西迪就惊讶地发现,那双澄澈的金色眼眸已经深深地烙印在了她内心之中。

西迪最擅长的就是幻术攻击,也可以说是精神类魔法攻击。而使用这类魔法的她，最怕的就是遇到完全不被自己的精神魔法影响的对手。龙皓晨那双澄澈的眼眸已经动摇了她的魔心，顿时，天魔生欲舞的威力降低了几分。

不好！西迪心中暗叫一声，赶忙凝神屏气，闭上双眸，不再去看龙皓晨。但是，心魔难除，那双金色眼眸一直在她内心深处不断地闪烁着，哪怕闭上双眼也无法将其从心中抹去。

心魔已经种下，如果西迪不能杀死或者征服龙皓晨，那么，她的修为必定会受到极大的影响。

龙皓晨自然不知道西迪那边的变化，他将左手横在胸前，七彩光芒瞬间向周围扩散开来，呈现出日月神蜗盾的形态。此时，这面"日月神蜗盾"几乎无止境地在驱魔关城楼扩张开来。

弥散的七彩光芒顿时遮挡住了天魔生欲舞的光影，也遮挡住了那粉红色的光芒与气息。七彩光芒所过之处，原本疯狂抓挠着自己的士兵们，动作都变得缓慢下来，只是因为之前受到的影响较大，一时之间还无法完全清醒过来。

因为是女性，蓝妍雨受到的影响相对较小，前方又有了龙皓晨的七彩光芒的遮挡，所以，她在第一时间清醒过来。她举起手中的法杖，开始吟唱咒语，在急促的吟唱声中，一场冷雨从天而降，洒落在驱魔关城楼上。

受到冷雨的刺激，驱魔关的士兵们开始恢复正常。

在这个时候，日月神蜗盾的防御力已经被削弱了很多。为了遮挡天魔生欲舞，龙皓晨尽自己的最大能力将被激发出神器威能的日月神蜗盾的光芒扩散。此时他所承受的压力是巨大的，他也不知道自己是否能够坚持到对方的禁咒结束。

这一次日月神蜗盾的神器威能被激发，与上一次的情况是完全不同的。

上一次在御龙关，日月神蜗盾是因为受到了两只恶魔首领的血怨侵蚀而进行了自我保护，自行抽调了龙皓晨的灵力，暂时释放出了神器的威能。

而这一次，是龙皓晨自己在星王的帮助下将日月神蜗盾的神器威能激发了出来。现在，龙皓晨的实力受到持续增幅，日月神蜗盾被引动也相当于被压缩后的灵罡爆发，所以，威能比在御龙关时更加强大，也能够由龙皓晨自己控制。

从远处看，驱魔关城楼此时完全笼罩在一团七彩光芒之中，柔和的光芒在空气中闪烁，硬是将天魔生欲舞挡住了。

更加奇异的是，这七彩光芒居然还产生了折射效果，以至于天魔生欲舞的影像被清晰地投射到了本就处于混乱中的魔族大军的上空。

这一下可不得了，这个已经完成的禁咒对于魔族的影响甚至还要超过对人类的影响。毕竟，中低阶魔族的智慧是很有限的，而它们的本能反应则更加强烈。一时间，魔族大军更混乱了。

正处于杀魔状态中的刺客圣殿的强者们也是一愣，不约而同地看向驱魔关城楼。那夺目的七彩光芒深深地震撼了他们，同时他们也看到了天魔生欲舞。以这些刺客强者的修为，在看到那舞姿时不禁也受到了影响。圣月发出一声呼哨，一众刺客强者立刻朝着侧方飞去。

驱魔关城楼的危机已经解除，他们也不需要在这里拼命了，不受到那禁咒的影响才是最重要的。

无论是何种魔族，在看到天魔生欲舞的那一刻，立刻就疯狂了起来。其中，受影响最大的就是作为魔族炮灰的双刀魔。

天魔生欲舞所过之处，大片的双刀魔爆体而亡，血液在空中四散纷飞，浓郁的腥臭味在战场上弥漫着。

这就是禁咒的威能。驱魔关城楼之前遭受了什么，现在魔族大军就加倍承受着什么。

人类好歹有着极高的智慧，自制能力也比魔族强得多，在短时间内，虽然损失不小，但还没有到完全失控的程度。而对于魔族来说，天魔生欲舞的影响就太可怕了。这也是其他魔神一直都不敢正视情魔神西迪的重要原因。

哪怕是排名比西迪靠前的魔神，也不愿意和这位情魔神打交道。如果没有足够的意志力，必定会陷入她的情魔法之中无法自拔。

西迪在自己的禁咒被折射的那一瞬不禁呆住了。因为在她对面出现了一个和自己一模一样的巨大光影。不只是她，就连守护在她身边的其他五位魔神也都呆滞了。

就是这么短暂的时间里，下面的魔族大军已经出现了惊人的损失。

"不好！"西迪低喝一声，双手迅速结印，准备用最快的速度去解除自己的禁咒。她不知道龙皓晨是如何做到折射她的禁咒的，但事实摆在眼前，再这样下去，恐怕魔族大军至少有一半要葬送在自己的禁咒之下了。

龙皓晨在苦苦维持着日月神蜗盾的光芒，西迪也在飞快地解除着禁咒。

不过，禁咒既然能被称为禁忌的咒语，那么，施展出来后再想解除可不是那么容易的，总需要一定的时间。

驱魔关城楼的士兵们在日月神蜗盾的保护下，在冷雨的刺激下，渐渐清醒过来。此时，士兵们极度虚弱。很多人都因为之前的疯狂行为导致身上伤口过多，失血而亡，但更多的人还能勉强支撑。

就算如此，驱魔关城楼上还能保持站立的士兵也已经不足十分之一，只有那些实力非常强大的人才能坚持到现在。

不得不说的是，光耀天使骑士团很大程度地幸存了下来。倒不是因为他们对于西迪的禁咒抵抗力很强，而是因为他们身上穿着厚重的骑士铠甲啊！要把这身铠甲脱下来可不是一件容易的事，在躁动之中更是不得法。因此，在铠甲的保护下，他们受到的伤害反而是最小的。他们当中少有伤亡，只不过现在大多也都失去了战斗力。如果让天魔生欲舞再持续一会儿，他们也难逃欲火焚身而亡的下场。

此时，在这些光耀天使骑士的眼中，骑着星王、左臂发出七彩光芒的龙皓晨简直就如同救世主一般。

是圣骑士长，是他们的圣骑士长啊！此时，圣骑士长正用他强大的实力遮挡着敌人的禁咒。一时间，每一位光耀天使骑士的心中都升起了无尽的崇敬。他们勉强爬起来，朝着龙皓晨的方向行了一个骑士礼。

采儿在母亲的搀扶下勉强站起身，她看着城墙外炫目的七彩光芒，泪水忍不住流淌而下。

龙皓晨没有辜负她的信任与期望，他终究还是力挽狂澜，帮助刺客圣殿抵挡住了最致命的攻击。

或许，禁咒折射是巧合，可谁又能说，这不是光明之子带来的天意呢？同样的巧合还有谁能够做到？

"噗！"

突然，七彩光芒破碎，渐渐在空气中消散。

从龙皓晨释放出日月神蜗盾的光芒笼罩驱魔关城楼，到光芒消散，他和星王坠落，一共也就十几秒的时间。可就是这十几秒，挽救了整个驱魔关。

远处，天魔生欲舞已经徐徐消散。因为强行打断自己的禁咒，西迪承受了强烈的反噬，此时，她嘴角处还流淌着一丝粉红色的血液。她的目光不自觉地投向驱魔关城楼上的龙皓晨。

西迪发现，龙皓晨也正在看着她。令西迪的身体再次一震的是，哪怕龙皓晨自身的灵力已经严重透支，身体已经陷入极度虚弱的状态，他的双眸依旧是那么澄澈，澄澈得没有半分杂质。

西迪再次闷哼一声，喷出一口血液，向魔神们说道："我们断后，下令大军撤退。"

其实，魔族早就溃退了。刺客圣殿强者们的冲杀，加上天魔生欲舞的影响，还有魔族士兵之间的相互践踏，已经令这支魔族大军溃不成军。

魔族统率军队的能力本就不是很强，它们的个体很强大，战斗本能远非人类能够相比。但也正因为如此，调动魔族军队也是极为困难的。在先后受到几次严重的打击和影响后，哪怕是魔神们的命令，一时间也无法令这支魔族大军完全听从。

"还在等什么？给我开炮，全力开炮！"恢复神志的圣灵心，几乎是声嘶力竭地喊出这句话。

此时的他，因为情绪太激动，身体甚至在剧烈地颤抖着。

他清醒过来的时候，正好是龙皓晨的七彩光芒收敛的时候，眼看着龙皓晨从天而降，落在驱魔关城楼，他当时的心情可想而知。是自己的准女婿又一次拯救了驱魔关。魔族大军的混乱他也看在眼里，此时不痛打落水狗更待何时？

可惜的是，驱魔关的将士由于受到天魔生欲舞的影响，此时完全恢复神志的还只有少数人。就算是清醒的人，其身体状态也很差，操作不了魔导大炮，以至于真正发射的魔导大炮也就几门而已。

不过，驱魔关的将士无法发起有效的反击，并不代表刺客圣殿的强者也不行。之前退回来的圣月，此时又带着一众刺客圣殿的强者杀回去了。

他们人数虽然不多，但无一不是刺客圣殿的精英。而且，局势转变，也令圣月恢复了冷静。他并没有带领刺客圣殿的强者们向魔族大军深处冲击，而是在外围全力斩杀着处于混乱中的魔族。

六大魔神在全力收拢魔族大军，根本顾不上圣月他们这边。受到天魔生欲舞影响的魔族在圣月他们面前毫无抵抗之力，一片一片地倒下。

虽然战斗尚未结束，但这些刺客圣殿的强者完全可以预见，一场前所未有的胜战就摆在他们眼前。

韩羽此时已经来到龙皓晨身边，向城楼上的圣灵心喊道："总长大人，请送采儿过来，我们有办法加快她灵力恢复的速度。"

此时大局已定，驱魔关城楼上需要做的就是救死扶伤。圣灵心赶忙和蓝妍雨一起，将半昏迷状态的采儿送到龙皓晨身边。

龙皓晨尽管十分虚弱，但精神状态还很好。他看着采儿嘴角处的血丝，忍不住将她搂入怀中，眼神中尽是怜惜。

柔和的白光就在这时候从韩羽体内散发出来，瞬间笼罩了直径约十米的范围。

一年半以来，他的光之庇佑灵炉已经完成了一次进化，覆盖范围比以前更大了，效果也更强了。此时的光之庇佑在大幅度加速灵力恢复的同时，还有着极强的治疗效果。之前韩羽的消耗并不严重，他立刻施展了一个光系治疗魔法在采儿身上，缓解着她身体的透支。

光之庇佑自然不只是落在龙皓晨和采儿身上，星王、圣灵心夫妇以及周围的一些驱魔关将士也被笼罩其中。

圣灵心吃惊地感受着自己体内灵力的变化，不禁大为震撼。这是灵炉的力量？这究竟是什么灵炉？在他的记忆中，光系灵炉中并没有这样的存在啊！如此强大的恢复能力，足以媲美一级灵炉了吧。看来，自己真是落伍了，现在的年轻人的实力竟然已经达到了如此程度。

在光之庇佑灵炉的作用下，龙皓晨体内的虚弱感渐渐消失，星王也有了几分精神。

采儿渐渐从半昏迷状态中清醒过来，当她发现自己在龙皓晨怀中时，索性又闭上了眼睛。失去了记忆的她，也失去了以前的那份坚强，如今的她，更多的时候只是一个柔弱的少女而已。在身体虚弱的情况下，她更需要一个温暖的怀抱来依靠。

这场战斗持续的时间并不长，但在驱魔关对抗魔族的战争之中，起到了近乎决定性的作用。

魔族不只是大量将士被杀伤，更重要的是，它们的士气受到了前所未有的打击。

对于驱魔关来说，以相对小的损失使魔族受到重挫，这是一次彻彻底底的胜利。再加上先后两位魔神的殒命，驱魔关一直以来的劣势地位可以说是得到了根本性的扭转。六大魔神再想进行这种全面性的攻击，驱魔关未必会怕了。

用了两个多小时的工夫，魔族大军才算是完全退去。驱魔关前留下了大量魔族的尸体，恢复了一点体力的驱魔关将士在圣灵心的指挥下迅速出城，打扫战场。

魔族的尸体被堆积在一起，将士们挖去魔晶后立刻将其点燃，以免尸体腐烂带来瘟疫，同时也断绝魔族把它们当作食物的想法。一直到傍晚，这场战斗才算是完全落幕。

远处，勉强集结起来的魔族大军连中军大帐都被烧没了，剩下的粮食更是少得可怜，那景象着实有些凄凉。

这是一场决定性的大胜，驱魔关将士们的士气变得前所未有的高昂，身体上的伤也在快速恢复。大量魔晶的补充更是令所有魔导大炮重新拥有了发威的能力。

在接下来半个月的时间里，驱魔关对魔族完全采取了强势的态度。圣月亲自带领着刺客圣殿的精英，先后数次趁着夜色突袭魔族，每次都是停留片刻就撤走。虽然带给魔族的损失不大，但搅扰得失去了营帐的魔族不安宁。在后勤补给匮乏，全军士气全无的窘境下，情魔神西迪不得不下令全军后撤五十里，和驱魔关拉开距离。

而这个时候，来自圣殿联盟的一批全新的物资和三万预备役士兵进驻驱魔关，给驱魔关带来了足够的生力军。用圣月的话说，以目前的态势，驱魔关再守几年都没问题，甚至可以随时向魔族发动反攻。当然，前提是魔族不在前线增兵。

魔族有没有增兵的可能？

答案当然是有可能，但这种可能性是微乎其微的。

发动这场战争，对于魔族来说也有着巨大的压力。魔族几乎要动用全族之力，才能同时在六大雄关威胁人类。一年半的战争，已经令魔族和圣殿联盟的实力大幅减弱。魔族当然还有一定的后备力量，而且，最强大的逆天魔龙族、月魔族和星魔族都还没有加入战斗。

这也是魔族的底牌，如果真将这张底牌拿出来，那到时候必定是你死我活的局面了。

魔神皇又怎会不慎重呢？

而且，虽然驱魔关外的魔族大军受到了空前打击，其本身实力破关不足，防御却有余。以驱魔关目前的整体实力，如果是在平原上与魔族大军发生正面冲突，依旧是占不到便宜的。

因此，魔族也没有增兵的必要。至于情魔神西迪怎么向魔神皇交代这场惨败，那就是她的事情了。

御魔山脉的小路上，龙皓晨和采儿坐在星王的背上，韩羽站在一旁，三人此时都遥望着驱魔关。

采儿早已泪眼蒙眬，她依偎在龙皓晨的怀中，身体轻轻地颤抖着。

她忘不了临走时曾祖和父母的眼神，他们没有送她出城，因为他们怕自己抑制不住难过的情绪。

驱魔关的形势已经稳定下来，也是龙皓晨他们该离去的时候了。

龙皓晨搂紧采儿，低下头说道："我们会回来的。"

"嗯。"采儿轻轻地点了点头，"我们走吧。"她怕再不离开，自己或许真的会冲回驱魔关。

驱魔关大战的最终结局是谁也没有预料到的。龙皓晨和采儿在这场大战中起到的作用毋庸置疑。采儿直接被刺客圣殿宣布为殿主继承人，而龙皓晨也得到了刺客圣殿中非内部成员的最高荣耀称号——刺客圣殿荣誉殿主。

这份荣耀的赋予并没有受到任何阻挠，实在是因为龙皓晨为刺客圣殿做出的贡献太大了。

凭借着日月神蜗盾对禁咒的折射，他力挽狂澜，硬是扭转了局面，极大地重创了魔族，也避免了驱魔关覆灭的可能。

可以说，他挽救了驱魔关，挽救了刺客圣殿。授予龙皓晨"刺客圣殿荣誉殿主"称号一事得到了刺客圣殿高层的一致同意。再加上他和采儿之间的关系，龙皓晨在刺客圣殿以及驱魔关的声望已经堪比圣月。

精金十二号这个名字，已经被驱魔关的将士牢牢记住。骑士圣殿新一代的圣骑士长被称为刺客圣殿永远的伙伴和亲人。

龙皓晨他们的路还要继续走下去。下一站，他们将前往魔法圣殿所在的加陵关，与林鑫会合。

龙皓晨在离开御龙关的时候也没想到自己真的能在其他圣殿完成一百万点功勋值的任务。事实上，他对驱魔关所做的贡献，其意义远远超过了一百万点功勋值的意义。

　　同时，他也更加期待与其他伙伴会合，重组帅级六十四号猎魔团。

　　闭关结束后的几场战斗，为龙皓晨建立了充分的信心，他现在已经真正成长为一代强者。哪怕是面对魔族的九阶强者，他自问也有一拼之力。

　　圣殿联盟一直那么包容他、重视他，他几乎是迫不及待地想要为联盟做出自己的贡献。

　　只有敌后的魔族领地，才是他真正的舞台；只有在那里，他才能无所顾忌地释放出自己的实力。

　　星王掉转头，后腿用力，下一刻，它已经带着龙皓晨和采儿腾空而起，朝着南方飞去。韩羽也展开自己的一对灵翼紧随其后。

　　帅级六十四号猎魔团的七人，现在已经聚齐三个，接下来他们就要迎回其他伙伴。

　　星王飞得很稳，坐在它背上，就像是坐在地面上一般，丝毫感受不到气流的冲击。

　　韩羽此时已经有七阶修为，灵翼足以支撑他飞行一段时间了。龙皓晨本来是邀他一起坐在星王上的，反正星王的身体庞大，有足够的地方。但韩羽还是拒绝了，难得龙皓晨和采儿有单独相处的时间。

　　看着他们，韩羽心中不无羡慕。在帅级六十四号猎魔团中，龙皓晨有了采儿，林鑫有了李馨，王原原有了张放放，陈樱儿也有未婚夫，就连司马仙都有了他的目标——圣盟大拍卖场的"小白花"。只有韩羽还是单身一人，要说他完全没有想法那是不可能的。

　　在他心中，同样有一个倩影，只不过，这个倩影并不算太清晰。

　　韩羽的想法和其他人不同，身为一名猎魔者、龙皓晨的扈从骑士，他心中的目标其实只有一个，那就是紧紧追随着龙皓晨的脚步，提升自身实力。他希望有

187

一天自己能够和龙皓晨一起身穿神印王座所化的甲胄，并肩与魔族对战。

虽然他能感觉到自己和龙皓晨之间的差距一直在拉大，但他心中的执念始终没有消失过。只要努力就有机会，不努力，则一点机会都没有。他不是光明之子，他自问自己能够做的都尽可能地去做了。他会继续努力，继续追随龙皓晨。

在骑士圣殿的一年半的时间里，龙皓晨还在闭关的时候，韩羽就惊讶地发现，在同龄人之中，几乎没有谁可以与自己相比。他和龙皓晨之间的差距确实不小，但是，往后看一眼，也会发现，原来自己在其他骑士眼中同样是天才。

往前看，追逐着龙皓晨，就意味着自己始终能够保持天才的实力。与光明之子一起战斗，对他而言也能起到巨大的促进作用。

从驱魔关到加陵关的距离相对较近。加陵关左侧是一片巨大的湖泊，右侧是御魔山脉。从地势来看，加陵关地处高原，大有一夫当关万夫莫开之险。

在全部六大圣殿的六座雄关之中，守卫得最稳固的就是加陵关，实在是因为魔法师的杀伤力太过恐怖。

在六大圣殿之中，综合实力能够与骑士圣殿相比的，也就只有魔法圣殿了。魔法师将全部战斗力发挥出来时，要比骑士更加强大。

而且，魔法圣殿与战士圣殿交好，战士圣殿对加陵关有着强力的支持，两大圣殿相互配合，将加陵关守得固若金汤。

战争爆发以来，加陵关是接受联盟援助最少的雄关。凭借着魔法师强大的攻击力，他们甚至很少让魔族攻上城楼。

加陵关外的魔族大军也相当强大，以七十二柱魔神中排名第五的地狱魔神马尔巴士为首。这个阵容虽然不能和御龙关那边相比，但别忘了，御龙关那边的自然环境十分恶劣，而加陵关这边没有这个问题。

地狱魔族的绝大部分主力都在加陵关外，同时，驻守在这里的八大魔神中，有六位排在七十二柱魔神的前三十二位。

就算如此，魔族大军与加陵关之间更多的也只是保持对峙状态，没有进行实战。相对来说，双方的伤亡数量是六大战场中最少的。很多时候，双方都是以魔法对轰的形式进行战斗，谁也破不了对方的防御结界。

经过两天的持续飞行，龙皓晨他们已经远远看到了加陵关。从天空中俯瞰，首先看到的就是加陵关旁边那片巨大的湖泊，湖水澄澈如镜，反射着阳光，分外炫目。加陵关面积极大，至少是驱魔关的三倍。城楼宽阔、坚实，从高空中俯瞰，能够清楚地感受到这座雄关的威严。

进入这片区域后，龙皓晨能够明显感觉到空气中魔法元素的波动要比其他地方强烈许多。虽然他不知道这是为什么，但他知道这种环境对于魔法师来说显然是最合适的。而且，在浓郁的魔法元素中并没有黑暗元素的存在，魔族在这里可是占不到便宜的。

韩羽向龙皓晨道："老大，在骑士圣殿的时候我就听说，加陵关这边的防御力量最强。只是，魔法圣殿对自身实力的保护欲望很强，并不愿意抽调更多的魔法师支援其他圣殿。其实，他们积蓄的力量还有许多没有用出来。这一点，在联盟会议上受到了不少诟病。"

"嗯？"龙皓晨有些惊讶地看向韩羽。

"对抗魔族是咱们全人类的事，魔法圣殿难道还会如此自私自利吗？"龙皓晨疑惑地问道。

韩羽道："其实，也不能全怪魔法圣殿，毕竟培养一名魔法师所需要消耗的资源是所有职业者中最大的。尤其是高阶魔法师，任何一名对于魔法圣殿来说都是十分珍贵的。因此，他们只是就近支援了战士圣殿，对其他圣殿的支援力度就相对较小了。"

虽然韩羽没有说得很直白，但龙皓晨也隐隐能够感觉到他话语中的意思。

骑士圣殿和魔法圣殿之间的关系并不算太融洽，毕竟，这两大圣殿一直都是六大圣殿首席位置的争夺者。多年以来，魔法圣殿一直屈居第二位，心中又怎会服气？

比拼综合实力的话，魔法圣殿其实在很多方面都要胜过骑士圣殿，只是因为骑士圣殿有六大神印王座这六件神器在，三大神印骑士的个体实力又是魔法圣殿中任何一名魔法师无法单独抗衡的。正因为这样，魔法圣殿的地位才始终落后于骑士圣殿。

在联盟中，骑士圣殿的口碑要比魔法圣殿的好得多。战争开始之后，骑士圣殿对其他圣殿的支持就要比魔法圣殿的有力得多。当然，骑士圣殿给魔法圣殿的支持比给其他圣殿的支持也相对少一些。双方始终都处于一种隐隐的竞争关系之中。

再过几年，圣殿排位赛就要开始了，这也是联盟最重要的比赛，其重要性还要在猎魔团选拔赛之上。当然，这一届的排位赛还不知道能不能举行，如果战争持续下去，恐怕就很难了。

就在龙皓晨陷入思考的时候，远处，三道身影闪电般朝他们这边飞了过来。龙皓晨他们是从后方朝着加陵关方向飞去的，并没有隐藏自己的行迹，显然已经被加陵关方面发现了。

很快，这三道身影就来到了他们面前，是三名魔法师，背后的灵翼彰显着三人的身份，都是六阶以上的强者。

三人的魔法长袍颜色各不相同。为首的那名魔法师很年轻，看上去只有三十岁左右，他背后那一对灵翼相当宽大，修为恐怕在七阶以上了。以如此年纪就拥有七阶修为的魔法师并不多见。而且，这名魔法师竟然也是光系的，相貌也十分英俊。

看到一身精金基座铠甲的龙皓晨，这名光系魔法师不禁微微一愣，而当他看到龙皓晨身边的采儿时，眼眸中更是流露出一丝惊异。

采儿不仅容貌绝美，更有着一种难以形容的气质，是普通女孩子完全无法比拟的。

这是神眷体质所带来的，也是采儿在轮回灵炉的磨炼中逐渐形成的。如果她没有失去记忆，这种气质还会更加明显。

"您好，精金基座骑士。请问三位有什么事吗？"光系魔法师很快就将目光转移到龙皓晨身上。骑着星耀独角兽王，再加上一身精金基座铠甲，毫无疑问，他才是眼前这三人中的领袖。

龙皓晨淡然一笑，道："您好，我们此次前来是为了找一位朋友。同时，如果加陵关有需要的话，我们也愿意协助加陵关共抗魔族。"

第192章
魔法圣殿

光系魔法师眼神中流露出一丝细微的变化，微笑着道："那您找的朋友是谁呢？我们加陵关防守暂时还是没问题的。"

一旁的韩羽眉头一皱，上前道："是否可以先带我们进入加陵关再说？"这名青年魔法师虽然优秀，但毕竟只有七阶修为，龙皓晨身穿精金基座铠甲，代表着他在骑士圣殿的崇高地位。一名普通的七阶魔法师就这样在空中拦阻并且详细盘问，显然是于理不合的。

光系魔法师微微一愣，但神色很快就恢复了正常，道："对不起，我失礼了，三位请跟我来。"说着，他掉转身体，招呼上两位伙伴，朝着下方的加陵关飞去。

韩羽的脸色这才和缓了几分，跟随着星王一起向下方飞去。

采儿向龙皓晨低声道："我不喜欢刚才那个人的眼神。"

龙皓晨轻轻地点了点头，他自然也看到了，刚才那名光系魔法师在盯着采儿看的时候，丝毫没有掩饰。不过，他并未太过在意，圣殿联盟是由六大圣殿组成的，现在又是战争时期，虽然对方礼数差了点，但他也不愿与对方计较什么。

很快，六人就飞到了距离加陵关上空五百米左右的位置。前面的三名魔法师身上光芒一闪，隐约中能够感觉到他们身上产生了强烈的魔法波动，然后他们就继续向前飞行了。

"韩羽，等一下。"龙皓晨突然叫住韩羽，同时也让星王停了下来。

"怎么了，团长？"韩羽疑惑地问道。

龙皓晨略微露出几分疑惑，道："似乎有防御结界。我们没有通过的封印印记，会被结界拦阻。"

听他这么一说，韩羽勃然大怒，向已经飞入结界内的三名魔法师怒道："你们什么意思？"

那三名魔法师见龙皓晨他们并未跟着飞过来也是一愣，为首的光系魔法师露出一脸惊愕之色，然后赶忙歉然道："对不起，我忘了给三位封印印记了，实在是抱歉。"说话间，他重新飞了出来，将三个宛如令牌一般、有着强烈魔法波动的印记递给了龙皓晨他们。

韩羽双眼微眯，沉声道："你真的是忘记了吗？"

那名光系魔法师脸色一变："这位骑士朋友，你什么意思？难道我还是故意的不成？"

韩羽冷笑一声："是不是故意的你自己清楚。"

光系魔法师淡然道："你们骑士不是很强大吗？联盟第一圣殿，就算没有这印记，小小结界应该也拦不住各位吧。没想到，原来你们骑士也畏惧我们魔法圣殿的结界啊！"

听他这么一说，韩羽顿时被激怒了。正当他想要发作之时，却被龙皓晨抬手拦住了。

"我们走吧。"龙皓晨只是淡淡地说了一句，就让星王向结界内飞去。

这时，光系魔法师脸上露出一丝不易察觉的得意。

果然，当星王飞到之前三名魔法师身上产生强烈魔法波动的地方时，一个透明的光罩挡住了他们的去路。

龙皓晨和采儿手中的封印印记顿时发出柔和的光芒，而星王的身体却无法进入其中。

这显然不是什么失误了，分明是那名光系魔法师故意的，他怎会不知道魔兽通过结界需要特殊的印记呢？

龙皓晨回过身，冷冷地看了一眼那名光系魔法师。在他身前的采儿却突然发动了。

一股凌厉的杀气几乎是瞬间从采儿身上爆发出来，紧接着，一道灰色光芒瞬间向前射去。

只听空气中响起一道刺耳的声音，透明的光罩上顿时出现了一道黑色印记，紧接着，那黑色印记居然瞬间裂开，露出点点星光。星王双翼一展，就带着龙皓晨和采儿穿过结界飞了进去。

韩羽紧随其后，凭借着封印印记飞入了结界内。

那三名魔法师却是愣在了原地。

他们竟然真的破开了结界？

要知道，魔法圣殿这结界的威力虽然不是太强，但阻挡七阶强者还是没问题的。这是专门用来防御空中的魔族的，整体防御效果极佳，还有很好的预警作用。

那光系魔法师只是想为难一下龙皓晨他们，毕竟，从装扮来看，龙皓晨和韩羽都是骑士。他只想等龙皓晨再次开口，然后就帮助他们进入结界，却没想到他们竟然真的对魔法圣殿的结界动手。而且出手的还不是龙皓晨，而是那名绝美的女子。她刚才动手时瞬间爆发的杀气让这名光系魔法师不禁全身一阵发冷。这是什么修为才能做到的啊！

星王飞入了结界内，这次龙皓晨可没有再等那三名魔法师，直接让星王朝着加陵关内飞去。人敬我一尺，我敬人一丈。龙皓晨之前一直在隐忍，但身为骑士圣殿的代理圣骑士长，他也不能忍得过头了。

光系魔法师定了定神，赶忙拍动背后双翼朝着龙皓晨他们追去。

眼看着龙皓晨他们就要进入加陵关了，十几道身影突然从下方飞翔而至，迅速朝着他们迎了上来。

"别动手。"一个苍老的声音响起。十几道身影立刻分散开来，将龙皓晨三人围在中间。

星王没有再继续向前飞行，悬浮在半空之中。

拦住他们去路的依旧都是魔法师。为首的是一名老者，他背后双翼的宽度竟然超过八米，身体周围那近乎黏稠的魔法元素彰显着他崇高的身份。

"精金基座骑士？你好，可是你们触动了魔法结界？"

老者看到龙皓晨身上的精金基座铠甲，敌意顿时消失了，向龙皓晨行了一个魔法师的礼节。

龙皓晨右拳横胸还礼："您好，我是骑士圣殿的代理圣骑士长，您可以称呼我为精金十二号。结界是我们破开的，但这应该只是一个误会。"

光系魔法师此时已经带着两名同伴飞了过来，看到这位老者，他的脸色略微一变，上前行礼："您好，费长老。"

看到是他，费长老的脸色缓和了几分："轩辕炎，这是怎么回事？这位代理圣骑士长为什么会破开我们的结界？"

他这话一问出来，就显现出了魔法圣殿自身的强势。龙皓晨是代理圣骑士长，他却向自己人询问原因，而且说的话可不算客气。

轩辕炎的脸色有些尴尬，赶忙道："费长老，是我的错，我忘了给代理圣骑十长足够的封印印记，他的坐骑没能通过，所以，他们就破开结界自己进来了。"

听他这么一说，费长老双眉微挑，向龙皓晨微微一笑，道："原来是个误会，代理圣骑士长果然是好修为。"

龙皓晨淡然一笑，道："不敢当。还请长老引我们入城。"

费长老并没有责怪轩辕炎，反而是隐隐地刺了龙皓晨一句。龙皓晨却像是没听见一样，这里是加陵关，他是来对抗魔族的，可不是来和魔法圣殿找别扭的，人家愿意护短，那就随人家护短吧。

"请。"费长老扫了轩辕炎一眼后，这才引着龙皓晨向加陵关内飞去。其他魔法师也立刻散开在两边。

轩辕炎看着龙皓晨他们的背影，眼中寒光闪烁："骑士圣殿来个代理圣骑士长干什么？"龙皓晨并未说过他什么，可正是这份无视令他心中更加愤怒。自从费长老出现后，龙皓晨甚至都没朝他这边看过一眼。对于身为魔法圣殿天之骄子的他来说，这本身就是极大的刺激了。

费长老一直引着龙皓晨三人飞向加陵关，星王四蹄落地之时，龙皓晨也带着采儿纵身落下。这是礼节，在人家的地盘，非战斗之时骑坐骑是不礼貌的。

费长老不禁暗暗点头，心中暗想，这位代理圣骑士长倒是好涵养，轩辕炎是什么脾气他再清楚不过，肯定是他先挑衅人家的。只是想到魔法圣殿和骑士圣殿之间的地位之争，他不得不站在轩辕炎这边，但龙皓晨的表现令他不由得生出几分好感。

"圣骑士长，我先带您到我们圣殿去休息吧。稍后我会通知殿主。"费长老对龙皓晨生出了几分好感，说的话也就客气多了。

以骑士圣殿代理圣骑士长的身份，是足以得到魔法圣殿殿主的接见的。

"那就麻烦您了。"龙皓晨道，"哦，对了，问您一下，林鑫还好吗？就是贵圣殿副殿主林辰圣魔导师的孙子。"

林鑫的爷爷是八阶圣魔导师，也是副殿主，主要负责管理魔法圣殿在圣殿联盟的事务。六大圣殿在联盟的副殿主基本都是八阶巅峰修为，主要是因为更强实力的强者都留在各自圣殿了。这几位副殿主都是为各自圣殿做出了极大贡献后被破格提拔的。

"您认识林鑫？"费长老惊讶地看着龙皓晨。

龙皓晨点了点头，道："是啊，林鑫是我的好友。"

费长老听他这么一说，神色顿时变得古怪起来。他的表情也吓了龙皓晨一跳。

龙皓晨急切地问道："怎么了，费长老？难道林鑫出事了？"

"没有，当然没有。"费长老赶忙道，"林团长很好，我先带您去休息，然

196

后去通知他来见您。"

"团长？林鑫是什么团的团长了？"韩羽在一旁不禁好奇地问道。

费长老微微一笑，道："林团长现在执掌魔法圣殿法师一团，麾下有五百名火系魔法师，是我们加陵关对抗魔族大军的中流砥柱。"

韩羽听他这么一说，顿时笑了起来："副殿主之孙果然不一样啊！他连攻击魔法都不会，居然也能指挥一支魔法师大军了。"

费长老的神色顿时变得严肃起来，道："这位骑士，请收回你刚才的话。林团长是凭借他为加陵关所做的贡献，累积军功而成为法师一团团长的，与他是林辰副殿主之孙毫无关系。还有，谁说他不会使用攻击魔法？林团长的战斗力在同阶魔法师中绝对是首屈一指的。就算是一些修为比他高的魔法师，在战场上发挥出的作用都很难和他相比。"

韩羽一愣，失笑道："难道我还没你了解他吗？我和他可是同一支猎魔团的。他什么时候学会攻击魔法了？"

费长老惊讶地道："你和林团长竟然是同一支猎魔团的吗？可是，林团长的攻击魔法确实十分厉害啊！"

韩羽也不再争辩，微笑着道："或许吧。我都已经有很长时间没见过他了，说不定他又学了什么呢，等见到不就知道了。"

魔法圣殿的主殿是一座巨大的宫殿，从这座建筑就能看出魔法圣殿的富有。宫殿高达六层，是加陵关最高的建筑，仅仅是第一层，高度就超过二十米。建筑风格古朴典雅，第一层顶端有一个巨大的六芒星标记。六芒星周围有代表各种魔法属性的光团在围绕着它旋转，应该是有什么特殊的法阵作用。

走进这座宫殿，是一个宽阔的大厅。高大的穹顶，华丽的装饰，奢华却不庸俗，魔法标记随处可见，周围墙壁上都是密密麻麻的高等精灵文字。走进这里，能够明显感觉到空气中各种属性的元素波动比外面强了一倍以上。只是因为各种属性有些驳杂，略显混乱。不过，这近乎黏稠的魔法元素也足以给人震撼的感觉了。就算是普通人来到这里，也能感觉到空气与其他地方的不同。

大厅正面内侧有六尊巨大的雕像，最里面的两尊雕像分别是金色和黑色，外面的四尊则分别是蓝、红、黄、青四色。六尊雕像形态各异，其中金色和蓝色的雕像是女性，其他四尊雕像是男性。

这六尊雕像就是魔法圣殿所信奉的六大元素之神，代表着水、火、土、风、光明与黑暗。

魔法师属性各异，并非只有这六种，还有其他一些衍生属性，例如雷、电、冰等。但魔法界认为，其他所有属性都是以这六大元素属性为基础的，所以，这六种基础元素就是一切魔法的根本，元素之神也就是他们所信奉的最高神明。

魔法圣殿的规矩龙皓晨三人都知道，他们同时举步上前，略微向那六尊元素雕像躬身行礼。

就在这一刻，奇异的一幕出现了，内侧的光明女神雕像居然亮了一下，并发出柔和的金色光芒。

费长老大吃一惊。要知道，这六尊元素雕像可不是随便摆在这里的，是真的六大元素之神在这个世界留下的神迹，魔法圣殿的先辈们想尽办法才将这些神迹聚集在魔法圣殿之中。加陵关那强大的结界就是以这六尊雕像为核心而设置的。可以说，这六尊雕像结合在一起就是一件全属性神器，也是魔法圣殿最珍贵的宝物。

此时，光明女神雕像发出光芒，这就意味着有与它同源的力量将它的气息引动了。而费长老一直注意着龙皓晨三人，他们三个刚才可是什么也没做啊！

这是怎么回事？

更让费长老吃惊的还在后面。光明女神雕像发出的柔和金光渐渐聚拢，化为一根金色光柱笼罩在龙皓晨身上，令他那精金基座铠甲上发出的橘红色光芒看起来更加绚丽夺目。

在这魔法圣殿的大厅中可不是只有他们这几个人啊，还有其他人也在这里。当光明女神雕像显现神迹之后，龙皓晨他们立刻就成了全场的焦点。

龙皓晨也没想到会发生这样的情况，被那柔和的金色光柱笼罩，温暖的光元素在他体内穿梭，让他有一种说不出的舒服。在他的感觉中，那光明女神雕像就像是抚慰孩子的母亲一般，不会增强他的实力，却能抚慰他的心灵。

从光明女神雕像上散发出来的光元素十分奇异，并没有什么灵力波动，但无比纯净。龙皓晨的心灵再次得到了洗涤，就和他得到日月神蜗盾时一样。

这可是可遇不可求的好机会啊！灵力可以通过修炼得到，但去除内心的杂念就要比修炼灵力困难得多，必须平心静气地长时间修炼才能做到。而对于身为光明之子的龙皓晨来说，他的内心越纯净，对光元素的感知就会变得越强大。无论是修炼还是使用技能，效果都会更好。

光明女神雕像发出的光芒并没有持续太长时间，只是十几次呼吸的工夫，光芒就已经收敛，一切都重新恢复了正常。

但就是这么短暂的工夫，魔法圣殿的大厅内已经至少有数十名魔法师驻足观看，眼中满是惊讶之色。

眼看着金光消失，那位费长老不由得快步来到龙皓晨身边，急切地问道："尊敬的圣骑士长，您刚才是怎么做到的？这太不可思议了。"

龙皓晨此时也已经从被光元素洗涤的舒畅中苏醒过来，摇了摇头，道："我什么也没做，一切好像都是自然而然出现的。这种现象很特殊吗？"

费长老毫不犹豫地说道："当然很特殊，元素雕像上一次显现神迹的时候还是殿主继位之时。殿主大人是风元素使者，当时风元素之神雕像出现了神迹，就和您刚才的情况一样。我当年有幸随老师见证了那一幕，如果我没记错的话，那一次的神迹只维持了数秒，远没有您这次的时间长。您真的什么都没有做吗？"

龙皓晨再次摇头，不肯再说什么。周围的魔法师并没有要散去的意思，全都用惊奇的目光注视着龙皓晨。

其中一名年轻的女魔法师上前几步，很不客气地道："你是代表骑士圣殿来向我们示威的吗？"

这名女魔法师相貌姣好，身材修长，一身青色魔法袍显得干净利落，青色发带束住一头黑色长发，发带中央有一颗菱形的青色宝石。她右手握着一柄长柄法杖，法杖通体呈晶莹剔透的青色，就像一块青色水晶一般。法杖顶端镶嵌着一颗足有鹅蛋大小的透明宝石，奇异的是，那透明宝石内部有青色的风在不断地飘动着，仿佛这宝石中储存了一团龙卷风一般。

龙皓晨眉头一皱，沉声道："六大圣殿本是一家，同属于圣殿联盟。这位魔法师，请你慎言。"

女魔法师并不理会龙皓晨，而是向费长老道："长老，刚才的事我要去向老师回禀。"

费长老点了点头，道："正好，我也要去找殿主大人，你告诉殿主，骑士圣殿的代理圣骑士长到了。"

"代理圣骑士长？好。"女魔法师甚至没有再和龙皓晨打个招呼，立刻就转身离去了。其他魔法师这才纷纷散去。

费长老有些歉然地对龙皓晨道："对不起，圣骑士长，谭丸失礼了，我替她向您致歉。"

韩羽沉声道："她是什么人？竟然对我们的圣骑士长如此失礼，这件事我们会向联盟提交报告。"

费长老苦笑道："这姑娘我也管不了，她叫谭丸，是殿主大人的嫡传弟子，也是唯一的弟子，一向眼高于顶。她已经二十六岁了，却仍未婚配。不过她确实有骄傲的资本，小小年纪就已经有七阶三级的修为。她和轩辕焱、林鑫并称为魔法圣殿年轻一代的'三杰'，都是三十岁以前就达到了七阶的。"

韩羽惊喜地道："林鑫也已经突破七阶了吗？那真是太好了。团长，这下我们可以……"

他刚说到这里，就被龙皓晨用眼神止住了话头，韩羽也意识到了自己的失言，赶忙住口。

不过，他这一声团长还是引起了费长老的注意。之前韩羽说过，他和林鑫是同一猎魔团的队友，而他刚刚又叫龙皓晨团长，岂不是说他们几个都是同一支猎魔团的？

每一届猎魔团选拔赛对参赛者都是有年龄限制的，如果说龙皓晨是他们的团长，那么，他就算比韩羽他们大，应该也大不了多少啊。

可是，他穿的是精金基座铠甲啊，说明他至少是八阶强者。而且，能够成为精金基座骑士的，无一不是八阶骑士中的佼佼者，甚至有可能是九阶神圣骑士。

以和韩羽、林鑫相差不多的年纪成为一位精金基座骑士，这完全是没可能的吧。至少在费长老心中，绝不相信会有这种天才存在。而且，这位精金基座骑士还是代理圣骑士长，穿的也是史诗级的精金基座铠甲，那他就应该是精金基座骑士中的最强者。此外，他一定对骑士圣殿做出了足够大的贡献，才会获此殊荣。一旦获此殊荣，在圣殿联盟的地位也就不一般了。圣骑士长韩芡，现在在圣殿联盟就完全是骑士圣殿殿主、联盟盟主杨皓涵的代言人。

不过，费长老并没有问出自己心中的疑问，一是因为他的地位还不能和龙皓晨相比，另一个也是因为不好打探人家的秘密。而且，龙皓晨的光明属性说明了他不可能是内奸。

在费长老的引领下，龙皓晨三人来到了魔法圣殿第二层，分别被安排在三个房间中。

龙皓晨三人也算是一路风尘，他们简单地梳洗了一下，吃了些魔法圣殿送来的食物，然后就聚集在龙皓晨的房间内。

"魔法圣殿对我们不怎么友好啊！"龙皓晨微笑着说道。

韩羽没好气地道："何止是不友好，简直就是敌视。"

龙皓晨眉头微皱，沉声道："没想到魔法圣殿和我们骑士圣殿之间的关系已经变得如此紧张。这样下去，恐怕以后会出大问题。现在有强敌在外尚且如此，如果战争结束后依旧这样，那么，不用魔族攻击我们，联盟内部就会不攻自破了。"

韩羽点了点头，道："咱们骑士圣殿和魔法圣殿之间的矛盾由来已久。几乎每次圣殿排位赛最后的决赛都是在我们两大圣殿之间进行。魔法圣殿一直被骑士圣殿压着，他们会甘心才怪。所以，在联盟的各种事务中，两大圣殿虽然不能说处处作对，但关系上绝对算不上好。"

龙皓晨道："等林鑫来了再说吧。听刚才那位费长老的意思，林鑫现在在魔法圣殿的地位不低，希望他能从中调解几分。"

正在他们说话的时候，外面传来一个恭敬的声音："圣骑士长大人，殿主有请。"

龙皓晨三人对视一眼，同时站起身。

门外，一名青年魔法师等在那里，看到龙皓晨，立刻做出一个请的手势。

采儿和韩羽准备跟上去，却被青年魔法师拦住了："对不起二位，殿主只是要见圣骑士长大人。"

韩羽本来就憋了一肚子气，这一下又被拦住，顿时就要发作。龙皓晨回过神，向他摇了摇头，这才令他压住怒气。

"你们先回房间休息吧，我去去就回。说不定待会儿林鑫就找来了。"

龙皓晨跟着那名青年魔法师一直来到魔法圣殿顶层。顶层的入口处是一扇高达三米的光门。

穿过光门，龙皓晨顿时吃了一惊。

光门里面是一片开阔的空间，比在外面看到的魔法圣殿要大得多，而且魔法元素更加黏稠，更加纯净。

巨大的厅堂直径足有数百米，周围有一扇扇门户，大厅中央有一颗光芒闪烁的六芒星。那名青年魔法师将龙皓晨带到六芒星处，道："您踏上魔法阵就可以进入殿主大人的办公室了。"

龙皓晨有些好奇地问道："那这一层又是什么地方呢？"

青年魔法师道："这里的每一个房间都是一个试炼场，其中还有一些是高阶魔法师的住处，只有圣魔导师以上级别的前辈才能居住在这里。"

龙皓晨从这名青年魔法师眼中看到了毫不掩饰的骄傲，龙皓晨也没有表示什

202

么，向前跨出一步，迈入了面前的六芒星魔法阵之中。

光芒一闪，下一刻，他已经来到了一个单独的空间。

周围尽是波动的光芒，水、火、土、风、光明和黑暗六种元素的气息扑面而来。视线无法穿越这些波动的光芒。龙皓晨将精神力释放开来，才隐隐感觉到这似乎是一个单独的空间位面，和自己原本的位面有着一丝若有若无的联系。

"好强大的精神力！圣骑士长如果愿意成为一名魔法师，成就也一定会震惊世人。"一个苍老的声音响起。

紧接着，周围波动的光芒突然一闪，一位面带微笑的老者出现在龙皓晨面前，周围虚幻的景象也变得真实起来。

这位老者身穿朴素的青色长袍，长袍上甚至连一丝元素波动都没有，他手中也没有法杖，看上去就是一位再普通不过的老者。他身材不高，腰围却不小，胖乎乎的身体配上一脸微笑，给人十分和善的感觉。

在老者身边的正是之前龙皓晨见过的风系魔法师谭丸，此时她正有些警惕地注视着龙皓晨。

"您好，李殿主。我是骑士圣殿的代理圣骑士长，精金十二号。这里有我们骑士圣殿龙殿主给您的亲笔信。"说话间，他微微躬身，向这位李殿主行礼。

魔法圣殿这位胖墩墩的殿主名叫李正直，实力之强在整个联盟中也是数一数二的。千万不要以为他外表和善就为人也和善，实际上，在联盟的顶尖强者之中，就数他最心狠手辣。

当年，他曾孤身一人深入魔族境内，先后在魔族六个行省施展了禁咒。魔神皇震怒，派出月魔神阿加雷斯追杀他上万里，几乎穿越了整个魔族，胜负谁也说不清楚，但至少这位李正直殿主现在都还好好地活着。也正是这令他成名的一役，使他成为当代魔法圣殿的掌权者。

看着躬身的龙皓晨，李正直眼中流露出一丝深意，微笑着道："圣骑士长不必客气。"说话间，他右手一抬，一道青色光芒瞬间朝龙皓晨射去。

这青光看似是要扶正龙皓晨的身体，但真正冲击在他身上时，那股推动力令他大吃一惊。

他这是在试探我？龙皓晨本身并没有什么争强好胜之心，但他身为骑士圣殿的代理圣骑士长，在这个时候自然不能怯懦。

身体微微一用力，龙皓晨身上顿时出现了微妙的变化，一层淡淡的金色光晕从精金基座铠甲中散出，隐隐有轻微的嗡鸣声出现。

奇异的一幕出现了，那青光刚冲击到龙皓晨身上时，本来是在全力推动他的身体，但随着他身上这层金色光晕的出现，那青光就将他的身体包围在内了。青色与金色交相呼应，看上去说不出的奇异、绚丽。

女魔法师谭丸站在一旁也是瞪大了眼睛，她还是第一次看到有人能够用这种方法化解老师的试探。龙皓晨虽然是光系骑士，可此时给她的感觉就像是已经完全融入了李正直释放的风属性灵力之中，双方不分彼此却又泾渭分明。李正直这股灵力也显然不可能推动龙皓晨了。

"好！"李正直赞叹一声，"不动如山，凝罡自守，灵力内蕴。如果我没感觉错的话，圣骑士长这个技能应该是自创的，利用元素共振的频率令你的光明属性灵力与我的风属性灵力处于同一频段，从而使得我这没什么攻击力的灵力与你的灵力融合在一起。更令我惊讶的是，你这个技能居然可以和神御格挡结合，并且以身体使用出来，真是让人惊叹啊！看来，骑士圣殿又要出一位绝世强者了，真是让人羡慕。"

龙皓晨恭敬地道："李殿主谬赞了。您的实力才如汪洋大海一般，我只不过是一叶孤舟。"他这话完全是发自内心的。虽然他用自己加强版的光之荡漾抵御了李正直的灵力冲击，但是，那股灵力立刻犹如浩瀚的大海一般将他笼罩在内。想要从中冲出去，除非他动用极强的冲击技能。

李正直哈哈一笑，道："来，让我看看老龙在信上都写了什么。"说话间，他抬手向龙皓晨的方向一招手，一道细绳状的青光卷在龙皓晨手中的卷轴上，轻轻一带，卷轴就朝他的方向飞了过去。

虽然李正直刚刚施展的灵力很少，但他将灵力运用得十分巧妙，而且没有半点灵力外溢，其强度几乎达到了灵罡的层次。这种控制力，龙皓晨也是生平仅见。盛名之下无虚士，这位李殿主给他一种深不可测的感觉。

李正直根本没有问龙皓晨要开启卷轴的方式，而是直接抬手在卷轴上连点，手中的卷轴就已经摊开了。千万不要小看这几下，他这看似简单的点几下其实是破解了一个魔法卷轴的法阵。而且，这法阵可是神印骑士龙天印设下的。

龙皓晨能够清楚地感觉到，李正直并不是在故意卖弄，而是很自然地在用自己的灵力做着日常的事情。这样一想，他的肥胖原因也就很好理解了。灵力几乎帮他做了所有的事情，他的身体不怎么需要动，自然就会有脂肪堆积，变胖也就很自然了。

第193章
魔法圣殿殿主

　　李正直打开卷轴，看得十分认真，足足看了有几分钟之久。他的脸色随着对卷轴的阅读而不断出现变化。

　　合上卷轴后，李正直闭上双眼，似乎在思考着什么。半晌之后，他向身边的谭丸道："你先出去，我和圣骑士长有些话要说。"

　　谭丸一愣，她是李正直的嫡传弟子，也是唯一的弟子。她深知，自己这位老师虽然外表胖墩墩的，脸上也总是带着温和的笑容，但骨子里傲气十足，更是被誉为魔法圣殿千年以来第一天才。老师今年不过六十几岁，却已经超越了魔法圣殿的历代强者。论修为，就是骑士圣殿的三大神印骑士也未必比得过老师。之所以只有她一个弟子，是因为在魔法圣殿年轻一代中只有她的天赋得到了老师的认可，而且还是和老师同源的风系魔法师。

　　看到老师此时凝重的神色，谭丸立刻就明白眼前这位骑士圣殿的代理圣骑士长绝不简单，否则老师又怎会如此重视。

　　谭丸也继承了李正直骨子里的那份高傲，而且因为年纪小，这份傲气隐藏得不怎么好，经常会溢于言表，但这不代表她不聪明，正相反，她的聪慧和天赋连李正直都经常称赞。

　　听了老师的话，她只是略带惊讶地看了龙皓晨一眼后，就立刻乖巧地答应一声走向侧面。在一阵光芒波动中，她悄无声息地消失在了空气之中。

徒弟走了，李正直脸上重新挂起了那抹忠厚老实的微笑："现在可以摘下面具让我看看你的真面目了吧，骑士圣殿的光明之子。"

只见金光流转，宛如液体般的精金基座铠甲顺着龙皓晨的身体流淌而下，凝聚成精金基座出现在龙皓晨身后。龙皓晨右拳横胸，恭敬地道："骑士圣殿龙皓晨，见过殿主。"

看到龙皓晨那年轻的、英俊的面容，李正直也是微微一怔。虽然他很好地掩饰了自己的情绪，但内心的震撼依旧是极为强烈的。

龙天印在信里写得很清楚，龙皓晨是他的嫡孙，而且确实已经被正式任命为代理圣骑士长。同时骑士圣殿已经同意龙皓晨重组猎魔团，希望得到魔法圣殿的帮助。如果加陵关有需要的话，龙皓晨也可以为加陵关战斗一段时间，但不能超过三个月。

虽然在信中龙天印并没有提及龙皓晨的修为，但以李正直对龙天印的了解，他明白，以龙老头倔强的个性，哪怕是亲孙子，如果实力不足，也绝对无法穿上这身精金基座铠甲。再加上先前的试探，他已经能清楚地感觉到，龙皓晨的修为确实在八阶之上。

面前这个年轻人，身上散发出的光元素的纯净程度是李正直生平仅见。他相貌英俊，修为高深，而且，他的眼神十分平和，就像是已经修炼了四五十年的职业者，这种气质是自己的宝贝徒弟无论如何也无法比拟的。

李正直微微叹息一声，脸上露出一丝苦笑："我本以为，在不久之后，魔法圣殿有可能超过骑士圣殿，现在看来，依旧是不可能了。骑士圣殿的运气，真是我们无法比拟的啊！"

龙皓晨能听懂这句话的含义。他面前这位李殿主被骑士圣殿视为最大的竞争对手，也是目前联盟中纯粹修为最高的一位。其修为之深厚，甚至要超过那些已经修炼上百年的老牌称号级猎魔团的成员。单纯比拼修为的话，骑士圣殿三大神印骑士中没有一个比得过他。

在龙皓晨之前，骑士圣殿的希望都在龙星宇身上。但骑士圣殿也明白，论天赋，龙星宇比李正直要差一些，他今生的修为想要追上李正直几乎是不可能的。

可谁能想到骑士圣殿又出了一个龙皓晨呢？

从开始修炼到现在，才十几年的时间，龙皓晨就已经成为一名八阶圣骑士。这种提升速度再加上他神眷者的天赋，未来超越这位魔法圣殿殿主的可能性极大。

面对李正直的感慨，龙皓晨并没有吭声，只是默默地注视着他。

李正直将手上的卷轴收起，道："坐吧，我们聊聊。"

说话间，他带着龙皓晨走进身后的大厅，在沙发上坐了下来。

李正直的办公室装饰并不复杂，却给人一种厚重的感觉。所有家具都是用一种乌黑色的木头制作而成的，这种木头龙皓晨并不认识，散发着淡淡的香气。闻着这香气，龙皓晨能清晰地感觉到自己的精神力变得更加集中了。

办公室内最有特点的就是占满一面墙壁的书架，上面的藏书恐怕有上万册，给人一种古朴大气的感觉。而且，有那么几本书甚至让龙皓晨感受到了灵气，似乎这些书都是活的一般。

李正直微笑着道："龙皓晨，你这次前来应该是来找林鑫的吧。你知道吗？一年多前，在魔神皇发动战争之前，我是联盟高层中同意将你交出去的带头者。你知道为什么吗？"

龙皓晨微微一愣，他没想到这位魔法圣殿殿主说话竟然如此直接。

"因为联盟还没有做好应战的准备，我们和魔族的实力还有差距，我们还需要时间。"龙皓晨淡然回答道，仿佛李正直所说的根本就不是让他去送命。

李正直有些惊讶地道："难得你能以平常心来看待。很多人都认为，我这么做是为了打击骑士圣殿，是为了和骑士圣殿争夺第一圣殿的位置。你说得没错，联盟的积淀还不够。不过，我提出要将你交出去还有另外一个原因——我还没有准备好。"

"嗯？"龙皓晨看着面前这位胖墩墩的老者，心中突然产生了一种特殊的感觉。从李正直身上，他感受到了以前从未感受过的一种自信，那自信程度甚至可以与统治魔族的魔神皇媲美了。

李正直靠在沙发靠背上，悠然道："是的，我还没有准备好。六千年来，圣殿联盟一直在励精图治，积蓄实力。虽然六大圣殿之间难免有矛盾，但是，在魔族这个大敌面前，大家绝对是团结一致的。而我们想要向魔族发起反攻，收复失地，甚至是让魔族彻底从大陆上消失，我们就必须面对一个最重要的问题，那就是魔神皇。

"魔神皇枫秀，据说灵力已经高达一百万点，进入了另一个层次。如果联盟之中没有人能击败他，那么，就算联盟的实力已经压倒魔族又如何呢？最终依旧难逃失败的命运。所以我说，我还没有准备好。说句自大的话，在见到你之前，我一直认为，我是最有可能向他发起挑战，并且与他同归于尽的人。"

说到这里，李正直身上散发出的那份自信也变得更加强烈了。

"我今年六十七岁，如果再给我一百年时间，说不定，我真有那个机会。可是，如果联盟倾覆，那么最终的结局必然是悲剧。所以，我不能因为你一个人，葬送了这大好局面。可惜，骑士圣殿多年以来对联盟的影响力是我比不上的，最终我的提议还是被驳回了。

"不过，现在看来，杨皓涵和龙天印他们确实是对的。你值得联盟这样做。"

说出这句话的时候，李正直突然显得有些疲惫，但也放松了下来，似乎有什么巨大的压力从他身上卸了下来。

"魔法师的精神力是最为敏感的，你令我惊讶的不是年龄，也不是修为，而是你的心志。你的眼神沉静，灵光内敛，这是心志无比坚定的表现，而且你没有丝毫的毛躁和骄傲。这两种特质混合在一起，让我看到了你的未来。很好，你真的很好。不过，你要走的路还很长。我希望，你能从我这里接下挑战魔神皇的重任。

"我知道，你们骑士圣殿一直都希望以自身为主彻底让六大圣殿联合，从而将联盟的力量整合在一起，真正发挥出全部的实力，建立统一的国家与魔族决战。这个提议我并不反对，但我希望的是以魔法圣殿为主导。对于这件事，其他几大圣殿也各有想法。所以，这个提议已有多年，却始终搁浅。如果有一天你能够战胜我，那么，我就代表魔法圣殿同意你们骑士圣殿的提议，同时，我也会将挑战魔神皇的资格让给你。"

龙皓晨静静地聆听着李正直的话，从始至终都没有插嘴。他发现，自己已经有些喜欢这位魔法圣殿殿主了。

他坦白得没有任何保留，他的话可能不好听，却明确地表达了对龙皓晨的认可，以及对联盟未来的期望。

两道光芒从李正直眼中射出，宛如两柄利剑一般落在龙皓晨身上。龙皓晨自身的灵力顿时被引动，金灿灿的光晕自然而然地从他体内发出，形成一层护体灵罩。

李正直微微一笑，收回光芒，道："龙皓晨，你要记住，在这个世界上永远不缺少天才。虽然你这样的天赋极为罕见，但也并不是没有出现过。然而，时至今日，人类中从未出现过一位可以和魔神皇真正对抗的强者。你知道这是为什么吗？"

龙皓晨摇了摇头："殿主请讲。"

李正直道："因为人类不懂得一个'忍'字。"

"啊？"龙皓晨的大脑一直在高速运转着，却依旧没想到李正直会给出这样一个答案。

"曾经的轮回之子、光明剑神同样是惊天耀世之辈，他们也都修炼到了九阶，可是，最终的结果依旧是殒命在战场，而魔族最多也只是被略微遏制了一下而已。论天赋，他们并不在你之下，甚至还要超越你。当年的轮回之子，年仅三十六岁就敢挑战魔神皇，与魔神皇两败俱伤，那是何等的自信与实力？光明剑神的情况也差不多。他们的天赋都是有可能带领人类向魔族发起反攻，扭转劣势的。可是，最终他们都败在了急躁上。"

看着龙皓晨眼中流露出的不解之色，李正直道："不明白是吧。那么，我们简单来说，如果当年轮回之子挑战魔神皇的时候不是三十六岁，而是一百三十六岁，会是怎样的局面？如果光明剑神挑战魔神皇时不是四十多岁，而是一百四十多岁，又会怎样？"

龙皓晨不由得反驳道："可是，这两位前辈当初都是被逼无奈，魔族大军已经压境，他们不得不出手啊！"

李正直哼了一声，眼中露出一丝不屑："他们正是有着这样的想法，所以最终才没能成为带领人类战胜魔族的领袖。

"从六千多年前进入黑暗年代开始，我们就被压制在这一隅之地，根本就没有出现过什么被逼无奈的时刻。没错，魔族时常会进逼，不断地发起战争。你也和魔族打过交道，你觉得，联盟和魔族的实力对比究竟如何？"

龙皓晨沉声道："魔族有七十二柱魔神率领，强者如云，整体实力极为强大。联盟依靠六大雄关天险和六大圣殿的联合之力，才勉强抵抗着魔族的进攻。从实力来看，我们确实要比魔族弱。当然，我并不了解联盟真正的底蕴。"

李正直道："你说得很公允，没错，魔族的实力比我们强，而且直到现在都还比我们强大。那么，你想过没有，六千年前呢？当时又是什么情况？那时候魔族也有七十二柱魔神，第一代魔神更是综合实力最强的。魔族能够将我们压制在这一个角落，难道就不能将我们完全毁灭吗？实话告诉你，在联盟与魔族对抗的历史中，魔族至少有十几次机会可以将联盟彻底毁灭。如果魔神皇不惜一切代价，率领魔族大军以一座雄关为突破点，早就将我们彻底毁灭了，人类的传承也早就终结了。"

"啊？"龙皓晨吃惊地看着李正直，"殿主，您说的是真的？那为什么魔族没有这样做呢？"

李正直冷笑一声："圈养，魔族在圈养我们。没错，魔族的实力远比我们强大，但是，它们毕竟不属于我们这个世界，除了战斗与破坏，其他的它们什么都不会。如果我们人类真的灭绝了，那么，不用谁给我们报仇，魔族自己就会走向灭亡，也必将走向灭亡。所以，魔族根本就不敢对我们下死手，不敢将我们人类彻底毁灭。这才有了六千年的黑暗年代。背地里，魔族经常会和我们做一些交易，只不过普通民众不知道罢了。"

"那这场战争呢？"龙皓晨还是有些不相信李正直的话。

李正直淡淡地道："战争？你或许是个导火索，但实际上，这场战争的根本原因是魔族害怕了。这些年以来，联盟成长的速度太快，已经超过了魔族的预期。魔神皇是怕我们的实力增长太快，威胁到魔族的统治。同时，魔族的军队过于庞大，需要精简，所以才有了这场战争的爆发。这也是六大雄关同时遭遇攻击，却始终没有一座雄关被攻破的真正原因。"

龙皓晨倒吸一口凉气，他已经隐隐明白了李正直的意思。

李正直继续道："也就是说，当初的光明剑神、轮回之子，根本就没有遇到什么危急存亡的情况。如果像他们那样的天赋绝高者有足够的隐忍心，能够卧薪尝胆，等到有绝对把握的时候再向魔神皇发起挑战，联盟不会是现在这个样子。

"你是聪明人，我相信你能明白我的意思。当然，我跟你说这些并不是让你在联盟内部做个缩头乌龟。正相反，真正的成长和领悟，需要不断地向强者挑战、不断地战斗。但你记住，尽量不要去做那些不可为的事情。"

说到这里，李正直微微闭上双目，靠在沙发靠背上，似乎在思考着什么。

龙皓晨恭敬地道："多谢前辈指点，听您一席话，晚辈茅塞顿开。"

李正直挥挥手，道："你去吧。我这人一生好胜，虽然我欣赏你的天赋，但如果在圣殿排位赛上碰到你，我是绝不会对你手下留情的。想要战胜我，还早得很。五年之后就是新一届的圣殿排位赛，希望那时候我不会在赛场上看到你。十五年之后或许才是你应该绽放光芒的时候。"

龙皓晨缓缓站起身，向李正直再次行礼后，转身而去。

李正直双目微眯，看着龙皓晨离去的背影，心中暗道：天之骄子啊！希望他不要步前人后尘才好。

李正直的话龙皓晨是真的听进去了。现在还不到二十岁的他，在过去十年中，几乎将全部精力都用在了修炼以及与魔族的战斗之中。对于联盟内部事务以及联盟和魔族之间的关系了解得并不是很多。

从幽暗沼泽回归联盟之后，尤其是在他闭关结束之后，龙天印、圣月、李正直这些联盟高层先后教给了他很多他以前不知道的东西，几乎全都在引导着他向正确的道路上行进，他的思想也随之变得更加成熟了。

"喂！"龙皓晨脑海中正回荡着李正直的话，耳边突然传来一声呼唤。

龙皓晨心中一惊，下意识地抬头看去。他与那呼唤他的人都愣住了。

叫他的人正是李正直的嫡传弟子谭丸。此时，龙皓晨已经到了魔法阵旁边，就要离开，却和谭丸打了个照面。

在呆滞的瞬间他就意识到了自己的失误，因为李正直的话带给了他太大的震撼，以至于他忘记重新穿戴上自己的精金基座铠甲就走出来了。

谭丸的吃惊就更加明显了，自然是因为龙皓晨的相貌。

"你、你是刚才那个……"谭丸看着龙皓晨年轻英俊的脸，眼中充满了不可思议之色。在老师的办公室中就只有老师和那位代理圣骑士长，此时走出来的不是老师，那自然就是那位代理圣骑士长了。

身为魔法圣殿殿主李正直的嫡传弟子，更有着美丽的相貌，谭丸几乎是魔法圣殿所有青年魔法师的梦中情人，在她面前献过殷勤的青年太多了。然而，当她看到龙皓晨时，还是惊呆了。她完全可以肯定，眼前的这个人在相貌上绝对无人可比。她第一次知道，原来男生可以长得这么好看。无论是身材还是长相，她在龙皓晨身上都找不到一丝瑕疵。以她对相貌的自信，此时竟然有种自惭形秽的感觉。更重要的是，他看上去比自己还要年轻啊！

龙皓晨下一刻的反应已经给了谭丸答案。在发现自己的失误之后，他立刻释放出精金基座铠甲。谭丸眼睁睁地看着那闪耀着橘红色光芒的金色铠甲迅速覆盖在龙皓晨身上，金色面具也重新将他的脸遮挡在内。

"真的是你？"谭丸的脸上充满了震惊。

龙皓晨向她点了点头，一步跨入魔法阵，下一刻已经传送离去。

看着那渐渐变得虚幻的身影，谭丸的脚步停留片刻后，立刻飞也似的向李正直的办公室奔去。女生的好奇心本就比男生强，更何况眼前这个情况已经超出了她的认知范围。

龙皓晨刚刚走到魔法圣殿第二层就吃了一惊。因为他一眼就看到采儿居然被人搂在怀中，定睛再看时，强烈的惊喜瞬间充满全身。他冲出两步，大声喊道："姐姐！林鑫！"

那搂住采儿的，正是龙皓晨许久未见的李馨。而已经重新蓄起墨绿色长发的林鑫就站在一旁和韩羽右手相握，一脸的激动之色。

原来，就在龙皓晨被魔法圣殿殿主李正直叫去的同时，林鑫也得到了费长老的通知。一听是和他同一团队的人，而且还有一名精金基座骑士，他就隐约猜到了来者是谁。没有人比林鑫对龙皓晨的实力更有信心了，他可以肯定那精金基座骑士就是龙皓晨。狂喜之下他立刻找到李馨，两人用最快的速度赶了过来，在楼道中碰到了等待龙皓晨回来的采儿和韩羽。

李馨早就听说了采儿失忆的事，怜惜之下，抱住她时已是泪眼蒙眬。林鑫和韩羽也是右手紧握，快两年的时间了，兄弟重逢的喜悦非言语所能形容。

他们还没来得及说话，龙皓晨就回来了。

林鑫松开韩羽的手，大喊一声："老大！"同时他快步冲上前，给了龙皓晨一个大大的拥抱。

众人几乎都激动得不能自已。尽管龙皓晨穿着精金基座铠甲，但他的声音又何曾变过？

"皓晨。"李馨松开采儿，也是一脸惊喜地快步上前，以她那坚强的性格，此时也忍不住落下泪水。

和林鑫拥抱过后，龙皓晨又紧紧地拥抱了李馨，激动的情绪令他哽咽得说不出话来。

良久，众人的情绪才平静了几分，龙皓晨道："走，我们到房间里说话吧。"

五人一起走进龙皓晨的房间。关好房门，龙皓晨几乎是迫不及待地解开了身上的精金基座铠甲。在姐姐和兄弟面前，他又怎愿意有这层金属的隔阂呢？

此时他才定下神来观察李馨和林鑫。与分别前相比，李馨显得成熟了几分，一头粉红色长发利落地梳拢在脑后，目光沉静，显然是修为大进。

和李馨相比，林鑫的变化更大。分别前的林鑫给人的感觉多少还有几分玩世不恭，而此时的他，相貌变化不大，给人的感觉却明显刚毅了许多，已经有几分威严之势，以前和他从不搭边的"沉稳"二字现在也完全可以用在他身上。尤其是他的眼神，坚定而明亮。仿佛这么久不见，他已经长大了似的。龙皓晨都有种认不出他的感觉了。

不用问龙皓晨也能想到，这一年多来，林鑫一定经历了许多事。

"林鑫，这一年多辛苦你了。"龙皓晨由衷地说道。

他这话可不是客套话，对于帅级六十四号猎魔团来说，自成员分开以来，贡献最大的就是林鑫了。他所炼制的丹药令帅级六十四号猎魔团众人的外灵力全都得到了大幅度提升，而且他还提供给了大家许多保命的丹药。而龙皓晨这个团长可没为大家做什么，只是在闭关修炼而已。

听了龙皓晨这句话，林鑫却是脸色一变，猛然站起身，就像是犯了错的孩子一般站在龙皓晨面前："团长，你别这么说，我做的都是应该的。可、可是……"

一旁的李馨突然道："好啦，过去的都过去了。好不容易大家才重逢，你说这些干什么？"

林鑫扭头看了一眼李馨，令龙皓晨吃惊的是，原来一直对李馨唯命是从的林鑫却坚定地摇了摇头："馨儿，我一定要说出来，这事如果不让老大知道，我这心结一辈子也解不开。"

龙皓晨意识到了事态的严重性，疑惑地问道：“到底怎么了？发生了什么事？”

　　林鑫低下头，道：“我没有保护好馨儿，她在战场上被敌人斩断了手臂。”

　　“什么？”龙皓晨吃惊得瞬间站起身，眼神一下就变得冷厉起来。对他来说，李馨不亚于亲姐姐。当年在皓月城，李馨对他无微不至的关怀是他唯一的精神支柱。龙皓晨对李馨的这种亲情是永远也不会变淡的。

　　李馨赶忙起身，道：“都过去了，我这手臂不是也接上了吗？为了我，林鑫这一年多来吃了许多苦。皓晨，你不要怪他，这根本就不是他的错。”说话间，她主动走到林鑫身边，搂住他的右臂，依偎在他身边，眼中尽是温柔之色。

　　看着他们的样子，龙皓晨顿时明白了什么。林鑫一脸的愧疚，双眸泛红，李馨则满脸的温柔和幸福。很明显，他们之间的感情已经有了质的飞跃。

　　“林鑫，到底发生了什么？你说得详细一些。我还听说，你现在已经是魔法圣殿法师一团的团长了。”

　　林鑫刚想开口，李馨却抢先道：“还是我来说吧，你要听他说，他肯定什么都往自己身上揽，他这个人啊，太爱钻牛角尖了。

　　“战争哪有不死人、不受伤的。当初，林鑫在圣殿内炼制丹药，我在加陵关参与守城战。一次战斗中，我被敌人斩断了手臂。后来手臂虽然接上了，却不太灵活。林鑫却像疯了一样，非说是他没保护好我。然后他就变了，他破掉了自己的誓言，开始修炼攻击魔法，同时研制各种丹药，为我治疗手臂的伤。现在我这手臂已经被他彻底治好了。他修炼了攻击魔法后，实力大增，也加入了战斗之中。因为在战场上的卓越表现和自身实力的迅速提升，他得到了魔法圣殿高层的赏识，凭着累积的军功，他已经升至法师一团团长之位。”

　　听李馨这么一说，无论是龙皓晨还是韩羽，都大吃一惊。韩羽道：“你居然真的学了攻击魔法？”

　　李馨的讲述很平实，就像是一个局外人在描述一件很普通的事。以龙皓晨对林鑫的了解，他能深刻感受到李馨断臂对林鑫的强烈刺激。要知道，林鑫之所以发誓不学攻击魔法，就是因为当年父母死在了魔法研究上，这个阴影对他的影响可想而知。而因为李馨的受伤，林鑫竟然从这个阴影中走了出来，为了保护李馨而学习了攻击魔法。

这一刻，龙皓晨终于放心了，曾经那个有些不靠谱、不会攻击的魔法师终于成长起来，真的能够保护他的姐姐了。

龙皓晨上前一步，来到林鑫面前。

看着龙皓晨澄净的双眸，林鑫的心跳顿时加速起来，那份忐忑谁都看得出来。李馨刚要再说什么，却被龙皓晨抬手阻止了。

龙皓晨双手抬起，抓住林鑫的肩膀："兄弟，好样的。这些日子，辛苦你了。"

林鑫呆住了，他曾经无数次想过重逢之后龙皓晨对自己的态度，却从来没有想到过眼前这样的情景。

水雾瞬间弥漫在他眼眶之中，这一年多来，他真的付出了太多。在魔法修炼上的执着，就连号称魔法圣殿年轻一代第一天才的谭丸都自叹不如。他近乎疯狂修炼的同时，还要留出时间来为李馨研制药物，每天真正休息的时间不到四个小时。只有在疯狂、执着的修炼过程中，他才能让自己内心的痛苦和愧疚减轻几分。有几次他因为过度修炼，出现了最危险的元素反噬，他都硬生生地挺了过来。

此时此刻，龙皓晨简单的一句话，令林鑫觉得，这所有的付出都值得了。团长没有怪他，没有怪他啊！

"老大……"在内心巨大的压力终于卸下的那一瞬，林鑫那有些封闭的心房也终于完全开启。他失声痛哭，一直压抑着的情绪终于如同山洪般爆发出来。

韩羽想要上前劝慰，却被李馨拦住了。她最清楚林鑫现在的精神状态，他内心的郁结终于解开，哭出来未尝不是一件好事。

林鑫的情绪发泄足足持续了近一刻钟，虽然他哭得双眼红肿，但他的目光明显柔和了许多。紧绷的心弦终于放松下来，巨大的心理压力没了，但强烈的疲劳感令他直接在李馨怀中昏睡了过去。这些日子他给自己的压力太大了，发泄之后，他需要好好地休息，才能真正让身心恢复正常。

两天后，加陵关城楼上。

魔法圣殿守御加陵关的主力军是什么？毫无疑问，是魔法师。在魔法圣殿之中，常规法师团一共有十支，每一支五百人，全部由五阶以上的魔法师组成。而修为不到五阶的魔法师只能作为后备力量，是不允许进入战场的。这是魔法圣殿对低阶魔法师的一种保护方式。毕竟，培养魔法师可不像培养战士那么容易，每一名魔法师都是魔法圣殿的宝贵财富。说不定，在那些低阶魔法师中，未来有可能再出现一位李正直。

除了十支常规法师团之外，还有几支更加强大的法师团，皆由魔法圣殿的强者统驭。

每一支常规法师团都是单一属性的，因为只有这样，在战斗中才不会出现元素冲突的情况。林鑫能够成为法师一团的团长并不是因为他在所有团长中实力最强，而是因为法师一团又叫"燃烧军团"，全部由火系魔法师组成。

第194章
地狱降临

"老大，这就是我的兄弟们。"林鑫自豪地指着加陵关城楼上五百名身穿火红色魔法袍的魔法师说道。

经过两天的休息，林鑫的身体状态终于恢复了正常。解开心结，情绪尽情发泄之后，他的精神力似乎又有了一定程度的提升。

身为法师一团的团长，他当然不能长时间休息下去，身体一恢复，他立刻就回到了自己的岗位上。

龙皓晨他们也来了几天了，除了那天李正直的召见之外，并没有收到任何魔法圣殿的命令或请求。也就是说，他们完全是自由人。

林鑫现在是法师一团的团长，在他的盛情邀请下，龙皓晨三人也就跟着他和李馨一起来到了加陵关城楼上。以林鑫现在在加陵关的地位，帮他们弄个身份证明自然是再容易不过的事。

守卫在加陵关城楼最前方的都是身材高大、全身重铠的战士，这些战士几乎都是战士圣殿支援过来的。战士后面就全都是魔法师了。

加陵关城楼上魔法师的数量足以令任何人惊叹。目光所及，龙皓晨至少看到了两千名魔法师。而且，根据不同的属性，他们分属于不同的法师团，身上的魔法袍颜色也截然不同。

从城楼上眺望远方，远处八根魔神柱屹立于魔族大营之中，呈七星拱月之势。最中央的一根魔神柱显得格外巨大，夺目的紫黑色光芒不断从这根魔神柱上升腾而起，隐隐还能看到那紫黑色光芒中有狰狞的面目露出。

这是魔族第五柱魔神地狱魔神马尔巴士的魔神柱。死灵魔神萨米基纳坐镇于御龙关外，地狱魔神马尔巴士则坐镇于这里，可见魔族对加陵关的重视。

战争开始这么久了，伤亡数量最少的就是加陵关这边，不只是人类的伤亡少，魔族也是一样。因为绝大多数时间，都是双方的魔法师在抗衡，谁也无法轻易攻破对方的防御结界。

在魔法师的整体实力上，加陵关是一点都不逊色于魔族的，更何况还有这里本身的地势、阵法作为依托。马尔巴士甚至亲自出手过几次，但没能占到任何便宜，每次都是铩羽而归。

法师一团的火系魔法师们都好奇地看向龙皓晨几人，身穿精金基座铠甲的龙皓晨无疑是最引人瞩目的。不过他们纪律严明，并没有发出议论的声音。

林鑫略微压低声音向龙皓晨问道："老大，我们什么时候走啊？去东南要塞找原原吧。"从加陵关再往南就是战士圣殿那边了。与龙皓晨重逢之后，林鑫甚至比龙皓晨更急于和伙伴们会合。

龙皓晨微微一笑，道："不急。我们既然来到了加陵关，就应该为加陵关出力，经历几场战斗再说吧。看看我们能不能为加陵关做些贡献。"当然，他决定暂时留下来还有另一个原因。龙天印和李正直的话令他深刻认识到了六大圣殿真正融合的重要性，而他们也将这份希望寄托在了他的身上。想要让六大圣殿真正地融合在一起，首先他就要了解各大圣殿的情况才行，而战场显然是最好的了解之地。

"我们加陵关固若金汤，可不需要你这外人来做什么。"冰冷的声音从不远处响起。龙皓晨等人扭头看去，只见一男一女在几十名魔法师的簇拥下走了过来，正是轩辕炎和谭丸。

谭丸走在最前面，轩辕炎略微落后半步，两人都是一身魔法师装备，隐隐有

220

魔法波动从身上释放出来。

看到他们，林鑫先是一愣，紧接着就被他们的话激怒了。他上前一步，冷喝道："你们说什么？"

看到林鑫，轩辕炎明显流露出一丝嫉妒的情绪，而谭丸的表情则有些奇怪，她飞快地扫了一眼林鑫身边的李馨，冷冷地道："加陵关的防御不需要外人。林鑫，你身为法师一团团长，竟然私自带外人上城楼，这件事我会向圣殿弹劾你。"

林鑫眉头一皱，看着谭丸的目光也显得有些复杂："丸子姐，你这又是何必呢？"

他这声丸子姐一叫出来，谭丸的身体明显颤动了一下，但她很快就压制住了自己的情绪："林团长，请你自重，我是暴风军团的团长，可不是你的什么姐姐。我命令你，让这几个人立刻下城楼，否则，别怪我不客气。"

暴风军团并不隶属于十大常规法师团，而是直属于魔法圣殿殿主李正直的一支军团。谭丸修为突破七阶之后，李正直就将这支由七阶以上风系魔法师组成的军团交给了她指挥。在地位上，暴风军团显然是要高于十大常规法师团的，所以，说谭丸是林鑫的长官也没什么错。

林鑫的脸色一阵红、一阵白，面对谭丸，他的不满明显有些发作不出来。

龙皓晨拍拍他的肩膀，微笑着道："算了林鑫，既然加陵关不需要我们的帮助，我们就先下去了。"说完，他招呼上采儿和韩羽，转身就向城楼下走去。

"你等一下。"谭丸突然说道。

龙皓晨转过身："谭丸团长是在叫我吗？"

谭丸点了点头，目光中透出冷厉，沉声道："代理圣骑士长莅临加陵关，不知可否请圣骑士长赐教，与我切磋一场。"

"我和你切磋。"不等龙皓晨开口，采儿已经忍不住了，强烈的杀气从她体内涌出。龙皓晨一忍再忍，可她不能忍了。对方一再咄咄逼人，早已激起了采儿心中的怒火。

在采儿散发出的强烈杀气面前，一众魔法师不由得脸色一变。除了谭丸和轩辕炎之外，他们身后的魔法师都接连跌退几步，仓促地催动灵力才勉强抵挡住杀气的侵袭。

谭丸和轩辕炎也是脸色一变，轩辕炎之前看到过采儿破开封印的能力，还好一点，谭丸却是大吃一惊。

采儿身上的杀气霸道、强势、不可匹敌，而在她释放出来之前，竟然没有任何一丝杀气外露，此等修为不可小觑啊！

龙皓晨按住采儿的肩膀："算了，六大圣殿本是一家。我们的力量应该用来抗敌，而不是内斗。我们走。"说着，他拉着采儿转身走下城楼。

李馨深深地看了谭丸一眼，也追着龙皓晨他们去了。

林鑫双拳不禁握紧，看着谭丸，脸色连变。

一旁的轩辕炎冷笑道："林鑫，以后不要再出现这样的事情了。不然，我们可要向上面弹劾你。"

"这里有你说话的份吗？"林鑫压抑的怒火几乎是瞬间就被点燃了。对谭丸他没辙，对轩辕炎他却没有半分忌惮。

"你……"轩辕炎也不是什么好脾气，被林鑫一骂顿时大怒，手中的白色法杖一指，一道金色光箭便朝着林鑫射去。

林鑫露出一丝不屑，眼中蓝光一闪，身前顿时荡起一圈波纹。那道光箭距离他还有两米，就直接被分解成了元素。紧接着，一声嘹亮的凤鸣骤然从林鑫身上响起。炽烈的蓝色火焰宛如火山喷发般从他体内迸发而出，令周围的温度疾速攀升。那蓝色火焰在他的头顶上方隐隐凝聚成凤凰形态，与轩辕炎遥遥相对。他眼中流露着强烈的杀意，看那样子竟是真的动了杀心。

"够了，住手！"谭丸怒喝一声，一横身，挡在两人中间，然后转向轩辕炎吼道，"我们走！"说着，转身就先离去了。

无论是轩辕炎还是林鑫，对谭丸都不敢发作。轩辕炎深深地看了一眼林鑫身上升腾的火焰，怒哼一声，转身而去。

蓝色火焰徐徐收敛，林鑫一巴掌拍在空气中，顿时火星四溅。

另一边，李馨跟着龙皓晨三人下了城楼："皓晨。"

"姐，我没事儿。"龙皓晨自然明白李馨是要安慰他。

李馨叹息一声，道："说起来，林鑫也挺为难的，他和谭丸、轩辕炎之间的矛盾和我也有很大关系。"

"哦？"龙皓晨有些好奇地看着她，道，"我看林鑫对谭丸似乎很尊重，谭丸却在针对他。"

两天前龙皓晨刚刚见过李正直殿主，又是骑士圣殿代理圣骑士长，以谭丸在魔法圣殿的身份，无论如何也不应该对他如此不客气。龙皓晨之前就注意到，谭丸在跟他们说话的时候，目光始终是看着林鑫的。那份怒火显然是和林鑫有着莫大的关系，龙皓晨他们却更像是被迁怒的。

李馨道："这件事说起来也是误会。林鑫小时候是生活在加陵关的，谭丸比他大几岁，那时候谭丸一直都很照顾他，他一直都叫她丸子姐。林鑫自幼失去了父母，对谭丸很是依恋。随着年龄的增大，亲情渐渐变成了其他的情愫。但两人年纪有差距，林鑫又立誓不修炼攻击魔法，所以两人没有在一起。关于学习攻击魔法的事，谭丸劝过林鑫很多次，他却依旧坚持。

"后来，林鑫的爷爷被调到圣城。原本林鑫是不打算跟着爷爷一起走的，但谭丸与轩辕炎的订婚令他大为伤心。他给谭丸留下了一封信，就跟着爷爷去了圣城，自此很久没有再联系。

"在那封信中，林鑫将自己对谭丸的感情说了出来，也算是一种宣泄。到了圣城之后，他致力于魔药学的研究，也就渐渐放下了这份感情。后来他就和你们走到了一起，成了一名猎魔者。可是，他并不知道的是，谭丸在看了他那封信之后，也发现了自己内心的情感，她也是很喜欢林鑫的。所以，她请李正直殿主出面，退掉了婚事。但因为这件事过于敏感，李殿主就让她闭关修炼了。一方面是为了她的修为，另一方面也是为了避免她处于舆论的风口浪尖上。

"等到谭丸闭关结束后想去找林鑫的时候，林鑫却已经成为一名猎魔者，跟着你们去执行任务了。事情就这样耽搁了下来。当他们再次重逢于加陵关时，林鑫已经和我在一起了。"

听着李馨的讲述，龙皓晨三人面面相觑，韩羽道："这是因爱生恨吗？"

李馨苦笑道："算是吧。我觉得谭丸也挺可怜的，所以，无论她做什么，我和林鑫都尽量忍耐。原本在我们回到加陵关后，大家都知道是误会，毕竟，林鑫和我在一起的时候以为她已经和轩辕炎结婚了。这件事说不清是谁对谁错，只能算是阴差阳错。谭丸一开始对我们的态度也还算好，可是，后来林鑫为了我而决定修炼攻击魔法，谭丸的态度就急转直下，处处针对他。而且，她似乎也认为自己没能和林鑫在一起与他加入猎魔团有关，而你们都是他猎魔团的队友，她刚才对你们态度不好应该就是因为这件事了。"

韩羽苦笑道："原来我们这是无妄之灾啊！"

龙皓晨道："那谭丸情感上受到了刺激，也挺可怜的。希望以后能有机会化解这个矛盾才好。"

李馨道："恐怕很难了。她心结已深，除非是我退出。可是，林鑫为我付出了那么多，我已经……"说到这里，这位英姿飒爽的女骑士的脸不禁红了起来。经历了这么多事，她又何尝不深爱着林鑫呢？他能够为了她放弃那么多年的誓言，这份深情厚谊她怎能不感动？

正在这时，一声长鸣突然在加陵关内响起，整座雄关的气氛也瞬间紧张起来。

李馨脸色一变："魔族攻城了。我要回去帮林鑫，皓晨，你们先回圣殿休息吧。"

龙皓晨沉声道："对抗魔族，人人有责。走吧，我们再上去就是。相信谭丸这会儿也要谨守岗位，顾不上我们了。"说话间，他率先朝着城楼上奔去。

宠辱不惊，并没有因为圣骑士长的面子而放弃对抗魔族，龙皓晨这心智不由得令李馨暗暗称许。再次相见，这个弟弟比以前更加成熟了。

当众人重新登上加陵关城楼的时候，顿时感受到了一阵强烈的元素波动。这种元素波动并不是魔法师们发出的，而是源自加陵关本身。

龙皓晨清楚地看到，城楼地面上，每隔五十米就有一个直径三米的圆形法阵亮起来。这些法阵呈乳白色，从地面上发出淡淡的白色光晕，柔和的元素波动随着这光晕蔓延到城楼的每一个角落。

龙皓晨感受了一下，这些法阵居然有聚灵效果，踩在法阵之中，吸收魔法元素的速度至少提高了百分之十。而且，这些法阵似乎是没有属性限制的，对任何元素都有提升凝聚的作用。

从远处看去，加陵关城外的天空乌云密布，远处的八根魔神柱散发出浓烈的黑暗气息。魔族大军推进的速度却一点都不快，只能看到一股股黑暗气息不断从魔族大军内部涌起，注入空中的乌云之中。

乌云的核心正是地狱魔神的魔神柱，这是地狱魔在联合施法。虽然距离还远，但已经有强大的压迫力向城楼方向涌来。

加陵关外的空气中也随之开始出现波纹，正是结界开始发挥作用了。

龙皓晨他们当时能够突破结界而入，那是因为采儿凭借死神镰刀以点破面，只撕开一道很小的裂缝，他们就瞬间进入结界内部了。而这种大面积的结界则是另一种情况了。凭借着结界的阻拦，没有一丝黑暗气息钻入加陵关内。

城楼上开始有大量的魔法元素光芒闪亮起来，主要为水、火、土、风和光明五种属性。加陵关的十支常规法师团中，有五支在城楼上值守，再加上挡在前面的战士，他们已经占据了整个加陵关。

龙皓晨几人迅速来到林鑫身边，此时，林鑫已经在指挥着魔法师们吟唱咒语了。

他们吟唱的是一个五阶魔法的咒语，专门用来压缩自身灵力的。魔族距离这边还远，还没到他们施展魔法的范围内。

魔法师的魔法是有距离限制的，在一定距离内才能发挥出最大威力，实力越强的魔法师，这个距离也就越远。

龙皓晨发现，法师团的这些魔法师，每六个人站在一起，组成一个六芒星魔法阵。伴随着咒语的吟唱，他们手中的法杖也同时举起，同属性元素就在其间聚集，快速凝聚着灵力。

这是联合施法。

以龙皓晨对元素的敏感，他能感觉到，联合施法不仅能够增强魔法的威力，同时，也能拉长魔法攻击的距离。这必定是魔法圣殿专门研究出来的。不愧是能够和骑士圣殿媲美的强大圣殿啊！

林鑫并没有在这些魔法阵之中，当他看到龙皓晨等人回到他身边，顿时喜不自胜。

"老大……"

林鑫正想说什么，却被龙皓晨打断了："先全力迎敌，我们都听你的指挥。"

"好。"经过这一年多的磨炼，林鑫也和当初有了很大的不同，对于龙皓晨的依赖明显少了许多。

魔族大军的前进速度虽然慢，却给人一种坚若磐石的感觉，每前进一点，它们的阵形都会变得更加稳固。天空中的黑暗气息渐渐将魔族大军笼罩在内，从城楼上眺望已经渐渐无法看清它们的样子了。

加陵关上的元素波动也正变得越来越强烈，就像是一只无比强大的上古魔兽，随时可以喷吐出它最强的攻击。

双方产生的压迫力都是极其恐怖的，无论是人类还是魔族，都在等待临界点到达的那一刻。

如果从远处高空俯瞰，就能看到双方颜色分明。魔族一边是黑中带紫，加陵关上则是一片片彩色。

林鑫站在龙皓晨身边，低声说道："第一轮碰撞是最剧烈的，是双方使出全部力量的撞击，虽然不会带来什么伤亡，但任何一方都不敢大意，都得全力以赴。否则，被对手占了优势，就会被全面压制。第一轮碰撞结束后，魔族就会开始攻城，那时才是战斗真正开始的时候。我的心焱火焰比较特殊，无法和他们一起联合施法，等到敌人攻城的时候，我才会开始攻击。"

龙皓晨问道："如果我施展辅助魔法的话，会不会影响到他们的联合施法？"

林鑫略作思考后，道："还是等到魔族攻城时再说吧。我担心联合施法受到影响后会出现不必要的波动。而且，凭借兄弟们的力量，顶住魔族攻击是毫无问题的。"

林鑫的谨慎是有道理的，虽然他对龙皓晨比对任何人都有信心，但没必要的风险还是不冒为好。

战争开始后，加陵关与魔族多次交手，每次魔族都没占到便宜。也就是说，就算没有龙皓晨出手，他们也一样挡得住敌人的攻击。既然如此，又何必让龙皓晨冒险呢？万一起到了反作用，岂不是坏了老大的名声？

龙皓晨微微额首。他从未和这么多魔法师配合过，尤其是在这些魔法师正处于联合施法的情况下，所以他也没有绝对的把握。从林鑫的话语中，他也听得出，人家魔法圣殿是很有把握的，既然如此，那他又何必冒险呢？

元素波动变得越来越剧烈，远处的魔族大军突然毫无预兆地加快了行进速度。

天空中，炽烈的紫黑色光芒剧烈地涌动起来，在涌动的过程中，渐渐汇聚成一个狰狞的魔鬼头像。

"嗯？有点不对劲。"林鑫脸色微变，和以往魔族的攻势相比，这一次的发动似乎来得早了一些啊！

就在这个时候，那巨大的魔鬼头像缓缓仰起，一根紫黑色光柱从它嘴部的位置冲天而起。紧接着，另外七根颜色各异，却无不带着黑色雾气的光柱随之射出，七星拱月之势完全呈现在半空之中。

阴冷的吟唱声骤然传来，哪怕是在加陵关城楼上也能清晰地听到。八根魔神柱上散发出的黑色雾气全部凝聚在一起，令那魔鬼头像变得更加真实了，就像是真正苏醒过来的地狱魔一般，悍然朝着加陵关城楼扑了过来。

是禁咒！八大魔神联手施展的禁咒。那魔鬼头像在向前飞行的过程中，之前的乌云都成了它的尾焰，并且在它急速飞行的过程中不断向内融合。

"禁咒！"林鑫立刻说道，同时脸色大变，立刻下达命令，"集中攻击，不能让它靠近。"

魔族突然变招，显然打了加陵关一个措手不及。而且看上去，这次变招是由地狱魔神马尔巴士率领其他七大魔神联合全体魔族魔法师发动的。这一击的威力决非普通禁咒所能相比。那狰恶的魔鬼头像给人一种孤注一掷的感觉。当它出现在空中的一刹那，加陵关城楼上绝大多数魔法师都有种血液凝固的感觉，哪怕是守护着加陵关的封印也不能带给他们半分安全感。

这一切来得太突然了，魔族八大魔神似乎只用了很短的时间就完成了整个咒语。禁咒骤然爆发，令加陵关想要应变已经有些来不及了。

城楼上各支法师团的统帅也都是身经百战之人，全都在第一时间做出了反应。大量魔法光芒宛如疾风暴雨一般朝着空中那恐怖的禁咒攒射而去。

"韩羽，助我！"龙皓晨向身边的韩羽低喝一声，直接在原地盘膝坐了下来，急促、低沉的吟唱声自他口中响起，带着奇异的节奏和音阶，在很小的范围内回荡着。

随着修为的提升，龙皓晨的见识也比以前广了。在那魔鬼头像出现的一瞬间，他就已经判断出，以加陵关上这些魔法师的力量肯定是抵挡不住这个禁咒的。

当然他也一样抵挡不住。

但是，总要尽人事，哪怕他只是拖延一段时间，也能给加陵关化解这致命攻击争取一些时间。

韩羽在龙皓晨背后盘膝坐下，双手按在龙皓晨的背上，他和龙皓晨有随从契约，彼此传输灵力要容易得多，哪怕不使用林鑫的连体增灵丹也能达到相应的效果。与此同时，他还将自己的光之庇佑灵炉开启。这才是龙皓晨让他相助的真正原因。

精金基座铠甲上橘红色的光芒变得越发璀璨，纯净的光元素以惊人的速度朝龙皓晨的方向汇聚而来。

其实，龙皓晨并不知道的是，八大魔神突然发动这种孤注一掷的攻击，和他有着密切的关系。

这段日子以来，御龙关外的死灵魔神萨米基纳重伤闭关，魔族大军溃败，驱魔关外两大魔神战死，情魔神西迪受伤，魔族大军更是损失惨重。接连两大雄关都出了问题，消息汇报到魔神皇那里，魔神皇第一反应就是人类要发起反攻了。虽然他不太认为人类有反攻的能力，但事实摆在眼前。

虽然魔神皇的目的只是削弱人类的实力，但圣殿联盟的反抗突然变得强烈起来，他立刻向驻守在其他四大雄关外的魔族大军下达命令，向人类全力施压，务必将他们反扑的攻势压制下去，尽可能地削弱他们的实力。

龙皓晨他们赶到加陵关的时候，地狱魔神马尔巴士也刚好接到这个命令。用了两天时间进行准备后，八大魔神凭借魔神柱储存了禁咒咒语，这才再次发起了攻击。

提前以魔神柱储存禁咒咒语，到了需要使用时可以将咒语抽调出来，不需要再进行长时间的吟唱。但这样也会大幅度消耗魔神柱内蕴的灵力，所以魔神们平时是不会轻易使用的。这次为了给加陵关以沉重打击，马尔巴士才决定如此行事。事发突然，果然打了加陵关一个措手不及。

加陵关这边，首先发动的是远处的风系法师团，风系魔法的速度是最快的，无论是咒语吟唱的速度还是攻击的速度皆是如此。

半空中，刺耳的啸声令龙皓晨他们有种回到了恐惧悲啸洞穴的感觉，一柄柄周围盘旋着龙卷风的巨大青色长矛直奔那魔鬼头像而去。

近百道青光在啸声中有节奏地先后命中在那直径接近百米的漆黑禁咒之上。

当青光靠近之时，魔鬼头像前方的光芒突然变得波动起来，大量的长矛直接被光芒卷飞，只有很少一部分命中了禁咒本体，但最多也只是让禁咒前行的速度减慢了几分而已。

接下来爆发的是土系法师团，无数磨盘大小的石块密集地从天而降，在空中宛如一股洪流般撞向漆黑的禁咒。

别说，土系魔法在这种时候的作用确实要比风系魔法的作用强大许多。虽然石块也被弹开了一部分，但大多数还是砸中了那禁咒，令它刚刚提升的速度再次被延缓了。

但是，如果仔细观察就能发现，石块砸入那魔鬼头像中时，迅速就会被溶解，然后消失。所以，其实这些石块也只是减缓了这禁咒的攻击速度，并没有削弱多少它的威能。

土系之后是水系，准确地说是冰系。一道道蓝色光芒在空中交织、凝聚，最终居然汇聚在一起，化为一个比那魔鬼头像还要大得多的冰球悍然撞了上去。

碰撞是短暂的，并没有出现剧烈的轰鸣声。从加陵关城楼上看去，只见那巨大的冰球居然以惊人的速度从中央位置开始融化，化为无数漆黑的雨滴从天而降，落在地面上发出嗤嗤声。

终于轮到火系了。林鑫手下的法师一团的魔法师们，以六人为单位，发射出数十个巨大的爆裂火球，这些火球在城楼上的法阵的增幅下宛如流星火雨一般迎向了魔鬼头像。

冰与火截然相反的两种元素在交叉攻击之下往往能产生奇效，寒冷之后的灼热，能大幅度破坏敌人魔法的内部结构。

可惜，这一次似乎失效了。

一个个爆裂火球炸得那禁咒光芒升腾，彰显出了火系魔法的狂暴。可是，那魔鬼头像却一一承受了下来。它的体积在经历了四种元素的冲击之后，也不过是减小了五分之一而已。也就是说，近两千名魔法师联手攻击，也只是化解了它五分之一的攻击力。

如此恐怖的禁咒如果落在加陵关上，后果难以设想。

地狱魔神马尔巴士冷冷地望着远处的加陵关。此时，跟随在魔鬼头像后面的黑色尾焰已经全部融入它本体之中。马尔巴士心中暗道：我倒要看看，你们如何抵挡我这地狱降临禁咒！

死灵魔神萨米基纳竟然会在人类的攻击下受伤，听说还伤得很重，连领域都险些被破除了。那好，就让我给你报仇吧。

马尔巴士和萨米基纳的关系极好，地狱魔族和恶魔族的关系也是最为密切的。两大魔族加起来能够和数量较少的月魔族、星魔族对抗，可见其实力强大。此时马尔巴士所施展的这个超级禁咒，是以他自己擅长的地狱降临为蓝本，借助其他七大魔神以及族员们的力量施展出来的。威力之大，他自己都无法估算。

今天他并没有想过要施展更多的攻击，只要这一击能够摧毁加陵关正面的城墙就可以了。等到魔神柱恢复元气之后，失去天险的加陵关又能阻拦魔族多久呢？要是能摧毁魔法圣殿，对圣殿联盟来说，一定会是最沉重的打击。

"砰——"就在这时候，地狱降临与加陵关的封印狠狠地撞击在了一起。

经过四轮魔法的阻挡，地狱降临的威力只是削弱了一部分，在它撞上封印的一瞬间，整个加陵关都随之颤抖起来。加陵关上的光芒疯狂地波动起来，封印的威能完全发挥了出来。一圈圈白色光晕从四面八方朝着地狱降临的方向凝聚，试图将其化解。

而地狱降临所化的魔鬼头像也显得更加狞恶，疯狂地挣扎着寻求突破。能够看到，在它与封印接触的中心点，渐渐出现了一个洞。看那样子，突破只是时间问题而已。

就在这时，数十道灿烂的金光从加陵关城楼的另一个方向射出，目标所指，正是那刚刚被地狱降临破开的洞。

看到这一幕，林鑫不禁微微一惊，朝着那金光发出的方向看去。虽然林鑫很讨厌轩辕炎，却不得不承认，这家伙指挥他的光系法师团很有一手。轩辕炎一直隐忍到现在，为的就是等待这个机会。

光明与黑暗本就是对立的两种属性，如果光系法师团提前发动，那必定会和其他法师团一样，被弹开一部分攻击。可此时地狱降临正与加陵关的封印相互倾轧，那破开的洞正是地狱降临的核心位置。由这个位置发动攻击，就可以让这强大的禁咒避无可避，而完全能够针对它的光系魔法，则能够全部作用在它的核心位置，最大限度地削减地狱降临的威力。

果然，在那金光冲击之下，能够清楚地看到，地狱降临的威力正在大幅度缩水。五百名光系魔法师的联手一击正在全面削弱着它的威能。

第195章
风神

轩辕炎将手中的法杖向前指，看到地狱降临的威力开始降低，他也微微松了一口气。

发觉攻击有效，他身后的光系魔法师根本不需要他吩咐，都在全力以赴地输出自身灵力，希望能够配合封印将地狱降临阻挡在外。

他们的攻击看上去是十分成功的，地狱降临禁咒以惊人的速度收缩着。但是，远处的地狱魔神马尔巴士脸上露出了一丝诡异的笑容。

如果他们八大魔神联手发动的禁咒这么好抵挡，那他们就不配被称为魔神了。

少顷，地狱降临的体积在那强大的光明魔法冲击和封印的阻挠下，飞快地收缩到了原本体积的十分之一。

此时，轩辕炎忍不住有些得意地朝林鑫所在的方向看了一眼。

但就在这个时候，周围突然安静了下来，似乎所有的声音都在这一瞬间被抽走了。

轩辕炎下意识地回头向对面看去。他惊恐地看到，那已经缩小的地狱降临就那么凝固在原本的位置，而大片大片的黑色网状纹路以它为中心，飞速地向外扩散，将原本无色的加陵关封印勾勒了出来。

"轰——"

轰鸣声响起，魔鬼头像重新爆发，几乎变回了之前的大小，加陵关的封印瞬间破碎。轩辕炎和他身后的五百名光系魔法师同时闷哼一声，喷出一口鲜血。

地狱降临的收缩是为了更强大的爆发。这个禁咒的威能之恐怖，令它已经具有了一定程度的智慧。

轩辕炎他们的攻击实际上还是有效的，重新爆发的地狱降临在整体体积上终究还是缩小了一些，但在这个时候，又还有谁挡得住它的攻击呢？失去了封印的保护，加陵关城楼上的每个人都感觉自己如陷泥潭之中，恐怖的黑暗元素正以惊人的速度席卷而来。

青色的风在这个时候再次出现了。和之前出现的相比，这一次的看上去更加纯净。

浓郁的风元素从四面八方奔涌而来，化为一股接天连地的巨大龙卷风，将地狱降临笼罩其中。狂风疯狂地消耗着地狱降临的威能，并且试图将它吹向高空。

由谭丸统率的暴风军团终于出手了。加陵关的城防并不是那么好破开的，否则也不可能在战争开始之后，一直固若金汤。

暴风军团这一出手，其威能几乎比之前五大法师团加起来的威能还要强。由七阶以上风系魔法师组成的暴风军团，一出手就是一个联合施展的强大魔法。这股龙卷风的威力已经堪比禁咒了。他们在一起配合显然已经很久了，否则也不可能在这么短的时间内将一个七阶魔法施展得如此自如。

在龙卷风的席卷之下，地狱降临再次收缩了自己的体积，尽可能地减小与龙卷风的接触面，稳定得就像一块磐石，任由龙卷风如何袭来，都岿然不动。

双方的对抗已经到了白热化程度。

魔族突然发动攻击，加陵关方面已经派人去请最强大的魔导师团以及魔法圣殿的高层。但他们从赶来到施法还需要一定的时间，只要城楼上的魔法师能够支撑到那一刻，魔族这场突袭就将无功而返。

八道光芒宛如八道惊天长虹突然出现，这八道光芒来自八根魔神柱，它们以惊人的速度冲入龙卷风之中，撞击在地狱降临上。

一声凄厉的嘶吼中，地狱降临撕碎了包围着它的龙卷风，然后朝着数百米外的加陵关城楼扑去。

其实，就算八大魔神不出手，暴风军团的魔法也只能阻挡地狱降临极短的时间，但是，地狱魔神马尔巴士深知自己不能再等下去了。如果魔法圣殿的魔导师团赶到，那么，就算地狱降临的攻击落在了加陵关城楼上，其破坏效果也会与他计划中的有很大差距。

加陵关城楼上的所有魔法师不禁骇然色变，整个城楼已经完全被蒙上了一层黑色。

每个人都知道，只要这禁咒落在城楼上，那么，加陵关必将不保，而他们也将全部殒命于此。

从禁咒发动到扑向加陵关城楼，一切说起来慢，实际上只有十几秒的时间而已。所有人都感受到了被死亡笼罩的恐惧。

这时，一团光芒突然毫无预兆地亮起来，就像是突如其来的曙光一般。仔细看就会发现，那光芒竟然呈七种颜色。

在奇异的彩色光芒的笼罩下，一道身影横空出现，悬浮于加陵关城楼外的半空之中，正好挡住了地狱降临。

金色的六芒星在他背后闪耀，一只通体散发着强烈金光的星耀独角兽飘然而至，托着他的身体。

金色面具，金色甲胄，再加上星耀独角兽的纯净光明气息，他带给加陵关的不只是光芒，更是希望。

七彩光芒将他的身体笼罩在内，一圈圈金色光晕从那星耀独角兽的身上升腾而起，与那七彩光芒交相呼应。

星耀独角兽背上的骑士做出一个双手合十的动作，清亮的咒语声不断从他口中响起。在他身后，七彩光芒凝聚成一个巨大的女性虚影，同样做出双手合十的动作。

说也奇怪，那地狱降临到了他面前居然就那么停了下来。与地狱降临的恢宏相比，这一身金色的骑士显得十分渺小。可就是这样渺小的他，居然令地狱降临止步不前，在近在咫尺的情况下无法冲上加陵关。

所有魔法师在这一刻全都呆滞了。他们当然认得，那一身金色甲胄就是骑士圣殿精金基座骑士的装扮啊！

只是，他们绝大多数人都不清楚在这个时候为什么会有一名骑士来到这里，还帮他们挡住了这无比恐怖的禁咒。

八阶骑士能抗衡八大魔神和所有地狱魔联手释放的超级禁咒？就算是神印骑士在这里，也未必能够做到吧。

是的，龙皓晨当然做不到。就算他现在已经达到九阶，凭借一己之力也不可能完全阻挡这个禁咒。

他现在所做的不是阻挡，而是限制，用一种类似于大预言术的特殊魔法限制地狱降临。

他所释放的纯净光元素甚至无法对地狱降临产生任何削弱作用，但是，至少在他的灵力消耗殆尽之前，这个禁咒无法再向前移动。

这是光之祈祷。

这个魔法已经超越了光系的范畴，应该说它是一个神圣魔法。其实最擅长使用神圣魔法的是牧师，并非骑士。

这个魔法同样来自幻洞。光之祈祷就铭刻在幻洞的最内侧。这个神圣魔法很难评级，面对任何对手，它的性质其实都是一样的——以祈祷来换取平安。

在幻洞内留下这个魔法的骑士圣殿先辈做了这样的说明：光之祈祷，是神的意志，也是神的封禁。以人的力量永远不可能真正掌握这种能力，但可以短时间借用。

以最诚挚的心态进行祈祷，心越纯净，光之祈祷的效果也会越强。

这个神圣魔法源自高等精灵族，因此，哪怕是牧师圣殿中也无人会用。历经数千年之后，这个奇异的神圣魔法终于重现，在龙皓晨手上用了出来。

当地狱降临出现的那一刻，龙皓晨心中有种强烈的不安，同时，光之祈祷的咒语也随之浮现在他脑海之中。这是一种本能，更是光明之子体质的判断。龙皓晨毫不怀疑光明对自己的指引，因此立刻让韩羽相助，开始吟唱这个魔法的咒语。

事实证明，他的做法是正确的。没有人比他更适合施展这个魔法。与当初施展神圣甘霖时相比，龙皓晨的消耗要小得多。整个神圣魔法施展的过程完全可以用"水到渠成"四个字来形容。咒语一气呵成，没有半分的停顿，也没有出现瓶颈。韩羽的灵力完全传输给了龙皓晨，再加上光之庇佑灵炉带来的强大恢复能力和精金基座铠甲的辅助，令龙皓晨在完成这个魔法的时候，灵力还有相当程度的剩余。

是的，还有谁比神眷者更有资格施展神圣魔法呢？

光之祈祷是通过日月神蜗盾施展出来的，这也是有七彩光芒出现的原因。龙皓晨能够深刻地感觉到地狱降临的威能，他很清楚如果单纯以自己的力量施展光之祈祷，远不足以阻挡地狱降临，所以他必须借助日月神蜗盾的力量。

由于上次引动了日月神蜗盾的神器级威能，现在龙皓晨与它之间的契合度更高了，也发现了它的一些奥义。

以他目前的修为，想要释放出日月神蜗盾的力量，至少也需要施展禁咒层次的攻击才行。事实证明，他又一次成功了。

光之祈祷就那么限制了地狱降临。

轩辕炎呆住了，谭丸也呆住了。

他们当然知道这突然出现并且挡住了魔族攻击的人是谁。就在不久之前，他们还将他赶下城楼，甚至，谭丸还要挑战他。

此时此刻，谭丸的心情是难以用言语来形容的。

近三千名魔法师联手都未能让魔族这个恐怖的禁咒停下来，而那个人凭借一己之力就做到了。虽然谭丸明白，龙皓晨必定有取巧的地方，而且眼前的局面也必定不会持续太久。可是，面对这样的超级禁咒，能有勇气挡在它前面，这已经是常人无法做到的了！

羞惭的感觉同时出现在谭丸和轩辕炎的心中，他们都在对自己说着同样的话：我刚才竟然要挑战这样一个人？

谭丸的情绪波动是最大的，因为她之前亲眼看到这位精金基座骑士、骑士圣殿代理圣骑士长有多么年轻。

谭丸深深地记得，当时她冲到老师面前，向老师问道："他真的像表面看上去的那么年轻吗？"

李正直殿主微微颔首，谭丸震惊得无以复加。八阶，一名看上去比自己还要年轻的骑士竟然已经达到了八阶修为，他还是林鑫所在猎魔团的团长，更是骑士圣殿的代理圣骑士长。自己和他，真的有这么大的差距吗？

此时，在这场巨大的危机面前，龙皓晨用自己的实力向谭丸证明了两人之间的差距。

"继续发动攻击，你们还在等什么？"林鑫以灵力催动出的声音响彻整个加陵关。魔法师们这才清醒过来，或激昂或高亢的吟唱声在加陵关城楼上再次响起。

两道身影几乎不分先后地从加陵关城楼上飞出，直奔龙皓晨所在的位置，一左一右停留在龙皓晨身边。

说也奇怪，地狱降临被光之祈祷限制住之后，它的气息也被限制了，现在，所有加陵关城楼上的魔法师都不再受其影响。

这飞出的两个人正是采儿和林鑫。

死神镰刀已经出现在采儿手中，她整个人都蒙上了一层奇异的灰色，身上没有一丝杀气闪现，但她那灰色瞳孔正冷冷地注视着前方的地狱降临。一旦龙皓晨的光之祈祷无法继续维持下去，那么，她一定会在第一时间替代龙皓晨向这强大的禁咒发起攻击。

与采儿的蓄势以待完全不同，林鑫刚在龙皓晨身边停下来，就向那漆黑的禁咒释放出了精准而强悍的火系魔法。

他手中的火晶法杖向前指，一个巨大的爆裂火球直奔地狱降临轰击而去。

林鑫清楚地记得，在龙皓晨飞身而起去抵挡禁咒的时候对他说了两个字：进攻。

以林鑫与龙皓晨之间的默契，当龙皓晨限制住地狱降临的飞行之势，将它暂时禁锢住的时候，林鑫就明白了他的意思。

这个禁咒，龙皓晨只能限制，不能解决，却可以带给加陵关一定的时间。在这段时间内，他们要做的，就是尽可能地削弱甚至是消灭地狱降临的威能。

第一个蓝色的爆裂火球刚刚飞出，第二个就已经在法杖前端显现出来。瞬间发出一个五阶攻击魔法爆裂火球还可以说是事先储存在魔法道具之中的，那么，接连发出第二个、第三个呢？

这一刻，林鑫手中的火晶法杖仿佛变成了连珠炮一般，一个个蓝色的巨大火球飞也似的朝着地狱降临射去。

每一个火球落在地狱降临上都会发出强烈的轰鸣，并且带起一片蓝色火焰。虽然效果并不是十分明显，但在林鑫的持续攻击下，明眼人都能看出，地狱降临被他攻击的那个位置开始出现些许凹陷。

也就是说，他的攻击是有效的。别忘了，他只是一个人在攻击啊！心焱火焰的强大威能正在显现出来。

当林鑫的第十八个爆裂火球发出后，一个巨大的蓝色火焰骷髅头从火晶法杖上射出，成了第十九轮攻击。只是得到了这么一瞬间的缓冲，林鑫背后那燃烧着龙形蓝色火焰的双翼就已经展开。

传奇级装备，火龙之翼，聚灵百分百，加速百分百，附带火龙守护技能。此时的林鑫，需要的显然是增加自身的聚灵速度。

火咒术只是起到了一个衔接的作用，展开火龙之翼的他，再次释放出爆裂火球，又是接连十八个。

从他开始出手，到第三十六个爆裂火球释放，整个过程只用了不到一分钟。

此时的林鑫完全是在超水平发挥了。

这种攻击力和攻击速度，就算是八阶魔法师都未必能够做到。

更何况，他所施展的是八阶心焱火焰啊！而且，所有的爆裂火球全都轰击在地狱降临的同一个位置上。

在第三十六个爆裂火球释放的同时，一声嘹亮的凤鸣从林鑫身上响起，巨大的蓝火凤凰冲天而起，带着绚丽的蓝色火焰直扑那魔鬼头像。

剧烈的轰炸令魔鬼头像上的黑暗灵力一阵剧烈波动。

直到此刻，林鑫这一轮的攻击才算结束，最绚丽的魔法并不一定是最有效的，而林鑫所施展的这种攻击对于固定目标的打击显然是他所能达到的最强程度了。

最后蓝火凤凰灵炉发起攻势的同时，林鑫已经将数颗丹药抛入了自己口中，别忘了，他还是一名魔药师。比拼持续战斗能力和爆发力，在同阶魔法师中他近乎无敌。

发起攻击的自然不只是林鑫一个人，面临生死存亡的危局，城楼上所有魔法师都将自己最强大的魔法施展了出来。他们全都从侧面攻击，控制力强的甚至将自己的魔法绕到地狱降临的后面，以免误伤到正面的龙皓晨三人。一些胆子大、实力强的魔法师也像林鑫那样飞到龙皓晨身边，近距离地全面释放着自己的魔法攻势。

地狱魔神马尔巴士在远处呆呆地看着这一幕，一双眼睛中尽是不敢置信之色。在光之祈祷出现的那一瞬，他就发现自己与地狱降临失去联系了。

哪怕是以他的修为，控制这个威能恐怖的超级禁咒，也是力不从心。

他怎么也没想到，魔法圣殿居然有暂时封印这超级禁咒的能力。他也知道这种封印不会太久。可是，魔法圣殿的魔法师们反应速度极快，已经开始全力攻击禁咒了。这样下去，等到封印结束，地狱降临还能发挥出多少攻击力就很难说了啊！

身为魔族第五柱魔神，五大支柱魔神之一，马尔巴士自然有他的决断。他右手向加陵关方向一指，低沉、雄浑的声音响起："进攻。"

地狱魔族虽然是加陵关外魔族大军的中坚力量，却绝不是全部力量。伴随着马尔巴士一声令下，魔族大军顿时如潮水般向加陵关发起了全面进攻。

地狱降临的威能被抵挡了，但加陵关的魔法师也全部被牵制住了。

与此同时，龙皓晨已经有些顶不住了。

光之祈祷最主要的是借助神的力量进行封印，但也需要庞大的灵力作为支撑。龙皓晨通过日月神蜗盾来增幅自己的光之祈祷，但他自身灵力的消耗速度也是极其恐怖的。

此时，从他身上绽放出的七彩光芒已经明显有了不稳定的态势，随时都有可能崩溃。

采儿握着死神镰刀的双手不自觉地攥紧。一旦龙皓晨的光之祈祷结束，那么，他们必将首当其冲，成为这禁咒的目标。

采儿知道，自己必须给龙皓晨争取时间，他才有可能带着自己和林鑫通过永恒之塔传送离开。

就在这危急关头，六团光芒突然毫无预兆地从加陵关方向射出。

这六团光芒每一团的直径都有十米左右，迅速降临之后，红、蓝、青、黄、金、黑六色光芒同时闪亮，在空中交织成一个绚丽的六芒星光罩，正好将地狱降临笼罩其中。

金光收敛，龙皓晨闷哼一声，结束了光之祈祷，多亏有星王以自身灵力帮他稳住身体，他才不至于摔下去。

失去了光之祈祷的封印，地狱降临顿时在那六芒星光罩之中左右冲击起来，引得那光罩发出一阵阵剧烈的颤抖。

此时，那六个光团内的情况也能够看清楚了，每一个光团内都有六名魔法师，一共三十六人。六个光团之中各有一名魔法师主导，这个强大的封印正是他们联手施展出来的。

如果是全盛状态下的地狱降临，他们未必能够封印住，但经过了一系列的消

241

耗，这个由六位九阶法神和三十位八阶圣魔导师联手布下的封印，还是能够暂时抵挡住地狱降临的。

魔法圣殿魔导师团终于在这个时候赶到了，并且完成了他们的魔法，接替了龙皓晨的位置。

与此同时，一道巨大的青色光芒从加陵关内冲天而起，先是升入高空之中，然后再徐徐落下。

看到这高达百米的青色身影，虚弱的龙皓晨也是大为震惊。那青色身影看上去是人类模样，竟然像是放大版的魔法圣殿殿主、风元素使——李正直。

只不过，此时李正直那胖墩墩的身体充满了无尽的威严，身上还穿着青色甲胄，双手握着一柄巨大的战刀。他全身上下青光缭绕，一阵阵狂风不断地冲击着他的身体，每一次冲击都会令他身上的青光强烈几分。

其实，李正直早在先前龙皓晨发动的时候就赶到了，哪怕是以他的修为，看到地狱降临这个超级禁咒也是大感棘手。他赶来是需要时间的，仓促之下想要施展最强能力显然无法做到。正在他准备顶上去的时候，龙皓晨突然出现在战场上，封禁了地狱降临。虽然这不足以扭转局面，但对于李正直来说给他争取到了足够的时间，无异于雪中送炭。

眼看着龙皓晨即将坚持不住，已经做好准备的李正直和魔导师团及时出手。

巨大的青色身影飘然落下，来到六元素禁制的前方，手中长刀在空中一引，顿时，一道翠绿色的青光直接斩向了地狱降临禁咒那团恐怖的黑色。

诡异的一幕出现了，能够看到，在这一刀斩出的瞬间，天空中的风全都消失了。下一瞬，地狱降临居然就那么被切下薄薄的一片，一片漆黑如墨的灵力。更奇异的是，这片黑色的地狱降临外面还包裹着一层翠绿色的光彩。李正直化身的风神长刀一抖，这片地狱降临就朝着远处冲来的魔族飞去，落在魔族大军前锋阵营之中。

首先爆发的是强势的风，飓风带着恐怖的切割力四处肆虐，然后就是地狱降临的威力。能够清楚地看到，在那薄薄的黑色覆盖下，方圆千米范围内的地面同时下陷十米，只要是在这个范围中的魔族，哪怕它们也是黑暗属性，也瞬间被溶解得一干二净。

李正直的行动这才刚刚开始，他手中长刀舒展，一刀刀凌厉地切向地狱降临，然后再将切下来的地狱降临灵力甩向魔族大军，只是几刀之后，魔族大军的冲锋之势就全部被抑制住了。

以彼之道还施彼身，这才是真正的强者啊！

看到这一幕，龙皓晨不禁有种目眩神迷的感觉。

他完全看不出李正直是如何做到的，身为魔法师的他，现在却如同天神下凡一般，而且使用的全都是武技。这种能力已经不能简单地用强大来形容了。他一出现立刻就扭转了乾坤，反败为胜。甚至还将地狱降临这个超级禁咒当成了他的武器来使用。

不愧是被誉为六大圣殿第一强者的风元素使。

魔法圣殿的魔导师团可不止三十六人，还有数十人先后降落在城楼之上，重整各支法师团，恢复灵力，做好随时战斗的准备。

到了这时候，魔族的这次突袭已经被全部化解。李正直一系列的攻击，至少已经干掉了近万魔族大军。

地狱魔神马尔巴士终于忍不住出手了，尽管之前他的消耗很大，但也不能眼睁睁地看着属下被李正直击杀啊！

八大魔神全部飞入空中，以他们各自的力量抵挡李正直甩出来的地狱降临灵力。

一时间，天空中灵力波动猛增，各种颜色的光芒纵横飞腾。李正直所化的风神，大有以一敌八之势，而且丝毫不落下风。

尽管这和八大魔神此时的虚弱状态有关，但能够做到这一点，这位风元素使的实力可见一斑。

龙皓晨他们此时已经回到了加陵关城楼上，恢复灵力的时候，龙皓晨的目光始终不离李正直左右。能够见识到这种级别的强者大战对他来说帮助实在是太大了。

凭借着强大的精神力感知空中的灵力波动，龙皓晨渐渐明白了李正直的战斗方式。

这应该是一个魔法，而李正直本人就在这魔法的核心处。龙皓晨自己就是神眷者，所以，他能感受到，在李正直这个魔法之中，是真正借助了风神之力的。

只不过，龙皓晨借助光明女神之力是凭借自身神眷者的身份，而李正直借助风神之力，凭借的是他强大的实力以及与风元素的亲和力。

龙皓晨保守估计，李正直的内灵力至少有三十万点，而且，此时他手上应该至少有一件神器。

战斗持续的时间并不算太长。魔神们都是自私的，感受到李正直的强大，马尔巴士也不愿意和他死拼。在八大魔神冲出来阻挡李正直攻击的时候，马尔巴士就已经下达了撤退的命令。这一进一退之下，魔族顿时士气大跌。而地狱降临这个超级禁咒的威能在李正直的不断削弱下，也渐渐衰弱，冲击封印的力量变得越来越小了。

伴随着六色封印向内挤压，只听"噗"的一声，地狱降临禁咒终于破灭，这也宣布着这场攻防战的结束。

李正直并没有继续追击已经撤退的魔族，而是横刀在身前，遥望着缓缓后退的八大魔神，大有横刀立马向天笑之势。

加陵关城楼上此时已是一片欢乐的海洋。今日一战虽然危险，但最终结局可以说是完美的。加陵关方面无一伤亡，敌人却受到了沉重的打击。魔族暂时应该不敢再发动攻势了。

地狱降临破灭之时，龙皓晨也悄无声息地带着伙伴们离开了城楼。该做的他已经做了，再留下毫无意义。

而且，他也不想再见到谭丸和轩辕炎，对方愧疚、尴尬也好，继续冷淡也罢，都不是他想面对的。

在龙皓晨离开的时候，天空中的风神略微回头，朝着他离开的方向看了一眼，嘴角处露出一丝淡淡的微笑。

三天后。

"馨儿，你就跟我们一起走吧，算我求求你了好不好？我怎么能让你留在这里呢？"

林鑫急得宛如热锅上的蚂蚁，围着李馨在房间里直打转。

李馨有些好笑地看着他，道："你啊！优柔寡断这个坏毛病这辈子是改不了了。"

虽然她嘴上这么说着，眼中却尽是温柔之色。

"我们都是猎魔者，你有你的团队，我也有我的团队。我怎能放弃我的队友呢？更何况，我的实力已经跟不上你和皓晨他们了，我去了只能成为你们的负担。我和陆熙已经商量过了，在这场战争结束之前，我们都留在加陵关，这里也足够安全了。你是男人，是帅级六十四号猎魔团的一分子，我们以后还有的是时间。难道你能为了我留下来吗？我们是猎魔者，在成为猎魔者的那一天，我们的生命就已经不属于自己了。难道你还不明白吗？"

林鑫沉默了，他劝说李馨已经快有两个小时了。

经过三天前那一战，加陵关的局面更加稳固，魔族想要攻破这座雄关几乎是不可能的。再考虑到魔法圣殿与骑士圣殿的关系，龙皓晨在和伙伴们商量后，决定继续南行与其他伙伴会合。

在这种情况下，林鑫自然就为难了，他和李馨的感情日渐升温，又怎么舍得与她分开呢？

虽然他明知道李馨说得都对，可是他心中就是接受不了啊！

李馨站起身，走到林鑫面前，靠入他怀中，搂着他的腰："傻瓜，其实应该担心的是我才对。正因为你们的实力越来越强，所以你们要完成的任务也必定会更加困难。答应我，好好活着。你要注意保护自己，无论多久，我都等你回来。"

"馨儿，我真的舍不得离开你啊！"

林鑫紧紧地搂着李馨，泪水忍不住夺眶而出。在帅级六十四号猎魔团中，要说内心最脆弱的，恐怕就是他了。

第196章
挑战

就在林鑫与李馨告别的同时，龙皓晨也迎来了两位客人。

"您好，圣骑士长。"龙皓晨打开房门的时候，外面的客人已经在向他恭敬地行礼。来的正是谭丸和轩辕炎。

谭丸神色如常，轩辕炎却显得有些尴尬，他略微低着头，不愿与龙皓晨对视。

龙皓晨有些惊讶地看着他们："二位这是……"

谭丸已经没有了之前见面时的那份傲气和冰冷，微笑着道："可否让我们进去说话？"

"请。"龙皓晨一侧身，请两人进入房间。此时他依旧身着精金基座铠甲，为了掩饰自己的身份，哪怕是一个人在房间里修炼时，他也不敢轻易脱下铠甲。幸好，精金基座铠甲穿在身上并没有令他有不适的感觉。

"圣骑士长，我们是来向您道歉的。那天的事是我不对，同时，也感谢您对加陵关的帮助，对不起。"说话间，谭丸恭敬地向龙皓晨鞠躬行礼。这已经不属于魔法师的礼节，在平辈之间算得上是大礼了。

轩辕炎在一旁也跟着行礼，只不过他的动作显得略微勉强了几分。

那日战斗结束之后，龙皓晨再次得到了魔法圣殿殿主李正直的召见。他们说了什么没有人知道，但在不久之后，魔法圣殿就发布公告，宣扬了骑士圣殿代理圣骑士长精金十二号的英雄事迹，并且表示，魔法圣殿将永远铭记这份深情厚谊。

龙皓晨微微一笑，道："二位不必如此，你们并没有做错什么。我只是希望，在不久的将来能改善魔法圣殿与骑士圣殿之间的关系，到时还需要两位的大力支持。"

对于他这句话谭丸却没有接口，而是转移话题道："圣骑士长，我听说你们要走了是吗？"

龙皓晨点了点头："加陵关固若金汤，我还要去其他圣殿看看。明日一早，我们就会离开了。"

谭丸沉默了片刻后，突然道："圣骑士长，我有个不情之请。"

龙皓晨微微一愣："请讲。"

谭丸道："我希望向您挑战，一对一。不使用任何武器装备，只凭借自身的能力。我知道，我的修为远远无法和您相比，但我很想知道，我们之间的差距究竟有多大。"

说到这里，她似乎担心龙皓晨误会，接着道："我自从成为一名魔法师之后，就一直在尽一切努力修炼。以老师为目标，希望将来能够成为老师那样的强者，为联盟而战，为人类而战，将魔族彻底消灭。我只是希望，您能够成为我追赶的另一个目标。我只是纯粹地想请您指教，并没有别的意思。"

龙皓晨略微思索片刻后，道："好吧。既然如此，请谭团长找一处僻静的地方。同时，我希望不要有观战者。"

"好。"谭丸似乎明白龙皓晨的顾忌，一口就答应了下来。

一旁的轩辕炎想要说什么，却终究还是忍住了。

龙皓晨没有通知韩羽和采儿，在谭丸和轩辕炎的带领下来到了魔法圣殿第四层一扇宽大的房门外。

谭丸向轩辕炎道："你在这里等我吧。"

轩辕炎突然有些恳求似地看向龙皓晨，龙皓晨歉然道："以后轩辕团长会明白我的难处。谭团长，请。"

谭丸推开门，和龙皓晨一起走了进去。

这是一个宽阔的圆形试炼场，没有观战台，直径大约在五十米。对于魔法师的攻击范围来说，这个地方并不算很大。

"这里是圣殿进行测试的地方，有轩辕守在外面没人会干扰我们。"说话间，谭丸手腕一翻，手中的魔法杖已经凭空消失。紧接着，她拉开自己的前襟，将那件魔法波动极为强烈的魔法袍脱了下来，收入储物戒指之中。

今天她向龙皓晨发起这场挑战，就是想看看自己和龙皓晨之间真正的差距有多大。那天龙皓晨以光之祈祷限制住地狱降临，对她的震撼实在是太强烈了，以她的眼力自然能够看出当时龙皓晨引动了一件神器。

在谭丸心中，终究是有些不服气的。

如果不使用神器和精金基座铠甲这样的史诗级装备，他又能比我强大多少呢？谭丸特别想知道这个答案。龙皓晨他们马上就要走了，谭丸再也忍不住内心的好奇，找上了龙皓晨。

龙皓晨道："谭团长，在这场切磋结束之后，无论输赢，我都有一个请求，还希望能得到您的帮助。"

谭丸愣了一下："什么请求？"

龙皓晨微微一笑："比试结束之后再说吧。"

"好。"谭丸说完便径直向试炼场的一边走去。

纯粹凭借自身实力进行比试，相对来说，骑士比魔法师会更吃亏一些。因为骑士不但有装备，还有坐骑，在都不使用的情况下，骑士的实力会被大幅度削弱。而魔法师不使用装备，影响就要小得多。但谭丸显然不愿意占龙皓晨这个便宜，所以，她选择了这个直径只有五十米的试炼场，这就对魔法师不利了。如此情况之下，双方受到的削弱是相差无几的。

随着金光流转，龙皓晨身上的精金基座铠甲消失了。他没有释放任何一柄重剑，只是一身劲装，同时他也后退到了与谭丸相对的试炼场边缘。

看着龙皓晨那年轻英俊的容貌，谭丸不禁有些失神。她震惊于龙皓晨的年纪。哪怕已是第二次看到，这份震撼也没有丝毫减弱。

"圣骑士长，我要开始了。"谭丸沉声说道。

"请。"

一对青色灵翼几乎是瞬间从谭丸背后伸展，紧接着，她右手朝着龙皓晨一指，数十道青色风刃已经如同飞刀一般朝着龙皓晨的方向射去。这些风刃每一道都有属于自己的路线，或直线，或弧线，甚至还有从侧面绕开的，几乎封死了龙皓晨。

龙皓晨双手背在身后，左脚向前跨出一步，紧接着，他的身体突然以奇异的节奏摇曳起来。

"噗噗噗噗……"一连串灵力碰撞的声音响起。在那令人目眩神迷的青色光芒之中，龙皓晨就那么从容不迫地走了出来。没错，就是走了出来，从始至终，他都没有发起反击。

作为攻击者，谭丸的感受最为清晰，龙皓晨使用了一种奇异的步法，在似慢实快的速度下，总是在间不容发之际避开风刃的攻击，而且总能引起两道风刃碰撞在一起自行化解。

这个过程看似简单，但无论是对身体的控制能力还是自身的判断力和速度，都令谭丸叹为观止。她还是第一次知道，居然有人能以这样的方式来闪避自己的风刃。

当然，身为风元素使的嫡传弟子，谭丸的攻击才刚刚开始而已。在龙皓晨从风刃中走出来的同时，谭丸就在吟唱咒语，一团团青光也从她指尖处弹出。那些青光在空中化为一股股高度只有一尺左右的小型龙卷风，向龙皓晨飞去。

一共十二股小型龙卷风，令整个试炼场都充斥着奇异的呜呜声，它们以不同的速度飞向龙皓晨，空气中浓郁的风元素也变得越发狂暴起来。

魔法师与骑士一对一的战斗，绝不是用最强大的魔法就能制胜的，而是需要最合适的魔法。谭丸施展出的这十二股龙卷风外表看似一样，实际威力却截然不同。每一股龙卷风都相当于一个六阶魔法。施展出这十二股龙卷风之后，她的脸也是一片苍白。毕竟，这是在没有任何魔法装备辅助的情况下，以七阶中段的修为，她已经是竭尽全力了。

这些龙卷风之中，有正转的，有反转的，也有混乱的，每一个都不相同。而且，一旦其中一股发生爆破，那么其他龙卷风就会瞬间被吸引，几乎会在同一时刻降临到敌人身上。

从单体魔法来说，这十二股龙卷风能够组成一个复合魔法，如果让它的威能完全发挥出来，足以媲美八阶群体魔法的威能了。

龙皓晨前进的步伐停顿了下来，那十二股龙卷风也从不同的方向席卷而至。

他右手抬起，一道白光从他手掌之中射出，化为一柄长约四尺的重剑。然后龙皓晨居然闭上了双眼，左脚前跨一步，手中这完全由灵力凝结而成的重剑徐徐斩出。

凝灵成罡？不，龙皓晨的修为还没有达到那一步，他还无法将灵罡以这种方式释放出来。所以，他手中其实是一个技能——圣剑。

以手为剑柄释放出的圣剑在威能上明显会受到许多限制，但是，在龙皓晨纯净的光元素辅助下，看上去也和真正的光系重剑没有太大区别了。

他这一斩看上去轻飘飘的，而且动作不快，虽然依旧命中在了第一股飞到的龙卷风上，但远处的谭丸脸上已经露出了一丝得意之色。

无论你实力多强，只要你触动了一股龙卷风，那么，我的龙卷列阵就会瞬间发动。我倒要看看，没有任何防御装备的你如何来抵挡我这个八阶魔法？

但是，谭丸脸上的得意只是持续了一瞬间，下一刻就变成了惊愕。

一剑切入龙卷风之中，龙皓晨居然没有引起那龙卷风的爆发，看上去，那被切割的龙卷风仿佛成了他手臂延伸的一部分，直接在他的手臂挥动下抬了起来。

龙皓晨的气息也随之消失了，此时此刻，他竟然已经完全融入周围的风元素之中，以至于另外十一股龙卷风只是围绕着他的身体旋转却没有向他发起攻击。

龙皓晨右臂微微一颤，身体做出了一个抖动的动作，紧接着，他手臂前端的龙卷风就化为点点青光消散在空气中了。

第一股龙卷风消失，其他十一股龙卷风顿时得到了感应，全部朝着中央的龙皓晨攻去。也就在这时，龙皓晨的速度突然快了起来，手中圣剑在间不容发之际连续刺出十一剑。

十一股龙卷风几乎是不分先后地停在了半空之中，下一刻，全部化为点点青光消失不见。

龙皓晨一闪身，数十米距离一步横跨，眨眼间他已经来到了谭丸面前。

谭丸几乎是下意识地抬起双臂，双拳向龙皓晨轰出。只见她双手之上青光缭绕，轰击的速度相当迅疾，居然是武技的路数。

对于她这一击，龙皓晨竟也丝毫不感到意外，他也没有去抵挡，只是任由谭丸双拳轰击在自己的胸膛上。

"砰、砰"两声闷响传来，龙皓晨却岿然不动。谭丸只觉得自己双手上蓄起的风属性灵力刚刚轰击在龙皓晨身上时，立刻就被一阵奇异的振荡化解了，根本无法侵入他的身体。

龙皓晨并没有释放任何反震力，依旧站在那里，双手垂在身体两侧，目光灼灼地盯着她。

谭丸双手放下，有些呆滞地看着龙皓晨："我输了。"这三个字从她嘴里说出来着实有些艰难，但她又不得不承认自己的失败。

她能清楚地感受到龙皓晨的修为比自己的修为高出太多。不只是灵力，在实战经验、悟性以及对技能的运用上，自己和他都不在同一个层次。

龙皓晨后退两步，拉开自己和谭丸之间的距离，真诚地道："你刚才那个魔法很强。我如果没有专门研究过空气振荡频率，抵挡起来也会十分困难。"

谭丸苦笑道："你不用安慰我，输了就是输了。这是我和你之间的差距。不过，我有两个疑问。第一，你是如何破开我的龙卷列阵的？第二，你似乎已经知道我是会武技的，可是，这个秘密明明只有老师清楚，哪怕是林鑫也不知道，难道是老师告诉你的吗？这不可能啊！"

第197章
血腥女战神的泪水

龙皓晨微笑着道："破开你的龙卷列阵我也用了全力。我自创过一个魔法，叫'光之荡漾'，就是研究灵力振荡频率的。所以，当你的龙卷列阵刚刚用出来的时候我就已经感知到了它们每一股龙卷风的不同。

"我闭上眼睛绝不是在藐视你，而是要集中精神去判断这些龙卷风的变化。只要有一股应对不好，它们的威力就会真正爆发出来。最后，我也以不同的频率，找到你这些龙卷风的破绽，将它们一一化解。这个过程对我的精神力消耗极大。"

谭丸还是有些不解地道："可是，你那份剑意是我生平仅见，哪怕是战士圣殿的强者，对剑的理解也没有人能比得上你。我没感觉错的话，刚才你已经进入了人剑合一的境界，那份剑意的展现更是挥洒自如，绝不是领悟了一两天。你的这份造诣又是从何而来？"

龙皓晨微微一笑，道："这个问题就更容易回答了。就像你同时修炼魔法和武技一样，我不但是守护骑士，同时也是一名惩戒骑士。剑上的功夫自然是我最为注重的了。"

谭丸瞪大了眼睛，"惩戒、守护双修骑士？而且，你对两种骑士技能的融合似乎已经做得很完美了。看来，你们骑士圣殿终究还是走在了我们前面。"说到这里她不禁有些颓然。

龙皓晨道："我再继续回答你另一个问题吧。确实是李正直殿主告诉了我你有可能会魔武双修。不过并不是用语言，而是用行动。那天李殿主化身风神的时候，我就有这种感觉了。虽然他当时施展的是强大的禁咒级魔法，但是，在长刀的应用上，他如果对武技没有足够的理解，也绝不可能达到那样精妙的境界，所以我才有了大胆的猜测。

"其实，魔法和武技本就是一家，对于我们骑士来说，不也一直都是以魔法来辅助武技从而形成骑士技能的吗？无论是哪一种能力，其本源都是灵力，在这样的情况下，你们魔法师从武技寻求突破也没什么不可能的。

"不过，我建议你还要努力提升一下外灵力，否则的话，单纯凭借内灵力来催动武技终究是有极限的。除非你有一天能够达到李殿主那样的修为，化身为禁咒来施展武技。"

谭丸哼了一声，道："你说得倒轻松，哪有那么容易？武技和魔法双修对于任何人来说都是无比艰难的。一个人的精力有限，当然要有所取舍。"

龙皓晨点了点头，道："这个你就要向李殿主请教了，我帮不了你。我们的比试算是结束了吧？"

谭丸没好气地哼了一声，道："你赢了。怎么？还要羞辱我不成？"

龙皓晨失笑道："你这个脾气真应该改改。不然的话，恐怕对你未来的修为也会有所影响。情绪不稳，是很难修炼到巅峰的。"

谭丸愣了一下，转移话题道："你刚才不是说有什么请求吗？说吧。你赢了我，我能做到的都会尽力。"

龙皓晨道："我和林鑫他们马上就要离开了，但馨儿姐姐和她的猎魔团伙伴依旧会留在加陵关，希望你能帮我照顾他们。我一直将馨儿姐姐当作亲姐姐。"

谭丸柳眉倒竖，怒道："你这是在故意羞辱我吗？你一定已经知道了我和林鑫之间的事对不对？让我去照顾情敌？亏你想得出来。"

龙皓晨有些无奈地道："我只是希望能够帮你们化解这段恩怨而已。说起来，这件事根本说不出谁对谁错，一切都是阴差阳错的结果。难道你就打算一直这样僵下去吗？未来，无论是你还是林鑫，必然都会成为魔法圣殿的高层。难道你就不怕因为你们之间的矛盾而导致未来魔法圣殿的高层不合？我知道，在你心中很难放下，感情方面的事我懂得也不是太多。所以，我只能劝你以平常心去对待。

"时间是最好的良药，或许，再过一段日子，等你找到自己的真爱时，自然而然就会原谅林鑫了吧。但有一点我必须强调，无论你在魔法圣殿多么强势，我都希望你不要伤害馨儿姐姐。否则的话，我一定不会放过你，甚至不会放过魔法圣殿。"

"你在威胁我？"谭丸冷冷地说道。

龙皓晨淡然道："算是吧。希望下次见面，我们能够成为朋友，而不是敌人。"

说完这句话，他转身向外面走去。

看着他的背影，谭丸突然有种很特殊的感觉。在这个男生面前，一向被誉为魔法圣殿第一天才的自己显得是那么渺小。

眼看着他重新穿上精金基座铠甲的样子，她仿佛看到了老师的背影一般。可是，他的年纪似乎还没有自己大啊！

颓然的感觉绝不舒服，但谭丸吃惊地发现，自己竟然没有勇气去拒绝龙皓晨之前的话，她不敢冒险。可是，真的要如他所说去照顾那个女人吗？

清晨。

龙皓晨、采儿、韩羽和林鑫四人悄然出了加陵关后门，朝着南方而去。

李馨的双眸不知道什么时候已经被水雾充满，在她身边，是她猎魔团的伙伴们。

龙皓晨的到来，陆熙就算是猜也能猜到，他心中的感慨甚至还要超过谭丸。

毕竟，他亲眼见证了这支猎魔团的成长啊！短短几年时间，自己已经看不到他们的背影了。两支团队的差距已经到了可以用"鸿沟"来形容的程度。

不远处，谭丸和轩辕炎也站在那里，目送着龙皓晨四人的离去。

轩辕炎有种如释重负的感觉，就连一直有些皱紧的眉头也舒展开来。他一直深爱着谭丸，可谭丸因为林鑫的一封信解除了与他的婚约。他从未恨过谭丸，却恨极了林鑫。

随着林鑫在魔法圣殿崭露头角，加之在加陵关战场上的优异表现，轩辕炎心中的恨意一直都在不断加深，他甚至在私下里和林鑫大战过几次。他很怕谭丸会被林鑫抢走。

林鑫终于走了，轩辕炎惊讶地发现，自己内心的恨意也随着他的离去而消失了。虽然谭丸依旧没有认可自己，但最大的竞争对手终究不在身边了。轩辕炎比任何人都了解谭丸，他很清楚自己应该怎么做。

谭丸突然走到李馨面前，沉声道："别哭了。"

李馨微微一愣，看着谭丸，不禁皱起了眉头，林鑫走了，这个女人还要怎样？

谭丸沉默了半晌后，道："你有个好弟弟。以前的事，一笔勾销。在我的记忆中，再也没有林鑫这个浑蛋。"

说完这句话，她立刻转身而去。

李馨是呆滞，轩辕炎则是大喜。他知道，自己的机会终于真正到来了。

从加陵关一路向南，接下来要到达的就是东南要塞了。

战士圣殿所在的东南要塞与魔法圣殿所在的加陵关一直是唇齿相依的关系，两大圣殿距离较近，相互帮助，所以，东南要塞虽然守御得十分辛苦，但终究还是抵挡住了魔族的进攻。

经过四天的全力飞行，龙皓晨四人终于赶到了这座他们以前来过的东南要塞。

他们来得很巧，魔族大军正向东南要塞发动着猛烈的攻击。

东南要塞外的八大魔神没有直接参与到战斗之中，但八根魔神柱的光芒覆盖了整个魔族大军。惨烈的战斗令龙皓晨他们在高空中都能闻到淡淡的血腥味儿。从天空中俯瞰，能够清楚地看到下面血流成河的景象。

"团长，怎么办？我们直接加入战斗吧。"韩羽向龙皓晨说道。

龙皓晨点了点头，道："稍等一会儿，我先找找原原。"哪怕是光明之子，他也是有私心的。此时在高空，他和韩羽都释放出了光元素，向东南要塞表示友军的身份。帮助东南要塞抵御魔族大军是必须的，但帮助王原原要排在更前面。

骑在星王背上的龙皓晨闭上双眼，集中精神力向东南要塞城楼上搜索，寻找王原原的身影。

因为下方在大战，灵力波动极为剧烈，对他的精神力也会产生极大的干扰，所以，龙皓晨的探察相对来说就困难许多。

王原原此刻确实是在东南要塞城楼上呢。她左手持巨灵神之盾，右手紧握血腥风暴。

战争进行了快两年的时间了，敌我双方消耗都很大。原本魔族大军已经消停了许多，只是偶尔发起一些象征性的攻击，东南要塞也趁机得到一些休养生息的机会。可不知道为什么，一周前，魔族大军又一次展开了全面进攻，而且比以前攻击得还要猛烈。

一时间，东南要塞的强者们全都投入了战斗之中。大战如火如荼地进行着，整个要塞都蒙上了一层浓浓的血色。

王原原依旧在战场的第一线，守卫在城楼上。和战争刚开始时那段时间相比，无论是巨灵神之盾还是血腥风暴，现在都蒙上了一层浓浓的血色。那可不只是沾染上了不同的颜色，更带有强大的杀气，这是杀了无数的敌人造成的。

王原原的相貌和以前相比没有什么改变，气质却发生了天翻地覆的变化，变得冰冷、沉稳。尤其是在战场上，全身充满着血腥气味的她，表情不会出现丝毫变化。出手之狠辣，就算是战士圣殿的一些老牌强者都无法和她相比。

而王原原修为的提升也可以用"一日千里"来形容，与魔族的对抗让她积聚了大量的杀气，也不知道她用了怎样的方法，在自身巨灵神血脉被激发的情况下，接连突破。现在她的修为竟然已经超过了比她早突破七阶数年的张放放。这种飞跃令任何战士圣殿高层都为之惊叹。

七阶五级，这就是王原原目前的修为，再加上她双手之中的恐怖武器，如果要评出一个东南要塞的战神，她绝对是当之无愧的。从战争开始到现在，她没有错过任何一场战斗。最多的时候连续在城楼上杀敌五天五夜，直到体力不支昏迷，才被抬下城楼。而精神一恢复，她就不顾所有人的阻拦，再次站上了东南要塞城楼。

现在的王原原，早已成为东南要塞的女英雄，更是绝大多数战士心中的偶像。

张放放已经没有了他的猎魔团，他一直都默默地跟在王原原身边。对于王原原这种战斗方式，他不知道劝说过多少次，也不知道多少次为了王原原奋不顾身地挡住敌人的攻击。可是，王原原根本就听不进他的劝说。

到了后来，张放放的心态也渐渐发生了改变，他对王原原的感情不但没有因为她这份执着而减弱，反而变得更加强烈了。而且，他也受到王原原的影响，快由一名守护骑士变成一名惩戒骑士了，杀得疯狂时，比王原原差不了多少。

此时此刻，张放放就站在王原原身边，他身上的甲胄也早已变成了五颜六色，手中的重剑砍向敌人，手中的盾牌则在为王原原抵挡攻击。无论是王原原还是张放放，可以说都是从死人堆里爬出来的。要不是两人都有灵炉守护，且有战士圣殿高层的刻意照顾，恐怕两人早已战死在战场了。

三只被投石机抛上城楼的巨大熊魔直接找上了张放放和王原原，挥动着它们的强悍大锤，硬碰王原原的攻击。

"轰！"

第一只熊魔的攻击被张放放用盾牌撞开了，第二只熊魔的攻击被他用重剑挡了下来。

闷哼声中，张放放吐出一口鲜血，这已经不知道是他第几次受伤了，甚至连他自己也早就习惯了。

剧烈的碰撞之下，两只熊魔被他逼迫得退开数步。而张放放所做的这一切，都是为了给王原原争取时间。

巨灵神之盾毫无悬念地砸开了两柄大锤的轰击，血腥风暴就如它的名字那样，在下一瞬疯狂爆发。

城楼上再次掀起一片腥风血雨。哪怕是以熊魔的凶悍，看着自己的同伴被血腥风暴活埋的场景，另外两只熊魔也不禁流露出恐惧之色，忙不迭地向旁边攻去，不敢再面对王原原这个女战神。

王原原用巨灵神之盾撑地，大口大口地喘息着，近乎血红色的目光看向身边的张放放，向他轻轻地点了点头。

张放放勉强一笑，道："我没事儿。你歇会儿，我顶得住。"

王原原没有说什么，很多时候，情谊是不需要说出口的，而是记在心中。

就在这时，一根金色光柱突然从天而降，将王原原笼罩在内。紧接着，又一根金色光柱落下，落在张放放身上。

令人无比舒畅的光元素带着浓浓的暖意飞快地滋润着他们的身体，悦耳的声音中，两位金色天使从天而降，六翼拍动，从后面轻轻地拥住了张放放和王原原的身体。

他们已经在东南要塞城楼上持续战斗了三天三夜，身体的疲倦、创伤以及灵力的消耗都令他们到了崩溃的边缘。此时这两个强大的光系治疗魔法对他们来说无异于雪中送炭，让他们的体力和灵力都以惊人的速度恢复着。

更让张放放吃惊的是，落在王原原身上的金色光芒是那么的纯净，那金色天使隐隐透出圣洁的气息。王原原眼中的血色在它的拥抱下竟然也在迅速消失着。也就是说，它不只是治疗着王原原的伤，同时也在抚慰着她那充满杀气的心灵。

这是精神、身体的双重治疗。这样的大天使之拥张放放还是第一次见到啊！

几乎是下意识的，张放放和王原原同时抬头向空中看去。四道身影从天而降，其中两名骑士正是那两个大天使之拥的施展者。

少顷，一大片连珠火球已经铺天盖地般从身穿火红色魔法袍的魔法师手中挥洒而去，无论是空中还是地面的魔族，都被扫掉一大片。

蓝色的火球令空气中多了一股浓浓的焦煳气味。当然，被烧焦的是魔族士兵的身体。

有几个实力较强的漏网之鱼，包括之前那两只向旁边逃脱的熊魔，都在一道闪烁的灰色光芒中殒命。几乎只是呼吸之间，张放放和王原原所在的这段城墙就清净了许多。

韩羽快步上前，将手中重盾举起，挡在最前面，林鑫很自然地闪避到他背后，手中火晶法杖的攻击却没有半分停顿，将火系魔法师强大的攻击力完全展现了出来。在他那强大的魔法攻击面前，暂时没有魔族能够靠近这边。

"韩羽、林鑫、采儿？"

王原原有些沙哑的声音中充满了难以置信的情绪。自从战争开始后，她握住武器的双手第一次颤抖了。

"原原，还有我。"精金基座铠甲的面具后响起了龙皓晨的声音。

"砰！"

王原原双手中的武器同时跌落，身体一晃，险些摔倒，张放放赶忙扶住了她。

"老大，老大！你们终于来了。"

东南要塞那无比坚强、杀敌如麻的血腥女战神王原原，情绪竟是瞬间失控，痛哭失声。

龙皓晨上前一步，不顾王原原的一身血渍，给了她一个有力的拥抱："我们来了，而且还要继续去会合樱儿和司马。帅级六十四号猎魔团将重组，不，当我们重组的那一天，必定会成为王级猎魔团。"

"嗯、嗯……"王原原已经完全说不出话来，泪水止不住地流下。

因为对自己缺乏自信，近两年的战争中，她可以说是帅级六十四号猎魔团所有人中最苦的一个，几乎每天都在生死边缘挣扎，在苦战中寻求突破，为的就是不落后于伙伴们，能够在重组团队的那一天依旧是这支团队的一分子。

龙皓晨来了，采儿、韩羽、林鑫也来了。他们没有忘记我，他们来找我了。我们的猎魔团终于要重组了。这一刻，王原原只觉得全身无力，紧绷的神经突然放松下来，再也抑制不住自己的情绪。

龙皓晨将她送回张放放的身边："张兄，谢了。"

张放放轻叹一声："我为原原所做的一切，全都是为了我自己。我没能保护好我的伙伴们，如果连她也保护不好，那么，我就只有随她去了。"

龙皓晨道："原原情绪不稳定，还请张兄看护，等这场战斗结束之后，我们再叙话。"

说话间，他已经转过身，朝着城楼方向而去。

龙皓晨抬起右手，光之涟漪已经出现在他手中。他脚尖点地，一个纵身就来到了韩羽身边。

他简单地观察了一下目前的局面，有林鑫和采儿主攻，韩羽主守，只要没有八阶以上的敌人到来，就不用担心防御阵线被攻破。

龙皓晨略微后退半步，来到韩羽身后，咒语吟唱声悄然响起。

自从结束闭关之后，龙皓晨很多时候倒更像是一名光系魔法师。而且他那光系魔法应用得也确实要比魔法师更加强大。神眷者对光元素的强大亲和力往往能够让他越阶施展魔法。

在幻洞内学习技能时，龙皓晨都是尽可能学习守护骑士的防御技能和治疗技能。凭借着神眷者的强大能力，他甚至进入了九阶神圣骑士才能进入的领域学习了一段时间，这也是他那几个光系禁咒的来历。

在咒语吟唱声中，龙皓晨身上的金色光芒变得越来越炽烈了。空气中，开始有大量的光元素与他产生共鸣。不过，此时他脸上明显露出了几分失望之色。

正如他所预料的那样，同样的咒语未必每次都能展现出同样的威能，运气不可能永远都站在他这一边。

龙皓晨所吟唱的正是神圣甘霖的咒语，可惜，这一次他没能引动所有光元素将那神迹展现，最终完成的只是甘霖术而已。

闪亮的金色光柱冲天而起，照亮了大片的天空。紧接着，细密的金色光雨从天而降。虽然甘霖术远远不能和神圣甘霖相比，但这毕竟也是一个八阶治疗魔法，足足笼罩了近千平方米的范围。

甘霖术范围内的战士和魔法师，都得到了极为有效的治疗。而在甘霖术的作用下，正在攻城的魔族身上却冒起一阵阵青烟，攻势大减。

不过，甘霖术毕竟是甘霖术，无论是覆盖范围、治疗效果还是持续时间，都远远不能和近乎超级禁咒级别的神圣甘霖相比。因此，魔族的攻势只是被略微遏制了一下，东南要塞将士们得到了短暂的喘息、治疗后，甘霖术就已经结束了。魔族大军又如同潮水般冲击而来。

林鑫此时略微后退半步，连续的魔法攻击对他的灵力消耗极大，尽管有火龙之翼的增幅，他也需要时间来恢复灵力。

少了强大的魔法攻击，魔族顿时再次冲上城楼。冲锋在最前面的，赫然是几只鲁克族潜行者，坚硬的城墙它们钻不进去，那一身尖刺却是毫不犹豫地发起了猛攻。

韩羽冷静地应对着这些敌人，却绝不贪功。他双手紧握盾牌，感知全部散播在周围，将身后的龙皓晨和林鑫完美地保护在内。

圣光沁盾、盾挡反冲、神御格挡、盾墙，几大盾牌防御技能在他手中施展得出神入化。

虽然他双脚没动，但二十米范围内没有一名魔族能越雷池一步。

采儿就像是一道光，一道灰色的光，死亡之光，只要是她所过之处，哪怕是熊魔那么强悍的身体，也无法阻挡其分毫。死神镰刀的锋利只能用恐怖来形容，再加上她那出神入化的速度，轻松地弥补了韩羽防御两侧有可能出现的漏洞。

龙皓晨依旧没有参与攻击，只是一个接一个地释放着守护骑士增益魔法——信念光环、守护恩赐、强击光环、聚灵光环、神圣光环。

每一个从他身上释放出来的光环的效果，都要远超普通骑士所释放的光环的效果，覆盖面积极其广阔。他甚至还可以用定点投放的方式将自己施展出的光环抛出去，覆盖城楼的其他位置。

在他一连串的光系魔法施展下，东南要塞城楼上，几乎三分之一的战士都享受到了光环的增幅。虽然这一个个光环的增幅并不算巨大，但能够得到光系魔法的增幅，不但极大地振作了己方士气，同时也让战士们的战斗力和生存能力都有了一定的提升。

其中，效果最显著的就是神圣光环。这也是骑士在与魔族战争中最好用的光环之一。光环范围内，所有战士的攻击都会附加神圣效果，对魔族的杀伤力大幅增加。而黑暗属性的魔族如果也进入神圣光环范围内，实力就会立刻被削弱。

没错，相比于防御和增幅，龙皓晨的攻击要强大得多。但现在他并不是一对一或者是一对多地与敌人决斗，而是身处一场战争中。此时，守护骑士在战场上的作用是惩戒骑士远远无法相比的。

神眷者的能力，令龙皓晨每一个技能的增幅效果至少要比普通骑士的增幅效果提升三成。这些消耗不大的增益技能，他几乎是不间断地在使用。一时间，东南要塞城楼上三分之一的面积都被笼罩上了一层金灿灿的光华。

林鑫在短暂的恢复之后，也重新投入了战争之中，他就像是一个炮台一般猛烈攻击。心焱火焰所及之处，那一片片蓝色火海极大地限制了魔族的攻击。而当他全力攻击之时，韩羽和采儿则会放缓攻势，恢复自身灵力。

他们之间的默契早已深入骨髓，哪怕是这么久没有见面，此时再次联手也依旧是那么和谐。

这份默契源自绝对的信任，尤其是在有龙皓晨在场的情况下，有他这个团队的灵魂存在，帅级六十四号猎魔团就有着无所畏惧的强大动力。

"铿——"

一道金属碰撞声在龙皓晨左侧响起。接着，一个带着亢奋的声音呼喊道："采儿，你只顾右边就行了，左边交给我。"

龙皓晨侧头看去，正是王原原来到了自己身边，那金属碰撞声就是巨灵神之盾与血腥风暴所发出的。

"原原，你……"龙皓晨惊讶地道。

沐浴在龙皓晨释放的光环之中，王原原身上笼罩着一层金色光泽。

"老大，怎么能没有我呢？你知道吗？我期待和大家重新在一起战斗已经太久了啊！"

受到大天使之拥的治疗，王原原的实力已经恢复了一些，更重要的是她此时情绪上的变化。

龙皓晨他们的到来，固然令她心中紧绷的那根弦放松下来，但同时也激发出了她内心之中无尽的战意。能够和最熟悉的伙伴们一起战斗，对现在的她来说，绝对是一种幸福啊！

眼看着龙皓晨四人在前方默契配合，王原原又怎能安心休息？所以，在精神恢复了几分后，她第一时间来到了龙皓晨身边。

龙皓晨没有再阻止王原原，他也知道自己根本就阻止不了她："好，那就让我们并肩战斗。原原，将你的灵魂锁链开启。"

"是，团长。"王原原高声应道。

当初分开的时候，帅级六十四号猎魔团中的每个人都自觉地断开了灵魂锁链，因为他们都不知道自己在分别的这段时间里会遭遇什么，谁也不想连累伙伴们。

重逢之后，灵魂锁链才一一连接，这也意味着，他们这个团队正在重组。而重组后的帅级六十四号猎魔团比起以前，又要强大得太多了。

生死的历练令他们更珍惜这个团队，同时也令他们的阅历和实力都有了质的飞跃。

七人已归其五，团队的力量已经恢复了很大一部分。有王原原那巨灵神之盾和血腥风暴的强大威能镇守左侧，坐镇中央的龙皓晨更能全心全意地施展增益魔法。

战士圣殿的高层们早已发现了这边的变化，从天而降的四人直接加入战场时，他们还吃了一惊。只不过龙皓晨和韩羽身上浓浓的光明属性令他们没有出手阻止。当他们看清龙皓晨身上的精金基座铠甲时也不禁大为震惊。

精金基座骑士是骑士圣殿的中坚力量，除了执行任务之外，从不轻易离开御龙关。怎么会突然有一位精金基座骑士带着几个人来到东南要塞了？

战士圣殿殿主邱永浩带领着战神和战帝级强者们一直在与对面的八大魔神对峙着。当他眼看着龙皓晨释放出一个接一个的增益魔法时，也不禁暗暗赞叹。

这就是守护骑士啊，而且是魔武双修的守护骑士。在战场上，守护骑士的作用实在是太大了。他们能够防御、支援、攻击，甚至还能够治疗。一位强大而全面的守护骑士，就能撑起一片天空。

此时，邱永浩和战士圣殿的强者们是悬浮在空中的，从上方向下俯瞰看得最为清楚。自从龙皓晨他们几个来了之后，从甘霖术开始，东南要塞的压力明显减轻了许多。而魔族的攻势也遭到了有效的抑制。就是这么几个人，就对战争有了极大的帮助。以邱永浩身为战士圣殿殿主的身份，他的感受是最为深刻的。

骑士、魔法师、刺客、骑士、战士，王原原和他们在一起竟然配合得那么默契。难道说，这些人是和她同一个猎魔团的吗？

想到这里，邱永浩不禁大吃一惊，在他脑海中，立刻出现了当初那位在战士圣殿中一剑斩出，为战士圣殿留下了剑意奥义的年轻人。

难道，那个正在不断施展着增益魔法的精金基座骑士竟然是他？短短不到两年时间，他竟然已经成长到如此程度了吗？再回想起圣殿联盟一年多年前的那场重要的会议，邱永浩的心情不禁更加复杂了几分。

"守护骑士在战场上的作用是什么？不是防御，也不是治疗，更不是进攻，而是让自己的战友尽可能多地活下来，只有明白这一点，并且做到这一点，你才是一名真正合格的守护骑士。"

　　爷爷的话在龙皓晨心中回荡着，他释放光环越来越娴熟，光环的配合也越来越默契。精金基座铠甲以及他自身的灵力几乎是源源不绝地供给他施展的这些普遍不到五阶的光环类魔法。在施法速度上，他虽然不能和纯粹的魔法师林鑫相比，但在施法距离和同阶魔法效果上，林鑫就远远不如他了。

第198章
洞察引神术

龙皓晨现在已经进入了一个特殊状态，那是一种心灵升华般的感觉，仿佛每一个光环释放出去，都有伙伴的生命被救下来。那种感觉比他主动杀敌人更让他舒畅。

这场人类与魔族的战争本来就是一场持久战，这场战争已经令城楼下的尸体堆积如山。

龙皓晨他们的加入，固然让东南要塞的形势稳固了许多，但魔族的攻势没有丝毫减弱，反而变得越发猛烈了。更多魔族强者加入战场，冲击着东南要塞的防线。

一圈圈黑色的光纹不断从八根魔神柱上绽放开来，每一圈光纹，都会大范围地覆盖在魔族士兵的身上。受到这些光纹的影响，魔族士兵立刻会变得极其亢奋，悍不畏死地冲向东南要塞。

负责攻击东南要塞的八大魔神中，为首的那一位容貌绝美，哪怕在人类女子中也算得上是绝色，可他偏偏有着男人的伟岸身体，背生黑色六翼，额头上还有一块三角形的黑色水晶。

这是天使魔神拜蒙，魔族七十二柱魔神中排名第九位，擅长各种黑暗魔法。

除了拜蒙以外，在场的其他七位魔神排名都在二十以后，所以，拜蒙自然就是这里的统帅了。

天使魔神拜蒙和地狱魔神马尔巴士不同。马尔巴士是纯粹的黑暗魔法师，或者说是地狱魔法师，而拜蒙则魔武双修，最擅长以各种黑暗魔法增幅自身。在没有自己族群的情况下能够排入前十，可见他的个体战斗力比马尔巴士差不了多少。同时，他也是月魔神阿加雷斯的好友，在魔族的地位十分崇高。

拜蒙尚未继承魔神之位那会儿，给魔神皇当过侍卫，得到过魔神皇不少关照与指点。

因此，他对魔神皇极为忠诚，凡是魔神皇的命令，他都会坚决执行。魔神皇让他按兵不动，他就按兵不动，让他加强攻击，他就加强攻击。他只是一个个体，并没有自己的族员，自然也不需要为族员考虑什么，只要按照魔神皇的命令去做就行了。因此，他也被魔神皇视作最得力的属下。

当然，拜蒙的地位还不能和月魔神阿加雷斯、星魔神瓦沙克比，那两位在魔神皇心中是最好的兄弟。

拜蒙在魔族之中，除了魔神皇、月魔神和星魔神之外，其他谁也不认。个体魔神的可怕就在于没有后顾之忧，所以，哪怕是死灵魔神萨米基纳和地狱魔神马尔巴士，也要让他几分。

不过也有例外，这个例外就是狂战魔神阿难。拜蒙虽然不会听从阿难的命令，但对阿难他是绝对心悦诚服的。他是被打得心悦诚服的。

同为个体魔神，他在与阿难的切磋中，一次都没赢过，每次都被打得满地找牙。

"拜蒙大人，那名突然到来的骑士有点厉害，我们是不是该针对他采取行动？"拜蒙身边，另一位相貌十分英俊、背后同样有三对黑色翅膀的魔神低声说道。

这位魔神和天使魔神拜蒙十分相像，额头上还有一只闭合着的眼睛。

此人正是魔族七十二柱魔神中排名第四十九位的洞察魔神克罗塞尔。因为自身形貌和拜蒙很像，所以，他和拜蒙关系很好。他也是个体魔神。

拜蒙道："你探察一下。"

"是。"克罗塞尔答应一声，望向龙皓晨所在的方向。他的魔神柱泛起一层阴森的深蓝色。紧接着，他那只独目就已缓缓睁开，露出深蓝色的瞳孔。无色的奇异波纹宛如一道笔直的线，直奔东南要塞城楼而去。

正在城楼上不断施展光环的龙皓晨突然感觉一阵头晕，仿佛脑海中有什么东西正被一股特殊的力量抽离。

龙皓晨心中一惊，立刻停下来，同时集中精神力去感受这突然到来的变化。

在龙皓晨的感知中，这股令他眩晕的力量是一种强大的精神波动，但又不像是精神攻击魔法。

从精神力来说，其强度之高连他也无法和对方相比，但这股精神力没有精神攻击魔法那样强烈的冲击力。所以，他的感知虽强，却也判断不出这股精神力量究竟是什么，只能隐隐感觉到来自魔族。

龙皓晨双眸之中泛起一层淡淡的金色光泽，紧接着，这层金色光泽开始从他眼眸位置向外蔓延，很快就将自己的身体笼罩在内。

在这层金色光泽外，隐隐能够看到细微的深蓝色纹路，转瞬间，纹路消失，似乎一切都恢复了正常。

"咦？"克罗塞尔脸上露出讶异之色，"好强的精神力。那名骑士明明是光明属性的，精神力怎么会如此强大？"

拜蒙眉头微皱："什么情况？"

克罗塞尔道："这名人类骑士的精神力很强，我的洞察术刚落在他身上就被发现了。他的精神力自行产生了排斥效果，所以我只探察到了一部分情况。他的修为应该在八阶左右，身上的精金基座铠甲是史诗级装备。他身高一米九二，体重约八十公斤，外灵力在三万点以上。相比于一般人类，他的身体强度要高得多。年龄……"

说到"年龄"二字，克罗塞尔的眼神中流露出几分迷惘之色："他的反应太快，或许是我的探察不太准确。洞察术告诉我，他应该不到三十岁，具体多大年纪没有探察清楚。他身上的其他装备也探察不出。"

"不到三十岁的八阶骑士？看来，你探察得果然不算准确。用你的专属能力有把握吗？"

克罗塞尔摇了摇头，道："很难。他的修为虽然比我差不少，但他的精神力很强。我没有绝对的把握能够成功。以他这样的精神力，我就算成功了，恐怕也要元气大伤。"

正在这时，拜蒙又看到龙皓晨将一个个光环技能洒落在东南要塞城楼，辅助东南要塞的战士们抵挡魔族大军的进攻。

"试一下吧。我帮你。能够穿上史诗级精金基座铠甲的人类很少，在骑士圣殿仅次于神印骑士。这名骑士比战士圣殿的九阶战士还要讨厌。他既然是刚刚赶来的，那应该还不知道你在这里，战士圣殿的人也还来不及提醒他。"

"是。"克罗塞尔听了拜蒙的话并没有犹豫。

他能得到身为第九魔神的拜蒙的赏识，最重要的原因就是听话，说他是拜蒙的打手也不为过。

克罗塞尔双目闭合，开始吟唱咒语。他的声音变得十分低沉，身后不远处的魔神柱在他的咒语声中完全变成了深蓝色。

在克罗塞尔开始吟唱的时候，拜蒙一闪身，将克罗塞尔挡在身后，阻挡住人类这边的视线。同时，拜蒙双手抬起，一团漆黑的雾气直接从他身上扩散开来，将身后的八根魔神柱全部掩盖在内。在铺天盖地的黑暗气息汇聚成的浓雾中，隐隐有悠扬悦耳的声音响起。

紧接着，一个个拍打着黑色翅膀的天使开始在这团黑雾周围翱翔，一道道光芒不断射向下方的魔族大军。

这是拜蒙的堕落天使领域。凡是被这个领域照耀到的七阶以下魔族，实力都会在瞬间提升一阶，持续五分钟。在魔族的领域中，论增幅效果，堕落天使领域绝对是能排入前三名的。

与此同时，隐藏在黑雾中的拜蒙也开始低声吟唱起咒语，双眼之中暗金色光芒闪烁，化为一个暗金色旋涡将身后的克罗塞尔笼罩在内。

得到这暗金色光芒的增幅，克罗塞尔吟唱咒语的速度明显加快，隐藏在黑雾中的魔神柱释放出的暗蓝色光芒开始出现波动，波纹朝着他眉心的位置汇聚而去，他那只唯一睁着的中央独目也开始变得越来越妖异、深邃。

虽然一位精金基座骑士引起了拜蒙的注意，但一般来说，拜蒙不会让克罗塞尔冒这样的风险。他也不知道为什么，听了克罗塞尔对龙皓晨的介绍后，立刻毫不犹豫地让他出手。

在他内心深处，他隐隐感觉到这位精金基座骑士有点不对劲，只有将其彻底杀死，才能解决问题。

拜蒙做事一向果决，无论感觉是否正确，击杀一位骑士圣殿的精金基座骑士总是没错的。

由于之前出现的小插曲，龙皓晨心中略微升起几分警惕。不过，那精神波动只是昙花一现而已，并没有对他造成任何实质性的伤害，他也就没有太过在意，依旧不断施展着光环技能。

以龙皓晨现在的实力，他深信，除非是魔族排名前三的魔神来到这里，否则，以他与外面那八位魔神的距离，对方就算突然发动禁咒级的攻击也不可能伤害到他。之前在御龙关、驱魔关和加陵关的战斗，都已经深深地证明了这一点。

战士圣殿殿主邱永浩一直关注着龙皓晨这边，刚刚龙皓晨施展光环技能时突然停顿并且开始防御的样子令他微微一愣。

龙皓晨之前的光环技能施展得十分顺利，完全没有灵力枯竭的迹象，这一停顿显得十分突兀。

他怎么了？邱永浩心中立刻就产生了疑惑。

紧接着，邱永浩就看到对面魔族大军上空黑雾涌动，天使魔神拜蒙发动了堕落天使领域。一种不祥的预感几乎是瞬间出现在邱永浩心中，他立刻感觉到似乎将有大事发生。

魔族要干什么？邱永浩全身一震，想到了八大魔神中那个实力最弱却最为危险的家伙。

"精金基座骑士小心，抓住你身边的同伴。"邱永浩的大喝声几乎在下一刻就响彻天空。

以他的修为，自然能轻松地将声音传到龙皓晨那边。与此同时，邱永浩已经带着一群战士圣殿强者直接扑到了东南要塞城楼外。

这毫无疑问是在叫龙皓晨。龙皓晨自然记得这是邱永浩的声音，但是，邱永浩的话令他有些不解。抓住身边的同伴？什么意思？

就是这么一犹豫的工夫，龙皓晨突然感觉到一股难以形容的巨大威胁骤然降临在自己身上。以他的心态都出现了恐慌的情绪，因为，这种威胁充满了不可预知性。

但凡强者，控制欲都很强，尤其是对自己的控制，他们都习惯将所有的事情掌控在自己的能力范围内。而一旦出现不可控的情况，他们立刻就会陷入惊慌之中，此时的龙皓晨就是如此。

一道笔直的暗蓝色光芒几乎是毫无预兆地将魔族那浓浓的黑雾与东南要塞城楼连接了起来，而这道光芒在东南要塞城楼上的支点就是龙皓晨。

在那一瞬间，龙皓晨只觉得自己的身体骤然一僵，一股强大到令他窒息的恐怖精神力瞬间将他禁锢在其中。而此时他的手刚刚抬起，正要抓向身前的韩羽。

说也奇怪，那道暗蓝色光芒对其他人都没有任何伤害作用，哪怕是穿过了韩羽的身体，竟然也没有对他造成半分影响，只是将龙皓晨笼罩在内。

采儿、王原原、韩羽和张放放立刻就发现不对劲，赶忙向那暗蓝色光芒发起攻击。但是，他们骇然发现，他们所做的一切都是徒劳的。那暗蓝色光芒似乎只是纯粹的光芒而没有半分灵力波动，他们所有的攻击全都落在空处。而龙皓晨的身体却依旧保持着僵硬的状态。下一刻，他的身影居然开始变得模糊了。

是的，龙皓晨慢了，如果他在听到邱永浩声音的第一时间抓住身前的韩羽，就还来得及。可惜，他的思考令他失去了机会。

但是，身为神眷者，龙皓晨又怎会束手待毙呢？虽然他不知道这道暗蓝色光芒会带给自己什么，但他能深刻地感受到其中的危险。一旦被这道暗蓝色光芒偷袭成功，那么，自己面临的必然是九死一生的局面。

危难关头，龙皓晨试图引动自己所能使用的所有能力。首先他想到的就是日月神蜗盾。但是，他惊骇地发现，自己除了精神力没有被封锁之外，所有的灵力都已经被那奇异的暗蓝色光芒封死了，动弹不了半分。在失去灵力支持的情况下，无论他身上的装备有多么强大，都无法发挥出真正的威能啊！

精神力，精神力！那暗蓝色光芒就快成功了。龙皓晨似乎已经看到了一张张狰狞的脸。

对了，并不是所有装备都需要灵力啊！

一团金色光芒突然毫无预兆地从龙皓晨胸口处亮起。如果近距离仔细观看就能发现，那金色光芒竟然呈小小的骷髅头形状。

在危急时刻，龙皓晨想到了永恒旋律这个已经无数次拯救了他和伙伴们生命的传送利器。

无论敌人施展的能力有多么强大，只要自己传送到永恒之塔去，对方又能有什么办法呢？永恒旋律只需要精神力来引动，根本不需要任何灵力支持啊！

自从永恒旋律绑定在龙皓晨身上后，永恒之塔一直在通过它来吸收外界的灵魂力量。尤其是在龙皓晨加入战争之后，永恒旋律就变得更加贪婪了，而永恒之塔给龙皓晨的感觉就像是渐渐复苏的怪兽一般。

死灵魔神萨米基纳成为永恒之塔最大的一件祭品，当时如果不是萨米基纳当断则断，他的死灵领域恐怕直接就被永恒之塔抽空了。那次对死灵领域的吸收，也令永恒之塔的光辉有了大幅度恢复。

之后，龙皓晨又多次纵横于战场之上，每一次战场上产生的灵魂都会被永恒旋律大幅度吸收，并将其能量注入永恒之塔内。

龙皓晨多次观察过自己胸口处的永恒旋律，他发现，骷髅头的眼眶之内渐渐有了金色火焰跳动的迹象，仿佛这永恒旋律要活过来一般。而他和永恒之塔的关系也变得更加亲密了。

伴随着灵魂力量吸收得越来越多，现在永恒旋律在吸收外界灵魂力量的时候，原来的灼热已经渐渐被温热所替代，对龙皓晨的影响也是越来越小。永恒之塔的厚重感也让龙皓晨觉得自己始终有一座巨大的靠山。

只不过，他从未打算直接动用这座靠山，也不知道该如何动用。在他的感知中，自己更像是永恒之塔的代言人，而永恒之塔就像是他的雇主，不断地通过他吸收外界的灵魂力量，却并不想为他做什么，以至于他根本就无法控制永恒之塔的力量。

当然，龙皓晨也从未试图控制永恒之塔。只有在需要传送的时候，他才会用到它。如果真像自己猜测的那样，永恒之塔已经有了属于它神器的智慧，那么，它甚至有可能不受死灵圣法神、长眠天灾伊莱克斯的控制。龙皓晨想要摆脱它也就更加困难了。幸好，不管它如何利用龙皓晨，都没有出现过要对龙皓晨不利的迹象，或许是因为伊莱克斯残留的意识已经认定了龙皓晨是他的继承者。

说起来有点奇怪，对于永恒之塔这件对灵魂充满贪欲的神器，龙皓晨反而不像对伊莱克斯那么排斥。无论怎么说，永恒之塔不但帮他们提升了实力，更是多次拯救了他和伙伴们的生命。没有永恒之塔，龙皓晨他们恐怕早已死在魔族了，更不会有现在这样的成就。

果然如龙皓晨所预料的那样，在别的武器装备都无法催动，甚至连雅婷都无法召唤的情况下，永恒旋律一如既往地散发出了属于它的光彩。

被笼罩在暗蓝色光芒中的龙皓晨的身体本来已经开始变得虚幻了，就像随时会消失一般，而当这道金色光芒出现的时候，奇异的一幕出现了。

从龙皓晨胸口处发出的金色光芒几乎是瞬间就和周围的暗蓝色光芒融合在了一起，强大的精神力波动顿时出现了紊乱。

龙皓晨震惊地看到，永恒旋律中发出的金光不只是在他身体周围和那暗蓝色光芒融为一体，甚至还沿着那射来的暗蓝色光柱朝着远方魔族的黑雾中蔓延。几乎是转瞬间，那连接了黑雾与东南要塞城楼的暗蓝色光芒就变成了暗蓝色与金色交织。

空中，战士圣殿殿主邱永浩手中一道巨大的金光带着滔天剑意朝着远处黑雾斩去。也就在这一刻，"嗖"的一下，龙皓晨消失了，暗蓝与金色交织的光柱也消失了，同时消失的还有远处黑雾中那暗蓝色光柱的始作俑者——洞察魔神克罗塞尔。

纠缠于空中的金、蓝两色光芒几乎是同一时间消失的，从暗蓝色光芒出现，到所有光芒全部消失，前后也只是两次呼吸的时间而已。在如此短暂的过程中，清楚地知道发生了什么事的人极少。

当龙皓晨消失的那一瞬，采儿、韩羽、王原原和林鑫反而立刻冷静下来。他们对龙皓晨何等熟悉，他消失瞬间所产生的传送灵力波动充分告诉他们，龙皓晨返回永恒之塔了。而且，他们与龙皓晨之间有灵魂锁链项链，在他传送离开的刹那，采儿四人并未感受到任何由攻击产生的连带伤害需要由他们分担。也就是说，龙皓晨至少目前还没遇到危险。

永恒之塔是他们的秘密，同时，那里对他们来说也是最安全的地方。在感受到龙皓晨通过永恒之塔逃脱后，他们也顿时放下心来，说不定他一会儿就会传送回来了。

可惜的是，他们并未看到，就在对面那浓浓的黑雾之中，天使魔神拜蒙此时也是一脸的惊愕之色，正在施展着天赋技能的洞察魔神克罗塞尔就这么和对方那名骑士一起消失了。

永恒之塔传送效果出现，龙皓晨自己也是松了一口气。但是，他很快就奇异地发现，附着在自己身上的那道暗蓝色光芒并未就此消失，而是依旧与永恒之塔所发出的金色光芒纠缠不清。

一道高大的身影也出现在他面前。

传送的过程是短暂的，光芒一闪，龙皓晨已经进入永恒之塔一层之内。而就在他面前不远处，正是和他一同传送而来的克罗塞尔。

克罗塞尔的震惊要比龙皓晨大得多，传送出现的那一瞬，他的天赋技能就已经完全脱离了掌控。

紧接着就进入了以他的修为也无法抗衡的空间穿梭过程之中。

此时，传送刚一结束，他就忍不住喷出一口暗蓝色血液。原本有天使魔神拜蒙的帮助，他还不至于元气大伤。但刚才这传送过程中，他的天赋技能依旧维持着，而且想要打断都不可能。持续的技能作用再加上空间穿梭的影响，顿时令他伤到了本源。

越是强大的技能带来的反噬也就越强烈，就像灵炉一样。这洞察魔神克罗塞尔本身的修为其实不足以让他在七十二柱魔神中排名到四十多位，他后面至少有五六位魔神的战斗实力都在他之上。他之所以能够名列第四十九位，就是因为他的天赋技能。

克罗塞尔之所以号称"洞察魔神"，是因为他能够在极远的距离洞察敌人的真实情况。他的魔法属于精神类魔法。同时，和大多数魔神一样，他也是魔武双修。任何幻象类魔法在他面前都是无用的。他的天赋技能对于他本身来说，不算强大，但如果配合上其他魔神，就不一样了。

他这个天赋技能叫"洞察引神术"，在一定范围内可以凭借本源精神力瞬间锁定对手，并且产生强大的传送效果，将对手瞬间传送到自己面前。

从某种意义上来说，这洞察引神术和龙皓晨的圣引灵炉有着异曲同工之妙，只不过要比圣引灵炉强大得多。毕竟，圣引灵炉的效果只是拉拽，而洞察引神术则是直接传送。

试想，如果刚才克罗塞尔的传送成功了，那么，龙皓晨将要面对的，就是瞬间形成的八大魔神围攻。无论他天赋有多好，就算能及时将所有实力全部发挥出来，就算有神器的保护，同样是必死无疑，甚至连逃跑的机会都没有。那可是八大魔神的合围啊！

当然，也正是因为洞察引神术的强大，所以它的制约也很多。克罗塞尔每天只能使用一次洞察引神术，而且，如果单纯借助魔神柱来施展的话，无论成功与失败，他都会出现很长时间的精神虚弱。除非有其他魔神肯用自己的本源精神力帮助他，才能减弱反噬。

　　同时，洞察引神术不能作用于比自己修为或者是精神力更强大的对手。只要对手的灵力或精神力超过他，那么，洞察引神术的成功率就将大幅度降低。还有一个制约就是之前邱永浩对龙皓晨的提醒了。

　　洞察引神术只能作用在一个人身上，如果龙皓晨那时候能够拉住另一个人，那么，洞察引神术就将立刻失效。这也是为什么天使魔神拜蒙一定要发动自己的堕落天使领域帮助克罗塞尔遮掩他施展技能时的异象的原因了。

　　这洞察引神术已经让战士圣殿吃了好几次亏，有四名八阶战帝级强者就是这么死在魔神手中的，所以邱永浩对这一招提防得很严密。战士圣殿的强者们一般也都至少是两两在一起，不给克罗塞尔下手的机会。

　　可龙皓晨不一样啊！他初来乍到，根本不知道克罗塞尔的能力，这才着了道。

　　不过，常在河边走，哪有不湿鞋？克罗塞尔夜路走得太多了，这次终于倒霉地遇到了龙皓晨。

　　龙皓晨先天精神力异于常人，比同阶强者的精神力要强大得多。但克罗塞尔毕竟是九阶魔神，而且魔法又是精神类的。因此，龙皓晨的精神力比起他来还是要逊色一些。除非龙皓晨的修为能够突破九阶，否则，在精神力这个层面上他就比不上洞察魔神。

　　但精神力的强大让龙皓晨有了充足的反应时间，精神力越强，洞察引神术的传送过程就会变得越长。龙皓晨在有数秒缓冲的情况下，成功引动了永恒之塔。

　　相对于洞察引神术的传送，永恒之塔的传送明显更加优先。超神器层次的永恒之塔又岂是洞察魔神所能比拟的？

更何况，龙皓晨现在是永恒之塔的代言人，永恒之塔还指望他带来更多的灵魂呢。所以，在他遇到危险的时候，这件超神器自然而然地就会出力相助。不过，那洞察引神术毕竟是以魔神柱为本源发动的，也有很多奇异的地方。所以最终就出现了变异的结果，两个传送都成功了。克罗塞尔确实是将龙皓晨传送到了他面前，而龙皓晨也凭借永恒之塔，将他们两个都传送到了这里，龙皓晨也逃脱了生命危机。

"这是什么地方？你是怎么逃脱的？"克罗塞尔心中充满了疑惑与震惊，看着对面的龙皓晨忍不住问了出来。与此同时，他双手一分，掌中已经各多了一柄长刀，黑色火焰在长刀上燃起，克罗塞尔身体周围也明显出现了一阵波动。

对于能够破坏自己洞察引神术的对手，克罗塞尔心中充满了戒惧。

龙皓晨在发现自己和克罗塞尔一起被传送到永恒之塔内时，也是大吃一惊。克罗塞尔发问的同时，龙皓晨的身体也迅速向后滑去，只见橘红色光芒闪亮，日月神蜗盾已经横在他胸前。

和克罗塞尔的完全不解不同，从眼前的情况和刚刚的过程中，龙皓晨已经隐隐猜到了事情的真相。

"不是逃脱，而是反制。"龙皓晨冷冷地回答道。

从对方身上散发出的强势气息就能看出，这是一位魔神。之前他好像就站在对方为首的那位魔神身边。此时龙皓晨才来得及仔细打量克罗塞尔。不得不说，这位魔神的相貌十分英俊，再加上背后的黑色六翼，更显得英姿勃勃。

克罗塞尔此时已经冷静了几分，他一点也不急于向龙皓晨发动攻击："这是另一处空间？既然你有本事将我传送到这里，自然也有本事将我传送回去。带我回去，我可以饶你一命。"

拖延时间对他是有利的，对于眼前这个地方，克罗塞尔心中是惊惧的，但他毕竟是精神属性的魔神，对空间定位多少有些心得。他知道，进行这种程度的跨越空间传送，龙皓晨身上一定有空间钥匙之类的东西，只要拿到那空间钥匙，他自然就能返回圣魔大陆了。但对他来说更重要的是精神本源的伤势。龙皓晨的实力他看不透，尤其是看到日月神蜗盾之后，他明白，以他现在的伤势，并没有在杀死龙皓晨之后全身而退的把握。所以，他才以言语来拖延时间，给自己恢复的工夫。对方毕竟只是八阶，他有信心在恢复一定精神本源的情况下击杀龙皓晨。

排名末位的蛇魔神安度马里当初都是狡猾如狐，更何况是排名四十九位的洞察魔神克罗塞尔了。虽然他还没有领域，但他可是地地道道的九阶强者。

"饶我一命？可惜，我却没想过要饶了你。"龙皓晨讥讽道。

洞察魔神克罗塞尔在算计龙皓晨，龙皓晨又何尝不是在算计洞察魔神克罗塞尔呢？

龙皓晨此时已是感知全开，在全力判断着洞察魔神克罗塞尔的修为。

对方是九阶没错，九阶强者的强弱却十分分明。之前洞察魔神克罗塞尔喷出的那一口暗蓝色血液绝对假不了，他显然是已经受伤了。只不过龙皓晨不知道他伤势的严重程度。

永恒之塔内可以说是龙皓晨的主场。龙皓晨此时所判断的就是双方之间的实力对比，所以他也不会仓促出手。

面对洞察魔神克罗塞尔，龙皓晨在修为上的劣势毋庸置疑。但是，他同样有着属于自己的优势。

首先，龙皓晨有绝对的把握，在这永恒之塔内，克罗塞尔是联系不上属于他的魔神柱的。失去了魔神柱的魔神，也就是一名普通的九阶强者而已。其次，他受伤了。无论伤到了怎样的程度，至少不是一个巅峰状态的九阶强者了。而且，从他那么强大的精神力来看，他的伤势也应该出现在精神方面。精神属性的强者，龙皓晨一向就不怎么惧怕。毕竟，连排名第十二位的情魔神西迪的禁咒，都被他反弹过。

八阶对九阶，或许，自己真的可以将眼前这位魔神永远地留在永恒之塔内。一想到这里，龙皓晨的心跳也不禁加速起来，单挑魔神？战而胜之？尽管不久之前他刚刚和采儿配合击杀了青妖骑魔系尔，但无论是系尔还是安度马里，那些都

280

是八阶魔神。他们虽能通过魔神柱暂时将修为提升到九阶，但与真正的九阶相比还有一定差距。

　　我能赢吗？龙皓晨不敢肯定，但在这一瞬他已经下定决心，无论如何也要试一试。

（本册完）

《神印王座 典藏版》第10册即将上市，敬请期待！

惟我独仙

典藏版
精彩抢先看

—— 海龙与弘治之兄弟情深 ——

灰尘渐去，弘治呆呆地站在地上，怀中抱着满身鲜血的海龙。戾无暇的修为已经相当于修真界中的不坠轮回之境，在那强横的一击之下，海龙纵有小铁棍相护，还是被震得全身经脉迸裂。

虽然海龙胸前银光闪烁，逆天镜在最后关头显现出它的威力，但由于他法力过于微弱，逆天镜也只能勉强护住他的内腑，使他不至于骤然殒命。

海龙大口大口地吐出鲜血，神志已经有些模糊了，脸上却露出了一个带着欣慰的笑容。他双目无神地看着弘治，喃喃地道："小治，我……总算……救了你……一命，这个……大哥也……算当得……称职……了吧？你……你自己……保……重。"说完，他头一歪，便昏厥过去。

尽管弘治的佛法修为已经达到古井无波的境界，此时他却还是泪流满面。他拼命地将自己残余的佛力注入海龙体内，但是佛力如同石沉大海，没有产生任何效果。

—— 海龙与怪人之斗转星移 ——

弘治已经无力抵抗了，他猛地转过身，用自己的后背去迎接戾无暇的手掌。戾无暇微微一愣，身体顿时滞了一下。正在此时，异变突生。

在戾无暇和弘治中间突然多出一道身影，那是一道同戾无暇相似、全身笼罩在斗篷中的身影，只不过，他要矮一些，也佝偻一些。

怪人轻挥大袖，戾无暇只觉得有一股无可抵御的强大的气息扑面而来，她根本还没有反应过来，就已经被震回了空中。

弘治眼前一花，海龙已经到了那突然出现的怪人手中。一圈柔和的光芒如云雾一般从那怪人斗篷内发出，顺着海龙头顶的百会穴直灌而入。海龙全身一阵痉挛，脸上的表情似乎放松了一些。

苍老的叹息声响起："你们走吧，我不想开杀戒。"戾无暇和五魔枭惊恐地发现，天空中的乌云竟然尽数散去，阳光消失了，点点星光清晰地出现在半空之中，他们仿佛都突然陷入了星海一般。天空中星辰闪烁，极为璀璨动人。

戾无暇失声道："斗转星移。前辈是什么人？"

弘治与小机灵之神秘身影

"轰！"

巨响声中，万年寒灵石顶端骤然爆炸，一道被金光包裹着的身影如炮弹一般直冲而上，重重地撞在由佛晶念珠为引布成的金刚咒之上。金刚咒极有弹性地顺着那身影冲击的方向延展着。

弘治感觉自己压力大增，体内的佛力不受控制地拼命向佛晶念珠冲去。他微微一笑，念道："佛说是经已，长老须菩提，及诸比丘、比丘尼、优婆塞、优婆夷，一切世间天、人、阿修罗，闻佛所说，皆大欢喜，信受奉行。"

黄光一闪，金刚咒消失了，佛晶念珠重新回到了弘治手中。而那金色的身影在没有阻隔之后，急速向上冲，直入九天之中。

小机灵紧张而兴奋地抓住弘治的衣袖，道："弘治哥哥，那个、那个身影是海龙吗？"

弘治摇了摇头，小机灵见状轻叹一口气，如被冷水泼面。弘治微笑道："那已经不是以前的大哥了。他已经完全变了，变得比我想象中更加强大。刚才我用金刚咒罩住万年寒灵石是怕万年寒灵石的爆炸会毁了周围的环境，而他似乎早已经想到了这个问题，从顶端破出。你看，万年寒灵石已经没有一丝灵气了。"

他一边说着，一边抬头向上望，空中的一点金光渐渐变大，光影一闪，一个人轻飘飘地落在他和小机灵身前。

海龙与天琴之深夜私语

夜幕降临，海龙孤独地站在仙照山主峰后山的一块岩石上，凝望着似乎近在眼前的雾气，脑海中一片空白。今天比赛的失利对他的打击很大，明明可以获胜的比赛他却以失败告终，他没有怨易风行突然用出强大的法宝，他只怪自己的大意和自负。弘治本想跟着他一起出来，却被他拒绝了。他现在只想一个人静静。他站在岩石上，什么都没有想，任由潮湿的空气侵袭他的身体。

"嗡。"一个动听的声音响起，将海龙从呆滞中惊醒，他猛然回首，发现一道黄色的身影出现在他背后不远处。

天琴早已摘下斗笠，她那双纤细而柔美的手上托着琥珀一般的九仙琴，那最外侧的赤弦轻轻地颤动着，声音显然是由此而出。

海龙淡然道："你如果是来笑话我的，现在就可以离开了。如果你是来怜悯我的，我不需要。"

天琴轻移莲步，缓缓走到海龙身旁，一个淡淡的微笑出现在她脸上，柔和的声音响起："你想听我弹一曲《霓裳清心曲》吗？"

海龙身体一震，眼中流露出一丝惊讶，他就那么看着天琴，天琴也淡淡地回望着他。半晌，他轻叹一声，缓缓摇头，道："不用了，谢谢你。我想，在不久后的比试中，我一定会听到你的琴音。那时，我希望你不要手下留情。"

天琴微微一笑，道："我也没想过要让你。今天你是不是输得很不甘心？"

海龙再次摇头，道："不，我没什么好不甘心的，输了就是输了。但我并不是输给了那个易风行，我是输给了我自己。天琴，你能看出我的修为吗？"

天琴将目光转向那如梦似幻的云雾，道："不能。但是我的直觉告诉我，你并没有那么简单。我有一句话想送给你，你想听吗？"

海龙看着天琴的侧脸，她不再是当初那个脾气火暴的天琴了，感受着她的温柔，海龙傻傻地点头道："我想听。"

——内容节选自《惟我独仙 典藏版》第2册

**《惟我独仙 典藏版》第1、2册全国销售中，
第3册2018年4月上市，敬请期待！**